閱讀經典，成為更好的自己。

愛經典

路易莎・梅・艾考特——著
馮倩珠——譯

小婦人

Louisa May Alcott

Little Women

緣起

愛經典

卡爾維諾說：「『經典』即是具影響力的作品，在我們的想像中留下痕跡，並藏在潛意識中。正因『經典』有這種影響力，我們更要撥時間閱讀，接受『經典』為我們帶來的改變。」因著經典作品獨具的無窮魅力，時報出版公司特別引進「作家榜」品牌母公司大星文化策劃的「作家榜經典名著」，推出「愛經典」書系，期能為臺灣的經典閱讀提供最佳選擇。

這一系列作品，已出版近百本，累積良好口碑，榮登各大長銷榜。這些作家都經時代淬鍊，作品雋永，意義深遠。我們所選的譯者，許多都是優秀的詩人或作家，譯文流暢通順好讀，更能傳遞原創精神與文采意涵。因為經典，時報特別對每部作品皆以精裝裝幀，更顯質感，絕對是讀者閱讀與收藏經典的首選。

現在開始讀經典，成為更好的自己。

目次

1 扮演「朝聖者」

「沒有禮物，聖誕節就算不上聖誕節了。」喬[1]躺在地毯上嘟囔。

「當窮人真可憐！」瑪格[2]歎著氣，低頭望著身上的舊衣裳。

「有的女孩有很多漂亮東西，有的女孩什麼也沒有，這不公平。」小艾美委屈地吸了吸鼻子，也跟著說。

「我們有爸爸媽媽，還有彼此。」貝絲[3]在一角悠然說道。

聽到這句令人開心的話，四張稚嫩的臉龐在爐火映照下明亮了一些，隨即又黯淡下來，只因喬難過地說：「我們現在沒有爸爸，好一陣子都不會有的。」她沒說「可能永遠沒有了」，但每個人都在心裡添上了這一句，想著在遠方的爸爸，在那正在打仗的地方。

---

1 喬：「喬瑟芬」的暱稱。
2 瑪格：「瑪格麗特」的暱稱。
3 貝絲：「伊莉莎白」的暱稱。

一時無人再講話。瑪格於是改了語氣：「你們也知道媽媽提議今年聖誕節不送禮物，因為這個冬天大家都不好過。她覺得，軍人在受苦受難，我們不該花錢享受。我們做不了太多，但是總能做些小小的犧牲，也本該做得心甘情願。可惜我恐怕做不到。」瑪格搖了搖頭，遺憾地惦記著她想要的所有漂亮東西。

「可是我覺得，我們省那一點點錢也沒用呀。就算我們每人把自己的那一塊錢，全都省下來捐給軍隊，也幫不上多少忙。我可以不指望你們和媽媽的禮物，但我很想給自己買一本《水妖及辛特拉姆》[4]，我已經想要它很久很久了。」喬說。她是個小書蟲。

「我原打算拿這錢買新樂譜。」貝絲說著，輕輕地歎了一口氣，只有壁爐刷和水壺墊聽見了這聲歎息。

「我也想買一盒好看的輝柏牌畫圖鉛筆。我真的很缺畫筆。」艾美脫口而出。

「媽媽沒提過我們的錢要怎麼用，她不會希望我們都捐出去的。我們各自買各自想要的，也能高興一下。我們可是辛辛苦苦才賺到這些錢的。」喬大聲說道，紳士一般打量著自己的鞋跟。

「我知道我賺的是辛苦錢——一天到晚教那些討人厭的小孩，我多麼想自己待在家啊。」瑪格一開口，又是抱怨的語氣了。

「你還不及我一半辛苦。」喬說，「你願不願意好幾個鐘頭和一個神經兮兮、吹毛求疵的老太太關在一起？一直被她呼來喝去，不得安寧，怎麼都沒法讓她滿意，到最後你恨不得從窗口跳出去，甚至忍不住想哭出來。」

「總叫苦是不好，但我真覺得洗碗和收拾屋子是世上最糟的工作。做這些工作讓我生氣⋯⋯我的手都僵了，根本練不好琴。」貝絲看著自己粗糙的雙手，長歎一聲，這一回大家都聽到了。

「我才不信你們有誰跟我一樣苦呢。」艾美嚷道，「你們不用和沒禮貌的女孩一起上學，要是你上課聽不懂，她們就欺負你。她們還會嘲笑你穿的衣服。要是你爸爸沒有錢，她們會折爛[5]他。要是你鼻子不好看，她們也會藉機侮辱你。」

「我猜，你想說的不是什麼『折爛』，而是『責難』吧，你把爸爸說得像個紙盒子。」喬大笑著指正。

「我知道自己想說什麼，你用不著業餘（揶揄）我。用詞考究，懂得修飾遲早（辭藻），講話才得體。」艾美義正詞嚴地回敬道。

「不要互相找碴了，你們。喬，你難道不希望能重新擁有那些爸爸在我們小時候散掉的錢財？天啊！假如我們沒有這些煩惱，該是多幸福快樂！」瑪格說。她還記得以前的好光景。

「前些天你才說，感覺我們比金家的孩子幸福多了，他們雖然有錢，卻成天大吵大鬧。」

「貝絲，我是說過。嗯，我確實感覺我們更幸福——我們雖得出門工作，不過也會自己找樂

---

4 《水妖及辛特拉姆》：德國浪漫主義作家弗里德里希・德・拉・莫特・富凱（一七七七—一八四三）的作品。

5 折爛：此處艾美想說的是「責難」，但發音不準，說成了「折爛」。

趣，像喬說的那樣，我們幾個是『快活幫』。」

「喬就愛用這種粗俗的字眼！」艾美批評道，眼帶責備地看著舒展身子躺在地毯上的那一位。喬立刻坐起身來，雙手插進口袋，吹起了口哨。

「喬，別吹了，簡直一副男孩樣。」

「就是這樣我才要吹。」

「我很看不慣不文雅、沒有淑女樣的女孩子！」

「我很討厭矯揉造作、忸怩作態的黃毛丫頭！」

「『小小巢裡的鳥兒都說對。』」和事佬貝絲扮起鬼臉唱起歌來，剛才那兩個尖厲的嗓音融化成一團笑聲，「找碴」告一段落。

「說真的，兩個妹妹，你們各有不對。」瑪格開始她長姊式的說教，「喬瑟芬，你不小了，該收斂那些男孩子氣的花樣了，端莊一點。小時候還沒什麼關係，現在你長這麼高，頭髮都盤起來了，要記得自己是個小淑女。」

「我才不是！要是盤起頭髮就得當淑女，那我要綁兩條小辮子綁到二十歲。」喬邊喊邊伸手扯掉髮網，甩頭讓栗色長髮披散而下。「我不喜歡非得讓自己長大，非得變成馬奇小姐，穿上長禮裙，呆板得像朵翠菊！說起來，當女孩已經夠討厭的了，我喜歡男孩子玩的遊戲、男孩子做的工作和男孩子派頭！當不了男孩，我簡直失望透頂！現在更糟了，我巴不得跑去和爸爸一起戰鬥，卻只能留在家裡織東西，活像個不俐落的老太婆！」喬抖了抖織到一半的藍色軍襪，插在裡面的線針響板似的嗒嗒打著戰，線球也滾落開去。

「可憐的喬，這可真糟糕！但也沒法子呀。不過，你的名字像男孩子，而你又好像我們的哥哥一樣，就盡量知足吧。」貝絲說，一手撫摩著垂在她膝上的小腦袋，世上所有洗碗和打掃的工作都磨不去她手裡的溫柔。

「艾美，至於你呢，」瑪格接著說，「你也太一本正經了。你的架勢現在看來挺有趣，但要是不留意啊，以後搞不好會變成一個做作的小傻瓜。只要你不裝模作樣，我是喜歡你彬彬有禮、談吐優雅的，但是你那些怪詞也比喬的粗話好不到哪裡去。」

「如果說喬是男人婆，艾美是小傻瓜，那請問我是什麼呀？」貝絲也想聽聽說教。

「你是小寶貝，沒別的。」瑪格熱情地回答。沒有人反對，全家都疼這個靦腆的小可愛。

年輕的讀者總好奇「書裡的人長什麼樣」，我們暫且為他們簡單描繪一下這四姊妹。她們四人坐在暮色中編織衣物，臘雪在屋外靜靜飄落，屋內的爐火歡快地畢剝作響。這是一間舒適的舊屋子，儘管地毯已褪了色，家具也很樸素，但牆上掛著一兩幅精緻的畫，壁龕裡擺滿了書，菊花和聖誕玫瑰在窗臺上綻放，屋裡洋溢著其樂融融的氣氛。

瑪格麗特是四姊妹中的老大，剛滿十六歲，生得十分水靈，豐腴又標緻，一雙大眼睛，如雲的棕色柔髮，雙唇玲瓏，雙手白皙，為此她也頗為自得。十五歲的喬高高瘦瘦，膚色較深，在他人眼裡猶如一匹馬駒，她似乎從來不懂得如何安放修長的四肢，手忙腳亂得很。她長著稜角分明的嘴唇和滑稽的鼻子，銳利的灰色眼眸彷彿能洞穿一切，目光時而熾烈，時而逗趣，時而又若有所思。一頭濃密的長髮原本將她襯得秀麗，平日裡卻被塞進髮網，以免礙事。喬肩膀圓潤，手寬腳闊，衣著鬆垮，正值小女孩突然躥成大人的時候，一副不甘又不安的模樣。伊莉莎白——大家都叫她貝絲——是個膚色紅潤、頭髮柔順、雙眼明亮的十三歲女孩，舉止羞答答，講話怯生生，神情平和，鮮少動氣。父親叫她「小靜」，這名字著實與她相配；她似乎活在一片屬於自己的祥和天地裡，只敢出來見那幾個她信任與喜愛的人。艾美雖是最年幼的一個，卻最為重要，至少她自己如此認為。她恰似傳說中的雪女，藍眼睛，及肩的金黃鬈髮，白淨纖細，舉手投足都像一位注重儀態的小淑女。四姊妹的性格如何，就留待讀者諸君發現吧。

鐘敲了六下。貝絲已掃過壁爐，又將一雙拖鞋擱在爐邊烘暖。見了這雙舊鞋，女孩的心情都不禁好了起來——媽媽快回家了，大家都歡歡喜喜地準備迎接她。瑪格不再訓話，點起了燈。艾美不經人提醒便從安樂椅上起身。喬忘了疲累，坐起來把那雙鞋朝爐火挪近了些。

「這鞋已經破破舊舊的了，媽媽得換一雙新的。」

「我很想用我那一塊錢給她買鞋。」貝絲說。

「不行，我來買！」艾美喊道。

「我是大姊——」瑪格才剛開口，就被喬毅然決然地打斷了話頭。

「爸爸不在，我就是家裡的支柱，應該由我來置備新鞋。爸爸說他離開後，我要好好照顧媽媽。」

「我告訴大家該怎麼辦吧。」貝絲說，「讓我們每個人都為她買點聖誕禮物吧，自己就什麼都別買了。」

「親愛的，真不愧是你！我們買什麼好呢？」喬高聲說。

大家沉思片刻後，瑪格像是因為看到了自己那雙玉手而想出了主意，宣布說：「我要送她一副好手套。」

「我要送軍鞋，那是最好的禮物。」喬大叫。

「我要送幾條手帕，全要鑲邊的。」貝絲說。

「我要買一小瓶古龍水。她喜歡這個，也不貴，那樣我還能剩些錢給自己買鉛筆。」艾美接著說。

「我們怎麼送這些東西呢？」瑪格問。

「把東西放在桌子上，領她進來，請她打開這堆禮物。你不記得我們怎麼過生日了嗎？」喬答道。

「每回輪到我戴上生日皇冠，坐上大椅子，看你們圍攏過來送禮物，再一個個親我一下，我都怕得不得了。我喜歡那些東西，也喜歡你們親我，可是你們坐在旁邊盯著我拆禮物，那很嚇人。」貝絲說。她正烤著配茶吃的麵包，也烤暖了她的臉蛋。

「讓媽媽以為我們是給自己買的，再讓她驚喜一下。瑪格，我們明天下午就得去買東西。聖誕夜的戲還有好多事要忙呢。」喬邊說邊來回踱步，背著手，鼻子都要仰到天上去了。

「演完這次，我以後可不想再演戲了。我年紀大了，玩這些不適合了。」話雖這麼說，但玩起化裝遊戲來，瑪格一如既往地像個小孩子。

「你不會不演的，我知道，只要能披下長髮，戴上紙折的金首飾，穿著白色長裙到處晃，你就會演下去。你是我們當中最好的演員，要是你退出舞臺，就什麼都完了。」喬說，「我們今晚應該排練一下。艾美，來，演一下暈倒的那場戲，你演起來死板得像根木頭。」

「我也沒辦法呀，我從沒見過別人暈倒，而且我不願意像你那樣重重摔倒在地，弄得渾身青一塊紫一塊的。如果我能跌得輕鬆點，我就照做；如果不行，我就要優優雅雅地倒進椅子裡。我才不管烏戈是不是真的帶槍朝我衝過來呢。」艾美回嘴道。她沒有戲劇天賦，被選中演這個角色是因為她個子小，可以尖叫著被戲裡的壞蛋拖走。

「這麼演吧，像這樣十指相扣，踉踉蹌蹌地穿過屋子，瘋狂大喊『羅德里戈！救命！救命！』」喬邊走邊誇張地叫喊，那叫聲真是驚心動魄。

艾美跟著演，然而她伸出的雙手十分生硬，一顛一顛往前走，好似踩著舞臺裝置；她發出那一聲「哎喲」也不像出於恐懼和痛苦，倒像被針刺了。喬無奈地哼了一聲，瑪格不禁哈哈大笑，貝絲也在一旁饒有興味地看著這派歡樂景象，把麵包都烤焦了。

「拿你沒辦法！到時盡力演吧，要是觀眾笑出來可別怪我。瑪格，該你了。」

之後排練順利地進行。唐佩德羅流暢地背完兩頁對抗世界的臺詞；女巫阿加爾對著一整鍋燉蛤蟆誦念一段可怖的咒語，產生了詭異的魔力；羅德里戈英勇地掙斷鐐銬；而烏戈飽受悔恨煎熬，吞了砒霜，狂呼著「哈！哈！」死去。

「這是我們演過的最好的一齣戲了。」瑪格說。戲裡死掉的壞蛋坐起身來，揉了揉手肘。

「喬，我不明白你怎麼能寫出這麼精彩的東西來，還能演得這麼出色。你真是莎士比亞再世！」貝絲感歎道。她深信姊妹在各方面都有絕佳的天分。

「還不算好。」喬謙虛地答道。「我認為《女巫的詛咒》這齣歌劇式悲劇的確不錯，可是我更想試試《馬克白》，要是我們能有一扇給班柯用的地板門[6]就好了。我一直想演行刺那場戲——『在我面前搖晃著的，不是一把刀子嗎？』」喬喃喃自語，學著她看過的一位著名悲劇演員，骨碌碌地轉著眼珠子，舉手向空中抓去。

「不，烤叉上叉的是媽媽的鞋，不是麵包！貝絲看戲看入迷了。」瑪格大叫起來，於是排練在哄堂大笑中結束了。

「孩子，看到你們這麼歡樂，我可真高興。」門口傳來一個愉快的聲音。「演員」和「觀眾」都轉過身來，迎接一位體態豐滿、和藹可親的女士，她臉上寫著「要我幫忙嗎」，那神情實在令人心生歡喜。她衣著並不講究，卻氣質高貴。在這些女孩心裡，那件灰色斗篷和那頂老式軟帽披覆著的，是天底下最了不起的母親。

「嘿，寶貝，今天過得怎麼樣？要做的事太多了，我忙著準備明天要寄的盒子，沒能回來吃

---

6 地板門：指《馬克白》中班柯的鬼魂上場時所用的地板門。

午飯。貝絲，有沒有客人來過家裡？瑪格，你感冒好點沒？喬啊，你看起來累壞了。小寶貝，來親我一下。」

馬奇太太一邊慈愛地詢問著，一邊脫下淋溼的衣物，換上暖烘烘的鞋，在安樂椅上坐下，然後把艾美拉到跟前，預備享受這繁忙日子裡最幸福的時光。女孩都忙得團團轉，做著各自力所能及的事，想把一切安頓得更舒適些。瑪格布置茶几；喬抱來柴火，擺放椅子，所到之處碰到的每件東西掉的掉、倒的倒，一路丁鈴噹啷；貝絲在客廳和廚房之間穿梭，安靜而匆忙；艾美則雙手交疊，坐著指揮三個姊姊。

待她們都聚到桌邊，馬奇太太喜氣洋洋地說：「吃完晚飯，我要給你們一樣好東西。」剎那間，明媚的笑容如縷縷陽光，遍灑在每個人臉上。貝絲鼓起掌來，全然忘了自己的手裡還握著餅乾，喬把餐巾拋向空中，喊著：「信！是信！爸爸萬歲！」

「是的，一封很棒的長信。爸爸很好，他覺得自己能平安過冬，要我們不必太擔心。他寄來許許多多甜蜜的聖誕祝福，還特別寫了一段話給你們幾個。」馬奇太太說著拍了拍口袋，彷彿那裡頭藏著寶藏。

「快點，快吃完！艾美，別停下來扳你的小指頭，別拿盤子當鏡子照。」喬大叫起來，被茶嗆了一口，手裡的麵包也掉了，抹著奶油的那一面朝下落到了地毯上，她迫不及待地想得到媽媽口袋裡的寶物。

貝絲不再吃了，她悄悄離席，坐進幽暗角落，思忖著即將來臨的喜悅，等其他人用完餐。

「爸爸超過了應徵入伍的年紀，要當兵打仗也不夠強壯，但他仍選擇去做隨軍牧師，我覺得很了不起。」瑪格熱切地說。

「我多想去當軍隊的旅行小販，當賣東西的[7]——那叫什麼來著？或者當護士，這樣就能在他身邊幫他了。」喬哼了一聲，高喊道。

「睡帳篷，吃各種難吃的東西，用馬口鐵杯子喝水，一定很不舒服。」艾美歎著氣說。

「媽媽，爸爸什麼時候回家呀？」貝絲的嗓音帶著些顫抖。

「寶貝，還得過個一年半載吧，除非他生了病。他會竭盡所能待在軍隊，盡忠職守，我們也不會要求他提前回來的。好了，來聽我讀信吧。」

她們都湊近了爐火，媽媽坐在大椅子上，貝絲倚在她的腳邊，瑪格和艾美各坐在椅子一邊的扶手上，喬則趴在椅背上，這樣的話，假如這封信很感人，也沒有人會看到她的任何表情。

在那艱難歲月寫的信，少有不感人的，尤其是父親的家書。在這封信中，父親經受的困苦、面臨的危險和難挨的鄉愁被一筆帶過。這是一封振奮人心、充滿希望的信，描述的都是生動的軍營生活、行軍情況和軍中新聞，只有信末才滿溢對幾個女兒的愛和切切思念——

---

7 賣東西的：此處喬本想說「隨軍女商販」。

代我向她們致以親吻以及我所有的深情。告訴她們，我白天惦念她們，夜晚為她們祈禱，無論何時，我都在她們的愛裡覓得莫大慰藉。看來還要等上一年才能見到她們，時間漫長，但請提醒她們，我們邊等待邊努力，這些艱難的日子才不算虛擲。我知道她們會記住我所有的話，會做體貼你的孩子，善盡本分，勇敢對抗心中的敵人，出色地戰勝自我。等我回到她們身邊時，我對這幾位小婦人的疼愛與驕傲將更勝以往。

信讀到此處，所有人都啜泣起來。一大顆淚珠從喬的鼻尖滑落，她也不覺羞愧。艾美全然不顧已凌亂了的一頭鬈髮，把臉埋進媽媽的肩窩，抽抽搭搭地說：「我真的是個自私鬼！我一定盡力變得更好，過些日子就不會再讓爸爸失望了。」

「我們都會的！」瑪格大聲說，「我太注重外表，又不愛工作，以後盡可能不這樣了。」

「我會盡力做一位『小婦人』，就像爸爸喜歡的那個稱呼，不粗魯不野蠻；也會盡力在這裡做好分內事，不想著去別處。」喬說。她心想，在家按捺性子這件事，比南下面對一兩個叛軍可要難得多。

貝絲不發一語，用那隻藍色軍襪拭去眼淚，便一刻也不耽擱地拾起手頭的職責，拚命織起襪子來。她在小小的心靈裡暗自下定決心，等這一年光陰帶來幸福的團聚，她要完全成為爸爸所希望的樣子。

馬奇太太打破喬說完話後的這片沉默，用愉悅的聲調說：「記得你們還是小孩的時候，演

《天路歷程》[8]的情形嗎？讓你們最最高興的事情，就是要我把碎布包綁在你們背上當作重擔，再給你們配上帽子、枴杖和卷軸，讓你們從地下室這個『毀滅城』出發，向上走啊走，一直爬到屋頂，在那裡用收集起來的可愛東西造起『天堂』。」

「那時候多好玩呀，特別是在『獅子』旁邊走過，和『魔王』格鬥，穿過有『小鬼』的山谷！」喬說。

「我喜歡包袱掉下來滾落樓梯的那一段。」瑪格說。

「我最喜歡的那場戲，是我們走到屋頂上，那裡有我們的花花草草和其他漂亮東西，大家站在陽光下齊聲歡唱。」貝絲說著面露微笑，彷彿那快樂時刻重現了一般。

「我不怎麼記得了，只記得我害怕地下室和黑漆漆的門廊，不過在屋頂吃蛋糕、喝牛奶的那段我每次都很喜歡。要不是年紀太大，不該玩這些了，我很想再演一次呢。」艾美說。在十二歲這麼成熟的年紀，她已經開始談論放棄幼稚的遊戲了。

「親愛的，在這件事上我們絕不會年紀太大的，因為我們永遠用這樣或那樣的方式演著這齣戲。我們的重擔在身上，我們的道路在前方，善良和幸福是領路人，指引我們穿越困境與錯誤，抵達平安之地。來吧，你們這幾個小朝聖者，假設你們再一次啟程，不是演著玩，而是認真做，

8《天路歷程》：英國作家本仁約翰（一六二八—一六八八）創作的寓言小說，分為第一部和第二部，都刻畫了主角歷經艱難險阻獲得拯救的故事。

看看在爸爸回家前，你們能走多遠。」

「真的嗎，媽媽？我們的包袱在哪裡呢？」小淑女艾美只聽懂了字面意思。

「你們每個人剛才都說了自己的重擔是什麼呀，只有貝絲沒講；我倒是覺得她沒有重擔。」媽媽說。

「不，我有。我的擔子是碗盤和抹布，而且我嫉妒有好鋼琴的女孩子，還害怕見人。」貝絲的包袱如此有趣，大家聽得直想笑。不過誰都沒有笑，因為那樣會深深傷了她的心。

「我們就這麼做吧。」瑪格若有所思地說，「這就是努力向善的另一種說法，這個故事能幫上我們的忙。我們雖然一心向善，做起來卻不容易，我們又常常忽視，沒有盡力。」

「我們今天晚上掉進了『灰心沼』，媽媽像書裡的『援助』那樣拉我們出來。我們應該看些能為自己指明方向的書，但該去哪裡找這些書呢？」喬問。她很高興這種想像為她的枯燥職責平添了幾分浪漫。

「聖誕節早上翻翻枕頭底下，你們會找到指南書的。」馬奇太太答道。

她們商量著新計畫，老漢娜在一旁收拾好了桌子。然後四個小針線籃被擺上桌面，女孩開始穿針引線，為馬奇姑婆縫製被單。縫紉工作很乏味，可是今晚沒有一個人抱怨。她們聽喬的建議，將長長的縫口一分為四，每一邊分別叫作歐洲、亞洲、非洲和美洲，就這樣分工合作，一面聊著這四大洲的各個國家，一面用針線穿過這些地方，便縫得更精細了。

到了九點，她們停下手上的工作，和平常一樣在睡前唱唱歌。家中唯有貝絲能流暢地在那架老鋼琴上彈出許多樂曲來，她有辦法輕觸泛黃的琴鍵，為大家演唱的簡單歌曲和上動聽的伴奏。瑪格唱起歌來如笛聲般悠揚，她和媽媽在這個小小合唱團中領唱。艾美像蟋蟀般啾唧鳴唱，喬則是隨心所欲，荒腔走板，東冒一個低音，西冒一個顫音，縱使最深沉的曲調也給打亂了。她們總在睡前歌唱，打從咿咿呀呀地唱〈小星星〉那時起就是如此——

一閃一閃亮晶晶。

這早已成了家裡的習慣，因為媽媽天生一副好嗓子。清晨最早傳來的是媽媽的聲音，她在屋裡走動時像百靈鳥一樣唱著歌；夜晚最後傳來的也是她歡愉的歌聲，幾個女孩無論長到幾歲，都聽不膩這熟悉的搖籃曲。

2 快樂聖誕節

在聖誕節的灰暗晨曦中，喬第一個醒來。壁爐前沒有掛聖誕襪，她一時感覺沮喪。很久以前她也這樣沮喪過一回，但當時只是因為她的小襪子塞滿了好東西而掉在地上。然後她想起媽媽的許諾，便把手伸到枕頭底下，果然摸出一本絳紅色封面的小書來。她十分瞭解這本書，這是一個美麗而古老的故事，講述了最好的人生。喬覺得，對踏上漫漫旅途的所有朝聖者而言，這是一本真正的指南。她道一聲「聖誕快樂」喚醒了瑪格，請她看看她的枕頭下面有什麼。那裡躺著一本綠色封面的書，裡頭有一幅同樣的圖畫，還有媽媽寫的幾句話，讓這件禮物在她們眼裡顯得非常寶貴。很快貝絲和艾美也醒了，掀開枕頭找到了她們的小書——一本紫灰色、一本藍色。大家坐著看書討論，東方的天空漸漸染紅，新的一天來到了。

瑪格麗特雖有些許虛榮，但本性親切又虔誠，對三個妹妹有潛移默化的作用，尤其是喬。喬對姊姊充滿柔情，也聽她的話，因為她規勸的口吻一向很和婉。

「你們幾個，」瑪格看看身邊頭髮蓬亂的腦袋，又望向房間另一邊戴著睡帽的兩個小腦袋，鄭重地說，「媽媽希望我們讀這些書，喜愛這些書，牢記內容，我們得馬上開始讀。我們以前讀書很踏實，但自從爸爸離開，這場戰亂又叫人心煩，我們就忽略了好多事情。你們隨你們的心意讀吧，我可要把這本書放在這裡的桌上，每天早上醒來就讀一點，我知道它對我有好處，能陪我度過每一天。」

於是她翻開新書，開始閱讀。喬一手摟住姊姊，臉貼著臉，一同讀了起來，她心神不定的面龐上浮現出難得的沉靜。

「瑪格真棒！來，艾美，我們也照她們這樣看書。有生字我來教你，碰上看不懂的地方，她們也會解釋給我們聽的。」貝絲小聲說道。精美的書本和兩個姊姊的榜樣令她大受鼓舞。

「我很高興我的書是藍色的。」艾美說。接著，房間變得靜悄悄的，只剩書頁輕輕翻動的聲音。冬日的陽光鑽進屋子，輕觸她們亮麗的秀髮和認真的面孔，致以它的聖誕問候。

「媽媽去哪裡了？」瑪格問。她和喬看了半小時書後，跑下樓想謝謝媽媽的禮物。

「天曉得。有個可憐人來討東西，你媽媽立馬出去看那人缺什麼。從沒見過有哪個人像她這樣，吃的、喝的、穿的、生火的都給了出去。」漢娜回答。她打從瑪格出生就住在這個家裡了，全家人都當她是朋友，而不是僕人。

「我想她快要回來了。你去煎餅，做好準備吧。」瑪格說著，查看了一下收在籃子裡、藏進沙發底下的禮物，等待時機拿出來給媽媽。「咦，艾美那瓶古龍水呢？」她問了一聲，發現那個小瓶子不見了。

「她剛才抽出來，拿去在上面繫一條絲帶什麼的。」喬答道。她正滿屋子跳來跳去，想把全新的軍用拖鞋穿軟一些。

「我的手帕多好看啊，對吧？漢娜幫我洗好燙過，我還給每一條都繡了字。」貝絲得意地看著手帕上有些參差不齊的字母，那花了她不少時間。

「老天保佑這孩子！她沒繡『馬奇太太』，居然繡了『媽媽』。真滑稽！」喬拿起一條手帕嚷嚷道。

「不好嗎？我還以為繡這個比較好呢，因為瑪格名字的首字母也是『M. M.[9]』，我不想讓媽媽以外的人用這幾條手帕。」貝絲一臉苦惱地說。

「很好，親愛的，這主意很不錯，也很有道理，這樣就沒人會弄混了。媽媽見了一定會很開心的。」瑪格說完，對喬皺了下眉頭，又朝貝絲笑了笑。

「媽媽來了。把籃子藏起來，快！」喬喊道，只聽見房門砰的一聲關上，門廳裡響起腳步聲。

艾美匆匆走進來，看到姊姊都在等她，不禁面露慚色。

「你到哪裡去了，背後藏了什麼？」瑪格問。見艾美身披斗篷，頭戴風帽，她很是驚訝，平時懶洋洋的艾美竟這麼早就出過門了。

「喬，別笑我。我本來打算沒到時間不讓人知道的。我只是想把小瓶換成大的，貼上我所有的錢去換，我真的不想再自私了。」

說著，艾美掏出替換廉價品的那瓶華麗香水。她看起來如此誠摯、如此謙遜，只為無私地略盡綿薄之力，瑪格不由得一把抱住了她，喬直誇她是「楷模」，貝絲則跑到窗前，摘下她最美的玫瑰來裝點這個雅致的瓶子。

「你們看，早上讀了書，又聊了努力向善的事情，我覺得不好意思送原來的禮物了，所以一起床就跑去附近那家店換了它。我太高興了，這下我的禮物是最美麗的了。」

面街的大門又傳來砰的一聲，幾個女孩趕忙將籃子塞回沙發底下，圍到桌邊，迫不及待要吃早餐。

「媽媽，聖誕快樂！永遠快樂！謝謝你送我們的書！我們讀了一點，打算每天都要讀。」她們異口同聲地喊道。

「聖誕快樂，你們幾個！真高興你們立刻就開始看書了，希望能保持下去。坐下之前，我想多說一句。離家不遠的地方，躺著一個可憐的女人和她剛出生的小嬰兒。六個孩子擠在一張床上禦寒，因為沒有火爐。他們也沒有吃的東西，最大的男孩子跑來跟我說，他們正挨著餓、受著凍。我的女兒們，你們願意把自己的早飯送給他們當聖誕禮物嗎？」

她們四個等這早餐等了將近一小時，早已飢腸轆轆，一時間誰也沒吭聲。但不出一分鐘，喬便激動地大叫起來：「你在我們吃飯之前就回來了，真是太好了！」

---

9 M. M.：「馬奇太太」和「瑪格．馬奇」的首字母皆為「M. M.」。

「我可以幫忙把東西帶給那些可憐的小孩嗎？」貝絲急切地問。

「那我要拿奶油和瑪芬去。」艾美接著說，果決地讓出自己最愛吃的東西。

瑪格已經把蕎麥鬆餅蓋好，又把麵包堆進一個大盤子裡。

「我就知道你們會願意的。」馬奇太太看似心滿意足地笑了，「你們一起來幫忙，回家後我們早飯就吃麵包、喝牛奶，午飯再吃點好的。」

她們一行人很快便打點妥當出發了。所幸天色尚早，她們又是抄小路，因此很少人見到她們，也就沒有誰來嘲笑這夥人行徑古怪了。

那是一間家徒四壁的陋室，窗玻璃碎了，沒有火爐，被褥破破爛爛，母親臥病，嬰兒啼哭，一條舊被子裡幾個蒼白、飢餓的孩子互相依偎著取暖。

幾個女孩走進屋裡，那些大眼睛緊盯著她們，青紫的嘴唇綻開了微笑。

「我的天哪[10]！是好心的天使來看我們了！」那個可憐的女人說著，喜極而泣。

「戴著帽子和手套的滑稽天使。」喬的話把他們逗笑了。

過了一會兒，屋裡便彷彿真有善良的神靈在做工。漢娜抱來木柴生火，再用幾頂舊帽子和她自己的斗篷堵住了窗戶的破洞。馬奇太太協助那母親喝茶吃粥，安慰說一定會幫她，一面替小嬰兒穿好衣服，手腳輕柔得如同對待自己的孩子。與此同時，四個女孩擺好了餐桌，領孩子在火爐邊坐下，給這一窩嗷嗷待哺的小鳥餵食。她們談笑風生，努力揣摩這些孩子口中蹩腳而有趣的英語。

「真好[11]！」「這些小天使[12]！」可憐的小傢伙邊吃邊嚷，在愜意的火光裡暖著他們凍得發紫的雙手。四個女孩從不曾聽過別人稱呼自己「小天使」，聽得心花怒放，尤其是喬，她生來就被當成「桑丘[13]」。那是一頓十分愉快的早餐，雖然她們自己一口都沒吃到；她們離開後，留給那家人的是安慰，想必整座城裡再沒有誰比這四個餓肚子的小女生更快樂了，在聖誕節清晨，她們讓出了自己的早餐，只以麵包和牛奶果腹。

「這就是愛人勝於愛己，我喜歡這樣。」瑪格說。她們把禮物擺放出來，媽媽正在樓上翻找衣物，預備拿去給那可憐的赫梅爾一家。

陳列的禮物雖不奢華，幾個小包裹裡卻蘊含濃厚的情意。一個長頸花瓶立在桌子中央，插滿了紅玫瑰、白菊花和藤蔓，增添了不少典雅氣氛。

「媽媽來了！貝絲，彈琴！艾美，開門！為媽媽歡呼！」喬蹦蹦跳跳地大叫。瑪格前去將媽媽引到上座。

---

10 我的天哪：原文為德文。
11 真好：原文為德文。
12 這些小天使：原文為德文。
13 桑丘．潘沙：西班牙小說家、劇作家、詩人塞萬提斯（一五四七—一六一六）的小說《唐吉訶德》中唐吉訶德的侍從，性格忠實而逗趣。

貝絲奏起最歡快的進行曲，艾美拉開房門，瑪格必恭必敬地護送媽媽入座。馬奇太太又驚訝又感動，熱淚盈眶地微笑著打開這些禮物，閱讀附上的每一張短箋。她立即換上了那雙拖鞋，將一條新手帕塞進口袋，手帕上已灑遍艾美送的古龍水，又把那朵玫瑰繫在胸口，稱讚那副漂亮的手套「十分合手」。

大家盡情歡笑、親吻、互訴衷腸，這種簡單卻親密的儀式使種種家庭節日在當下如此愉悅，很久以後回憶起來又是何等甜美。送完禮物之後，大家又忙了起來。

上午的善行和慶祝花費了不少時間，下午便用來籌備晚會。這些女孩年紀還小，不能常上戲院，也無力花大錢為自家演出置辦行頭，於是她們發揮才智，造出所需的一切——需要乃發明之母。她們有些手工非常靈巧，用紙板做吉他，老式船形奶油盤覆上錫紙充當古燈，拿舊棉布縫製華美長袍，袍子上亮晶晶的錫片是從一家醃菜廠要來的，製作醃菜罐鐵皮蓋子所剩的邊角料也被要了來，她們將那些菱形碎片物盡其用地鑲到盔甲上。家具總是被搬得橫倒豎歪，大房間裡上演了一場又一場天真的狂歡。

男士不得加入劇團，因此喬大可將各種男角演個盡興。她對朋友送她的一雙褐色皮靴相當滿意，那朋友認識一位女士，那位女士又有相熟的演員。這雙靴子、一把舊花劍以及一件曾被某位畫家入畫的開衩緊身上衣，都是喬重要的寶物，無論在什麼戲裡都會出現。這個劇團太小，使得兩位主要演員須一人分飾多角，她們的用功值得嘉許，因為要學著扮三、四個角色，迅速更換各式戲服，還得管理舞臺。這對她們的記憶力是絕佳的訓練，也是一種無害的娛樂，消磨了不少時間，要不然這些光陰將在閒散寂寞中度過，或浪費於無甚益處的交際。

聖誕夜，十多個女孩擠在一張床上，權當坐在戲院樓廳前座，她們在黃藍相間的印花布幕前翹首以盼，令演員煞是欣喜。幕後傳來好一陣窸窸窣窣和竊竊私語，散出一縷燈煙，偶爾還伴著艾美的一串咯咯笑聲——她一興奮就容易歇斯底里。不久後鈴聲響起，帷幕揭開，這齣歌劇式悲劇開場了。

那張戲單上所寫的「一座幽暗樹林」的布景，是用幾盆灌木、地板上的綠色粗呢毯和遠處的一個「洞穴」構成的。這個「洞穴」以晾衣架作頂，衣櫃作壁，洞裡有個小爐子，正燃著熊熊的火，爐上擱著一口黑色鍋子，女巫阿加爾佝僂著身子站在鍋前。臺上黑漆漆的，爐火的光芒營造出良好效果，阿加爾一掀開鍋蓋，升騰的熱氣更讓人身臨其境。幕啟後大家激動了一會兒，待場面平靜下來，壞蛋烏戈昂首闊步地上臺了。他腰佩噹啷作響的寶劍，頭戴寬邊軟帽，一臉黑色鬍鬚，身披神祕兮兮的斗篷，腳蹬一雙褐色皮靴。他焦躁不安地走來走去，而後一拍額頭，激昂地放聲高歌，唱著他對羅德里戈的恨，對札拉的愛，以及除殺前者、博得後者的志在必得的決心。烏戈音色粗啞，間或情緒氾濫，發出一聲吶喊，表演令人拍案叫絕，觀眾不禁在他停頓喘息時鼓起掌來。他欠身致意，好似聽慣了眾人喝彩的演員一般架勢十足，隨後他悄悄走到山洞口，厲聲命令阿加爾出來：「喂！下人！我用得著你了！」

瑪格飾演的女巫阿加爾走出洞來，拄一根手杖，臉旁披掛灰白馬鬃，身穿紅黑相間的長袍，斗篷上綴著神祕符號。烏戈向她討兩劑藥，一劑可使札拉愛慕他，另一劑可置羅德里戈於死地。

阿加爾唱起一支扣人心弦的優美歌曲，答應了這兩件事，繼而召喚精靈帶來靈藥：

來此，來此，離家來此，
縹緲精靈，命你來此！
生於玫瑰，飲以露水，
靈丹妙藥，可會釀造？
小小精靈，聽我號令，
速速予我，芬芳靈藥，
其力迅猛，其味甜甘；
精靈精靈，應我召喚！

一段柔和的樂曲響起，山洞深處現出一個嬌小身影，乳白色衣裳，雙翼閃閃發光，頭戴玫瑰花環，金髮飄飄。她揮舞魔杖唱道：

我家在銀月，
縹緲路遙遙。
特為來此地，

施咒奉靈藥。
得藥須善用，
莫使法力消！

精靈在女巫阿加爾腳邊扔下一個鍍金的小瓶子，隨後不見了蹤影。阿加爾又念了一段咒語，召來另一個靈體——這個就不可愛了，砰的一下，一個醜陋的黑色妖精現身，嘶啞地答了一句話，將一個黑黑的瓶子擲向烏戈，冷笑一聲便消失了。烏戈用顫音唱了謝詞，把兩劑藥塞進靴子，轉身離去。阿加爾告訴觀眾，烏戈過去曾殺害她的幾個朋友，因此她對烏戈下了詛咒，意圖阻撓他的計畫，向他復仇。帷幕降下，觀眾稍歇片刻，邊吃糖邊討論這齣戲的長處。

帷幕再次開啟之前，臺上敲敲打打了好一會兒。當精湛的舞臺布景映入眼簾時，觀眾便對延遲揭幕再無怨言。這場的布景著實壯觀！臺上豎起一座直聳到天花板的高塔。塔腰處開了一扇窗，窗前點著一盞燈，白色窗簾背後出現的是札拉。她身著藍銀二色相間的美麗洋裝，等待著羅德里戈。羅德里戈上場了，他一襲華服，紅色披風，頭戴飾有羽毛的帽子，栗色長鬈髮，身背一把吉他，腳上當然還少不了那雙靴子。他跪在塔前，柔情似水地彈唱起一支小夜曲。札拉回唱一曲之後，答應和他私奔。接下來是這齣戲的精彩場面。羅德里戈拿出一副有五級梯蹬的繩梯，將一端拋給札拉，請她緣梯而下。她小心翼翼地從格子窗爬出來，一手搭在羅德里戈肩頭，正要優雅地往下跳，只聽得「哎呀，札拉，不好了！」她忘記提起裙裾——窗戶勾住了裙子，塔樓搖晃著前傾，轟然坍塌，把這一對不幸的戀人埋在了廢墟裡。

全場驚叫聲四起，那雙褐色靴子在殘垣斷壁中拚命晃動，一個金髮腦袋鑽出來大叫：「我早就告訴你了！我早就告訴你了！」劇中殘酷的父親唐佩德羅泰然自若地衝上場，拉出他的女兒，忙不迭耳語道：「別笑！若無其事地演下去！」接著他命令羅德里戈起身，橫眉冷目地要將他逐出領地。塔樓倒塌固然使羅德里戈受了驚嚇，他卻不從老先生的吩咐，拒絕離開。他無畏的模樣激起了札拉的勇氣：她也奮起違抗父親。於是唐佩德羅下令將他們兩人都打入城堡最深的地牢。一個身材敦實的侍從帶著鐐銬走來，把兩人押走，他看起來慌張失措，顯然是忘了該講的臺詞。

第三幕在城堡大廳，女巫阿加爾現身來解救這對戀人，了結烏戈的性命。她聽到烏戈走近，便躲到暗處，看他把藥劑分別倒入兩杯酒中，並指示膽怯的僕人費迪南多說：「把這拿去給牢裡那兩名囚犯，告訴他們我片刻就到。」僕人把烏戈帶到一邊說了些話，阿加爾趁機將兩杯酒換下。僕人把酒端走後，阿加爾又擺上一個杯子，杯中盛的是原本要給羅德里戈喝的毒酒。烏戈高唱一大段之後口乾舌燥，拿起酒杯一飲而盡，頓時神志不清，捶胸頓足了好一陣子，直挺挺倒地死去。阿加爾以一曲澎湃優美的唱段傾訴原委。

這實在是怵目驚心的一場戲，雖然可能有人覺得，壞蛋死前意外披瀉下來的那一大把長髮破壞了戲劇效果。當他在觀眾的要求下走到臺前謝幕時，還有禮有節地帶上了阿加爾——大家認為所有表演加起來都不敵她唱腔的美妙。

第四幕演的是絕望的羅德里戈聽聞札拉將他拋棄，正欲自盡時窗下傳來優美的歌聲，告訴他札拉對他忠貞不渝，只是身陷險境，只要他願意，就可搭救她。一把鑰匙拋了進來，牢門得以打開。羅德里戈一陣狂喜，扯斷了鐐銬，匆匆跑去尋找愛人，要去救她出來。

第五幕以札拉和唐佩德羅的激烈爭吵開場。唐佩德羅要求札拉去修道院，她不願聽從，一番情真意切的懇求之後，她幾乎快要昏厥過去了。此時羅德里戈衝上來，向她求婚。唐佩德羅嫌羅德里戈沒有錢，不肯答應。他們兩人比手畫腳，大喊大叫，卻吵不出個所以然來。正當羅德里戈要把筋疲力盡的札拉抱走之時，那個膽怯的僕人帶著阿加爾的一封信和一個袋子走了進來，而阿加爾已神祕地消失了。阿加爾寫信告訴他們，她將予這對年輕的戀人數不清的財寶，倘若唐佩德羅膽敢阻礙他們的幸福，她便要他大難臨頭。他們打開袋子，將好幾夸脫的「鐵皮錢」傾瀉於舞臺，金光閃閃，美不勝收。這完全軟化了那位「嚴父」的硬心腸。他沒有半句怨言，同意了他們的婚事，幾個人歡樂地合唱起來。這對戀人十分浪漫優雅地跪地，接受唐佩德羅的祝福，帷幕降下。

熱烈的掌聲隨之響起，卻又意外中斷，因為充當「樓廳前座」的那張折疊床突然合攏，吞沒了熱情的觀眾。羅德里戈和唐佩德羅飛奔上前救援，大家都毫髮無傷地脫身，只不過好些人笑得說不上話來。這股興奮之情還沒過去，漢娜出現了，她捎話說「馬奇太太有請，請各位小姐下樓用餐」。

大家喜出望外，見到餐桌後更是又驚又喜，面面相覷。看樣子像是媽媽要設宴好好款待她們一番，然而桌上這般佳餚，打從家道中落後，就再未見過。竟有兩盤冰淇淋，一盤粉色、一盤白色，還有蛋糕、水果和引人注目的法式夾心糖，桌子中間甚至擺放著四大束溫室栽培的鮮花！

這景象看得她們目瞪口呆，她們先盯著桌子，轉而又望向母親，母親一副樂在其中的神情。

「是仙女做的嗎？」艾美問。

「是聖誕老人。」貝絲說。

「是媽媽張羅的。」瑪格露出最甜美的笑容，儘管灰白的鬢髮和眉毛還掛在臉上。

「是馬奇姑婆心血來潮送晚餐來了。」喬靈光乍現，大叫起來。

「都不對。是勞倫斯老先生送的。」馬奇太太答道。

「是那個勞倫斯家男孩的爺爺！他怎麼會想到這件事呢？我們不認識他呀！」瑪格大吃一驚。

「漢娜把你們送早餐的事講給了他們家的一個僕人聽。勞倫斯老先生脾氣古怪，不過知道這事之後很高興。他和我父親是舊識。今天下午他派人送來一張寫得很客氣的字條，說希望我容許他向我家孩子表示友誼，值此佳節，送些小東西給她們。我不好拒絕，所以你們晚上就有了這小小的筵席，彌補只有麵包和牛奶的早餐。」

「是那個男孩讓他想到這麼做的，我知道一定是！他是個很棒的年輕人，真希望我們能成為朋友。他好像也想認識我們，但是他怕難為情，瑪格又太古板，每次我們在路上遇到，她都不讓我和他講話。」喬說。大家滿足地傳遞著餐盤，冰淇淋融化在一張張讚聲不絕的口中。

「你說的是住在隔壁大房子裡的那家人，是嗎？」一個女孩問道，「我媽媽認得勞倫斯老先生，可是她說他很自傲，不愛跟鄰居打交道。老先生除了讓孫子跟著家庭教師騎馬和散步，其他時候都把他關在家裡，逼他用功讀書，我們邀請他來聚會他都不來。媽媽說他人很好，不過他從不跟女孩子講話。」

「我們家的貓有一回跑走，是他送回來的，我們隔著柵欄聊天，聊得很投機——都是關於板球之類的事——後來他見瑪格過來，就走開了。我想要哪天和他正式認識一下，他需要樂趣，一定的。」喬說得斬釘截鐵。

「我喜歡他的風度，看起來像個小紳士，如果時機適當，我不反對你們認識他。這些花就是他捧過來的，那時我不清楚你們在樓上做什麼，要不然該請他進屋的。他臨走時聽到樓上的歡聲笑語，一臉嚮往，顯然他一天玩鬧的日子都沒有。」

「媽媽，幸好你沒請他進來！」喬看著自己的靴子大笑，「我們改天再另演一齣可以請他看的戲。搞不好他還能幫忙一起演呢。那不是很開心嗎？」

「我從沒收到過這麼精美的花束！多漂亮啊！」瑪格興高采烈地端詳她的花。

「真的很漂亮！不過我覺得貝絲送我的玫瑰更香。」馬奇太太說著，聞了聞衣帶上那朵奄奄一息的花。

貝絲依偎到她身邊，輕柔地說：「真希望可以把我那束花送給爸爸。我怕他的聖誕節不像我們的這麼快樂。」

3 勞倫斯家的男孩

「喬！喬！你在哪裡？」瑪格在閣樓樓梯底下大喊。

「這裡！」樓上一個沙啞的聲音答道。瑪格跑上去，只見妹妹一面啃著蘋果，一面讀著《雷德克利夫的繼承人》[14]，讀得直掉淚。灑滿陽光的窗邊，她裹著棉被，坐在老舊的三腳沙發上。這裡是喬最愛的避風港，她喜歡帶上五、六個蘋果和一本好書遁入此地，享受清幽和一隻愛鼠的陪伴。這隻小鼠「爪爪」原本住在近旁，一點也不怕她。瑪格一來，爪爪便一溜煙竄回洞裡去了。喬甩掉臉頰上的眼淚，等著聽瑪格帶來的消息。

「太有意思了！快看！這是加德納太太正式邀請我們明天晚上過去的請帖！」瑪格邊喊邊揮舞那張珍貴的帖子，然後帶著少女獨有的喜悅念了起來。

「『恭請光臨新年除夕的舞會，不勝榮幸，致馬奇小姐[15]、喬瑟芬小姐。加德納太太敬邀。』媽媽贊成我們去，那我們穿什麼好呢？」

「問這個做什麼？你明知道我們要穿府綢裙子去，因為我們也沒別的可穿。」喬嘴裡塞滿了蘋果，回答道。

「要是我有條絲綢裙子就好了！」瑪格歎息道，「媽媽說等我到了十八歲或許會幫我添置一條，可是還要等上兩年，實在太漫長了。」

「我相信我們的府綢裙子看起來和絲綢一樣，穿在身上夠漂亮了。你那條裙子跟新的似的，我差點忘了我那條還有燒焦和撕破的地方。我該怎麼辦呀？燒痕很顯眼，一點都去不掉。」

「你一定要盡量坐著不動，別給人看見背面，裙子正面滿好的。我要拿一條新絲帶束頭髮，媽媽會借她的小珠簪給我，我的新船鞋很可愛，手套也還勉勉強強，雖然不如理想的那麼好。」

「我的手套被檸檬水染色了，又沒法買新的，只好不戴手套了。」喬從不為衣著傷腦筋。

「你一定得戴手套，要不我就不去了。」瑪格堅決地說，「手套比任何東西都重要，不戴就不能跳舞，你要是不戴，我可要無地自容了。」

「那我待著不動算了。我不怎麼喜歡跳交際舞。踏舞步轉圈圈，一點意思都沒有。我喜歡到處跑跑跳跳。」

「你可不能要媽媽買新手套，價錢太貴，你又這麼粗心大意。媽媽說過，你如果把那一雙弄髒，她今年冬天都不會再給你買新的了。你不能把那雙洗得像樣些嗎？」瑪格焦急地問。

14《雷德克利夫的繼承人》：英國小說家夏洛特．瑪麗．揚（一八二三－一九〇一）的代表作，深得少年兒童喜愛。主角蓋伊．莫維爾性格正直、仁愛，不計前嫌，最終在照顧重病的反面人物菲利普時染病而亡，其善行也感化了菲利普。

15 馬奇小姐：十九世紀，姓加「小姐」是對家中長女的正式稱呼。

「我可以把手套握在手裡，這樣就沒人知道手套有多髒了，只能這麼辦了。不對！我跟你講我們怎麼應付吧——一人戴一隻乾淨的，握一隻髒的。你明白我的意思嗎？」

「你的手比我的大，會把我的手套撐壞的。」瑪格把手套當成心肝寶貝。

「那我就不戴手套去了。我不在乎別人怎麼說！」喬大聲說著，又捧起書來。

「給你拿去戴，給你！但是不要把它弄髒了，舉止規矩一點。不要把手放在背後，別盯著人看，也別說『老天爺啊』，好嗎？」

「不用擔心。我會盡量正正經經、不出洋相的——只要我管得住自己。回請帖去吧，讓我把這本精彩的小說看完。」

於是瑪格離開去寫「感荷盛意」了，再打理一下她的裙子，歡快地唱著歌，將她唯一一條手工蕾絲花邊鑲上去。與此同時，喬讀罷小說，吃完四個蘋果，還跟爪爪嬉戲了一會兒。

當晚，客廳空無一人，兩個姊姊正埋首於整裝赴會這件頭等大事中，兩個妹妹則當起服侍更衣的女僕來。梳妝雖然簡單，姊妹卻也有說有笑，跑上跑下好一番忙碌。有一陣子，屋裡還彌漫起頭髮燙焦的刺鼻氣味。原來是瑪格想要幾綹捲曲的劉海，喬便擔下這差事，拿一把燒燙的鉗子夾住她上了紙捲的頭髮。

「該讓頭髮這樣冒煙嗎？」坐在床沿的貝絲問。

「這是水氣。」喬答道。

「好奇怪的味道！像是羽毛燒焦了。」艾美說著，順了順自己漂亮的鬈髮，神氣活現。

「看著，現在我把紙捲拿開，你們會看到一叢小鬈髮。」喬放下了鉗子。

她取掉紙捲，卻不見那叢鬈髮，因為頭髮隨著紙一起掉落下來，這位理髮師自己也嚇壞了，她在受害人面前的梳妝檯上擺了一排烤焦的頭髮。

「啊，啊，啊！你幹了什麼好事呀？我完了！沒法去了！我的頭髮，啊，我的頭髮！」瑪格哀號起來，絕望地看著額前參差不齊的「捲毛」。

「真倒楣！你不該叫我來燙的。我總是把所有事情都搞砸。真對不起，鉗子太燙了，我弄得一團糟。」可憐的喬歎道。她眼淚汪汪，懊悔地望著那一團團焦黑的頭髮。

「沒有搞砸啊，把頭髮再捲一捲，綁上絲帶，末梢遮住一點額頭，看起來就是最時髦的髮型了。我見過好多女孩這麼打扮。」艾美安撫道。

「是我愛臭美，我活該。要是沒亂弄頭髮就好了。」瑪格使起性子來。

「我也這麼覺得，本來又順又亮，不過很快就會重新長出來的。」貝絲走過來安慰道，又親了親這隻被剪了毛的小羊。

歷經各種小災小難後，瑪格終於裝扮停當，全家人也齊心協力幫喬編好頭髮，穿戴齊整了。她們雖然衣著簡樸，卻也楚楚動人——瑪格身穿緄了蕾絲花邊的銀灰色裙子，頭戴藍色絲絨髮網和珠簪；喬則一身絳紫，僅有的裝飾是一個男式亞麻硬領和幾朵白菊。兩人各戴一隻素淨的手套，另一隻手握著髒手套，大家都誇這儀態「溫文大方」。瑪格的高跟鞋很緊，把腳頂得生疼，儘管她不肯承認。喬的十九根髮夾彷彿都直刺入頭皮，想想也知道極不舒服。但是天啊，不優雅，毋寧死！

「寶貝，玩得開心點！」姊妹倆輕盈地走下門階時，馬奇太太說，「晚飯別吃太多，十一點回家，我讓漢娜去接你們。」大門在她們身後哐啷一聲關上後，從窗口又飄來一聲呼喊：「女兒，女兒！你們倆都帶了像樣的手帕了嗎？」

「帶了，帶了，很漂亮呢，瑪格還在她的手帕上灑了古龍水。」她們一面往前走，喬一面往回喊，又笑著加了一句，「我保證就算我們在地震逃難時，媽媽也會問這個的。」

「這是媽媽的一種高雅品味，很得當，因為真正的淑女總是可以從整潔的靴子、手套和手帕看出來。」瑪格答道。她自己也有不少小小的「高雅品味」。

「喬，別忘了，燒壞的地方不要給人看見。我的腰帶端正嗎？頭髮看起來一塌糊塗嗎？」她們到了加德納太太家的化妝間，瑪格對鏡理妝好一陣子後轉頭說道。

「我知道自己會失態的。要是你看到我有什麼做得不對的地方，就使個眼色提醒我，好嗎？」喬回答，又拉了一下衣領，再匆忙順了順頭髮。

「不要，使眼色不是淑女該做的事。如果你有錯，我會抬一下眉毛，如果沒什麼不對，我就點點頭。好了，背挺直，走碎步，把你介紹給誰認識時，不要主動去握手，那不得體。」

「你是怎麼學會這麼些規矩的？我總學不會。這音樂多棒呀。」

她們走下樓，心中怯怯的，因為她們很少參加舞會。這次舞會雖然不大，也不十分正式，但對她們而言已是盛事一樁。加德納太太是一位端莊的老夫人，她親切地招呼她們，將她們交代給六個女兒中最年長的莎莉。瑪格本來就認識莎莉，所以很快就不再拘束了，而喬不大愛和女孩子湊在一起說長道短，就只是閒站著，小心地把背靠著牆，像一匹被牽進花園裡的馬駒那樣格格不入。房間另一隅有五、六個開朗的年輕人正在談溜冰的事，她巴不得走過去加入他們，溜冰可是她生活中的一大樂事。她向瑪格透露了心意，只見瑪格那雙眉毛高高揚起，嚇得她不敢輕舉妄動。沒有人過來和她講話，附近的人也紛紛散開去，最後只剩她一個。她生怕露出衣服燒焦的地方，沒法四下走動取樂，只好孤零零地望著別人，直到舞會開始。馬上有人來向瑪格邀舞，那雙緊繃的鞋子舞動得如此輕快，沒人能猜到笑吟吟的鞋主人正極力忍著雙腳的疼痛。喬看到一個高大的紅髮青年朝她的角落走來，擔心是來請她跳舞的，便溜進一處掛著帷幔的凹室，打算旁觀舞池，獨享清閒。不巧的是，有另一個靦腆的人早已看中這處庇護所，掀開的帷幔在喬身後落下時，喬發現與她四目相對的，是那個「勞倫斯家的男孩」。

「哎呀！我不知道這裡面有人！」喬結結巴巴地說著，想像闖進來時那樣迅速退出去。

可是男孩笑了，雖然神情有點驚慌，卻依舊友善：「不用管我，只要你喜歡，就待在這裡吧。」

「我不會打擾你嗎？」

「一點也不會。你看，我到這裡面來，只是因為不認識幾個人，起先有些不自在。」

「我也是。請不要離開，除非你真想走。」

男孩再度坐下來，盯著自己的淺口鞋，到後來喬開了口，她想盡量把話講得禮貌、輕鬆一點：「我想我以前有幸見過你。你住在我們家附近，是嗎？」

「住隔壁。」他抬起頭哈哈大笑，喬一本正經的樣子很有趣，他明明記得那天把貓送回去時，他們倆還聊過板球。

喬見狀輕鬆不少，也笑了起來，熱誠地說：「你送來的聖誕厚禮，真的讓我們很開心。」

「是我爺爺送的。」

「但那是你出的主意，不是嗎？」

「馬奇小姐，你們的貓好嗎？」男孩問，試圖擺出嚴肅的模樣，一雙黑眼睛卻閃著快樂的光芒。

「很好，謝謝你，勞倫斯先生。不過我不是馬奇小姐，我只是喬。」小淑女答道。

「我也不是勞倫斯先生，我只是勞里[16]。」

「勞里．勞倫斯——這名字真少見！」

「我名叫希歐多爾，可是我不喜歡這名字，因為同學都叫我朵拉[17]，所以我要他們改叫我勞里。」

「我也討厭我的名字——太秀氣了！我希望大家都叫我喬，別叫喬瑟芬。你是怎麼讓那些男孩不再叫你朵拉的？」

「我揍他們啊。」

「我又不能揍馬奇姑婆，只能忍著了。」喬只得歎了口氣作罷。

「你不喜歡跳舞嗎，喬小姐？」勞里問道，看來他認為這個名字很適合她。

「如果地方夠大，大家都很活潑，那我還滿喜歡的。像現在這種地方，我一定會打翻什麼東西、踩到別人的腳，或者闖出別的禍來，所以我就不去胡鬧了，讓瑪格好好地跳。你跳不跳舞？」

「有時候跳。要知道我在國外待了好多年，和這裡的人來往不夠多，還不熟悉你們的習慣。」

「國外！」喬叫起來，「噢，說給我聽聽吧！我可喜歡聽人家講旅行的事了。」

勞里一時不知從何講起，不過喬熱切的發問很快令他侃侃而談，他告訴她在沃韋[18]上學的事，那裡的男學生從來不戴帽子，他們有一排小船停在湖上，度假時會和老師一起去瑞士各地遠足。

「要是我也能去那裡就好了！」喬叫道，「你去過巴黎嗎？」

「我們去年冬天就是在巴黎過的。」

「你會說法語嗎？」

---

16 勞里：「勞倫斯」的暱稱。

17 朵拉：多為女名，英文原文為「Dora」，與希歐多爾的英文原文「Theodore」的後四字母相近。

18 沃韋：瑞士沃州城市，位於萊芒湖東岸。

「我們在沃韋只說法語，不准說別的話。」

「說幾句吧！我看得懂，但不會念。」

「Quel nom a cette jeune demoiselle en les pantoufles jolis?」勞里隨和地說。

「你說得真好！我想想——你說的是，『那位穿著漂亮鞋子的年輕女士是誰』，對嗎？」

「是的，小姐[19]。」

「那是我姊姊瑪格麗特，你認識她的！你覺得她漂亮嗎？」

「漂亮，她讓我想到德國女孩，看起來那麼清麗、那麼文靜，跳起舞來有淑女風範。」

聽這男孩純真地讚美姊姊，喬不覺喜形於色，就把這些話記在心裡，準備回頭轉告瑪格。

他們兩人一面旁觀，一面評論、聊天，漸漸感覺彼此相識已久。勞里很快便不再羞澀，喬紳士般的舉止把他逗樂了，他也就不再拘束。喬則恢復了歡快的本性，因為掩飾洋裝的事已拋在腦後，而且沒有人朝她抬眉毛了。她比以前更喜歡這個「勞倫斯家的男孩」，又細細打量了他幾眼，好回去向姊妹形容他，她們沒有兄弟，堂表兄弟也極少，男孩在她們眼中差不多是未知生物。

「黑色鬈髮，膚色較深，大大的黑眼睛，鼻子高挺，牙齒整齊，手腳小巧，個子比我高，以一個男孩來說，算是很有禮貌，還十分開朗。不知道他幾歲了？」

這個問題已溜到喬的嘴邊，她又及時吞了回去，試圖以她少有的圓通，拐彎抹角找出答案。

「我想你就快上大學了吧？我看你一直在啃書本——不，我是說，在用功讀書。」「啃書本」這糟糕的字眼脫口而出，喬不由得羞紅了臉。

勞里微微一笑，神色並沒有不快，他聳了聳肩答道：「一兩年內還不會，反正，十七歲之前我不會去上。」

「你才十五歲嗎？」喬望著這個高高的男孩，她本來猜測他已年屆十七。

「下個月滿十六歲。」

「我多希望能快點上大學啊！你看起來不喜歡。」

「我討厭上大學！大學裡整天不是苦讀，就是嬉鬧，沒別的。我也不喜歡這個國家上學的方式。」

「你喜歡什麼呢？」

「喜歡住在義大利，按我自己的方式快樂過活。」

喬非常想問他的方式是什麼，但是看他蹙起兩道烏黑的眉毛，陰沉沉的，她便一腳踏著樂曲的拍子，同時話鋒一轉：「這首波爾卡舞曲真好聽！你為什麼不去跳一跳呢？」

「要是你也去的話。」他答道，殷勤地微微一鞠躬。

「我不能去，我跟瑪格說了我不跳，因為——」喬打住了，似乎在猶豫該以實相告還是哈哈一笑。

---

19 是的，小姐：原文為法文。

「因為什麼？」勞里好奇地問道。

「你不會告訴別人吧？」

「絕不會！」

「好吧，我有個壞習慣，就是喜歡站在火爐前面，所以燒壞了好多件裙子，身上這件也不例外，雖然已被細密地縫補過，但還是看得出來。瑪格叫我待著別動，這樣就不會有人發現了。你想笑就笑吧。很好笑，我知道。」

然而勞里沒有笑，他低頭尋思片刻，臉上的神情讓喬猜不透，然後很輕柔地說：「沒關係的，我告訴你該怎麼辦：那裡有一道長廊，我們可以去盡情地跳，沒人會看到我們。請來吧。」

喬謝過他，欣然同往。看見舞伴戴的那一副精緻的珠白色手套，她真希望自己能有兩隻潔淨的手套。長廊上空無一人，他們歡暢地跳了一支波爾卡舞。勞里舞藝精湛，他還教喬跳充滿搖擺與跳躍的德國方舞，喬高興不已。曲畢，他們在樓梯上坐下歇息，勞里為喬講述海德堡的一次學生慶典，正講到一半，瑪格找妹妹找到這裡來。她招了招手，喬無奈地跟著她走進一間旁室。一進門，瑪格就坐倒在沙發上，握住一隻腳，面色慘白。

「我腳踝扭傷了。那隻破高跟鞋歪了一下，害我突然扭到。太痛了，我站都站不住，不知道到底該怎麼回家了。」她痛苦得身子直搖晃。

「我就知道你那雙傻乎乎的鞋會傷到腳的。真難過。但我不曉得有什麼辦法，你只能找一輛馬車，要不就在這裡待一晚。」喬邊回答，邊輕輕揉著姊姊受傷的腳踝。

「不花一大筆錢可租不到馬車。我看根本找都找不到一輛，大多數人是坐自家馬車來的，但馬車行離這裡又遠，沒人可以幫忙去租。」

「我去。」

「不行，絕對不行！都過九點了，外頭烏漆墨黑的。我不能在這裡過夜，房間都住滿了，莎莉留下了幾個女孩。我休息一下，等漢娜來，再盡力走回去。」

「我去拜託勞里，他會去的。」喬想出這主意來，露出寬解的神氣。

「哎呀，別！別去拜託，也別告訴任何人。把我的橡膠鞋拿過來，把這雙舞鞋和我們的東西收在一起。我沒法再跳舞了，等晚餐過後就等著漢娜，她一到就告訴我。」

「他們現在要去吃晚餐了。我陪你，我寧願留在這裡。」

「不要，親愛的，快去吧，幫我端些咖啡來。我好累，動彈不了！」

然後瑪格斜倚在沙發上，把橡膠鞋嚴實地遮掩起來。喬慌慌張張地朝餐廳跑去，途中誤闖一間瓷器儲藏室，一推開門就見加德納老先生在裡面獨自享用茶點，而後才找到餐廳。她一個箭步衝到餐桌前，剛倒了杯咖啡，轉眼就打翻了，濺汙了裙子正面，這下她衣服前後都一樣糟了。

「啊，天哪，我真是個冒失鬼！」喬驚呼，忙用瑪格的手套擦拭裙子，於是又毀了那隻手套。

「我可以幫忙嗎？」一個友善的聲音問道。來者正是勞里，他一手拿著滿滿一杯咖啡，一手端了一碟冰淇淋。

「我正要拿些東西去給瑪格，她很累，誰知剛才有人撞了我一下，我就成這副德行了。」喬答道，黯然地看看髒汙的裙子，又看看染成咖啡色的手套。

「真慘！我正好想把這些東西給誰送去。可以容許我端給你姊姊嗎？」

「啊，謝謝！那我帶你去找她。我可不要自告奮勇端東西了，由我端去只會再惹禍的。」

喬在前領路，勞里似乎很習慣為女士效勞，他搬來一張小桌子，又為喬另送來一份咖啡和冰淇淋，如此熱心，就連愛挑剔的瑪格也誇他是個「好孩子」。他們愉快地吃著夾心糖，讀著糖紙上的格言，和兩三個晃進來的年輕人一起玩安靜的「拍七令」遊戲。正玩到興頭上，漢娜來了。瑪格忘了腳傷，猛然一起身，痛得大叫出聲，連忙扶住喬。

「噓！什麼都別講。」她悄聲囑咐，接著提高了嗓門說，「沒事的。我的腳扭了一下而已。」說完，她跛著腳上樓去穿外套。

漢娜開口責備，瑪格哭了起來。喬一時張惶失措，最後決定親自解決此事。她溜出房間，跑下樓，找到一個僕人，問他能否為她租一輛馬車。不巧那僕人是臨時雇來的，對附近的情形一無所知，喬只得再四下找人幫忙。勞里聽見她求助，便走上前來，說祖父派來接他的馬車剛到，可以載她們同行。

「時間還早呢！你一定還不想走吧？」喬看起來心中一寬，卻又不敢即刻接受這份美意。

「我一向走得早——真的！請讓我送你們回家吧。你知道的，本來就順路，況且聽說外面在下雨。」

事情就這麼解決了。喬將瑪格的苦衷講給他聽，感激地接受了他的好意，隨後跑上樓帶她們下來。漢娜像貓一樣厭煩下雨天，因此也沒有多話。她們坐上那輛豪華的有篷馬車揚長而去，自覺相當高雅，滿心歡喜。勞里坐在前方的車夫座，騰出位置讓瑪格擱腳，兩姊妹便無拘無束地談起剛才的舞會來。

「我玩得很開心，你呢？」喬問，一面撥散了頭髮，放鬆下來。

「我也是，可惜後來扭傷了腳。莎莉的朋友安妮．莫法特跟我很合得來，她邀我之後跟著莎莉一起去她家住一個星期。明年春天歌劇團來的時候，莎莉就會去，到時一定會十分精彩的，希望媽媽能允許我去。」瑪格回答，想到此處，她不禁雀躍起來。

「我看到你和那個紅頭髮的人跳舞，我躲開了他。他人好嗎？」

「噢，很好啊！他頭髮是褐色的，不是紅色。他很有禮貌，我和他跳了一支優美的雷多瓦舞！」

「他跳新舞步時活像一隻抽筋的蚱蜢。我和勞里都忍不住大笑。你聽見我們笑了嗎？」

「沒有，那也太失禮了。你們躲在那裡那麼久，到底在幹嘛？」

喬講述起她的奇遇來，講完時她們也到家了。她們向勞里連聲道謝，又道過晚安，隨後躡手躡腳地進屋，生怕驚擾家人。哪知房門嘎吱一響，兩個頂著睡帽的小腦袋就冒了出來，兩個睏乏卻急切的聲音喊道：「講講舞會的事！快講講舞會的事！」

儘管被瑪格斥責「不成體統」，喬還是將省下的一些夾心糖帶了回來給妹妹。兩個妹妹聽完這一晚跌宕起伏的經歷，很快又安睡了。

「我得說，今晚真像當了一回名門閨秀，坐馬車從舞會回家，穿睡袍坐著，旁邊還有侍女服侍。」瑪格說著，喬替她的腳敷上山金車酊，又為她梳順了頭髮。

「雖然我們燙焦了頭髮，穿舊裙子，一人只戴一隻手套，傻傻地踩著太緊的鞋子扭傷了腳踝，我還是相信，名門閨秀的快樂也不會比我們更多了。」

4 重擔

「唉，我們又要背起行囊上路了，感覺真不容易啊。」舞會次日早晨，瑪格歎息道。節日已過，一週的歡慶更令她提不起勁回到向來就不喜歡的工作中。

「真希望天天都是聖誕節或新年。那該多開心啊！」喬失落地打著哈欠，附和道。

「我們本不該這樣吃喝玩樂的。可是享用晚餐、收到鮮花、參加舞會、坐馬車回家、看看書、休息一下、不用工作，真是太愜意了。你知道的，就跟別人一樣這麼過日子。我一直很羨慕那些女孩，我確實喜歡奢華的生活。」瑪格說，一面比較著手裡兩條破舊的裙子，想看看哪條體面一些。

「算了，我們沒有這種福分，就別發牢騷了，扛起包袱來，學媽媽一樣高高興興地向前走吧。要我說，馬奇姑婆就是我扛在肩頭的『海之老人[20]』，可是我想，也許等我學會毫無怨言地

20 海之老人：《天方夜譚》中的《辛巴達歷險記》裡，終日騎在辛巴達脖子上役使他的人物，出現在辛巴達的第五次航海旅行。

背著她，她就會掉下來，或者變得很輕，我就不會再介意了。」

喬被這個想法勾起了興致，精神也抖擻起來，而瑪格仍舊悶悶不樂，她的負擔是四個被寵壞的孩子，這擔子似乎比以往更沉重了。她甚至無心裝扮——無心像平常那樣繫上藍色領結，梳起最得宜的髮型。

「好看有什麼用？除了那幾個壞脾氣的小東西，又沒人看得見我，沒人在乎我漂不漂亮。」她嘟囔著，用力一推，關上了抽屜，「我這輩子就是勞碌命，偶爾才會有一點點樂趣，剩下就只有變老、變醜、變刻薄，因為我窮，沒法像別的女孩那樣享受人生。太遺憾了！」

瑪格說完，一臉委屈地走下樓去，吃早餐時也全無和順的神情。大家看起來都心情不好，滿腹牢騷。貝絲頭痛，躺在沙發上逗玩大貓和三隻小貓以排遣不適；艾美擔心功課沒念好，橡皮擦又找不到了；喬吵吵鬧鬧的，正準備吹口哨；馬奇太太在趕寫一封馬上要寄的信；漢娜也一肚子怨氣，因為昨天睡得晚，她很不習慣。

「從沒見過脾氣這麼壞的一家人！」喬打翻了墨水臺，又扯斷了靴子的一雙鞋帶，一屁股坐在自己的帽子上，終於忍不住發起來火來。

「你就是脾氣最壞的那一個！」艾美反唇相稽。她在寫字板上做算術，因錯誤百出急得淚水直落，弄花了那些數字。

「貝絲，如果你不把這幾隻討厭的貓關進地下室，我就淹死牠們。」瑪格怒吼道。正有一隻小貓爬到了她的背上，像芒刺似的黏著不走，她想趕牠下來，卻碰不到。

喬看得直笑，瑪格責罵個不停，貝絲為貓苦苦哀求，而艾美則號啕大哭，因為她算不出來九乘十二等於多少。

「你們幾個孩子，安靜一下吧！我無論如何得趕著早班郵車寄出這封信，你們的煩心事讓我沒法專心寫了。」馬奇太太高聲說道，劃掉了信中第三次寫錯的句子。

屋內降下片刻的靜默，而後又被漢娜打破，她大步走進來，把兩個熱騰騰的酥餅往桌上一放，又轉身衝了出去。這種酥餅是家裡的傳統點心，這些女孩稱之為「暖手筒」，她們沒別的東西可以暖手，在寒冷的早晨，用熱酥餅焐焐手相當適意。漢娜不管家事多忙、心情多鬱悶，也從不會忘記做這些酥餅，因為這幾個女孩出門要走一段荒涼的長路，午餐只有酥餅可吃，又很少能在下午兩點前回家。

「貝絲，抱著你的貓，讓頭痛快點好吧。媽媽，再見。我們今天早上是一幫無賴，但是我們回家時會變回真正的天使的。瑪格，走吧！」喬拖著腳步出發了，心想她們這幾個「朝聖者」似乎未能照著應有的樣子啟程。

她們轉過路口前，總要回頭望望，因為媽媽總是在窗前點頭微笑，向她們揮手。不經這一番送別，她們似乎怎麼都過不好一天，無論心裡是陰是晴，此時看一眼母親的面容便如沐春暉。

「如果媽媽不朝我們飛吻，而是揮揮拳頭，那也是我們罪有應得，因為再也找不到比我們更加不知感恩的渾蛋了。」寒風飛雪中，喬懊喪地高聲懺悔。

「別說這種難聽話。」瑪格的聲音裹在層層頭巾裡，她這身裝扮儼然一個厭世的修女。

「我喜歡意思準確又有力量的詞。」喬回應道，一把抓住頭頂被風吹動、險些飛走的帽子。「你愛叫自己什麼都行，但我可既不是無賴，也不是渾蛋。我不希望人家這樣叫我。」

「你是個失意的人兒。今天之所以這麼暴躁，是因為你不能天天養尊處優。可憐的好姊姊，等我發了財，你就可以盡情坐馬車、吃冰淇淋、穿高跟鞋、收花束、和紅髮男孩跳舞了。」

「喬，你真可笑！」瑪格被喬的打趣話逗笑了，心情不由得也好了些。

「你得慶幸我可笑啊，假如我跟你一樣愁眉苦臉、萎靡不振，那我們可太好看了。謝天謝地，我總能找些有趣的事讓自己打起精神。別再發牢騷了，回家時要高興點，這才是好孩子。」

喬拍了一下姊姊的肩膀鼓勵她，隨後兩人各行各路，分途而去，都握著熱呼呼的「暖手筒」，都想要振作起來，儘管天寒地凍、工作勞苦，儘管年輕人愛享樂卻求而不得。

當初，馬奇先生為幫助一位不幸的朋友而散盡家財，兩個年長的女兒便懇請出門做些工作，至少自食其力。馬奇夫婦認為培養孩子的毅力、勤奮和自立精神越早越好，就應允了。於是姊妹倆一腔熱忱地投入工作，這股熱忱必將排除萬難，開花結果。

瑪格麗特找了一份幼兒家教的工作，薪水微薄，她卻已感覺富足。她常說自己「喜歡奢華的生活」，最煩惱的便是貧窮。她比幾個妹妹更耐不住貧窮，因為她還記得家道興盛的往日，生活安逸，豐衣足食。她很想知足，盡量不眼紅別人，但是女孩子渴望漂亮的東西、歡樂的夥伴、琴棋書畫和幸福的生活，再自然不過了。在金家，她每天都能看到自己想要的一切，因為那幾個孩子的姊姊初登社交界，瑪格時不時瞥見雅致的舞會禮服和花束，聽見她們熱烈地談論戲院、音樂會、雪橇出遊等各種娛樂，眼看著她們揮金如土，金錢對她自身而言卻是如此寶貴。可憐的瑪格很少訴苦，但心中的不平有時會使她對什麼人都心懷怨恨。她尚不知曉自己已活在豐美的祝福裡，單是這祝福就足以令生活富足。

喬剛好適合陪護馬奇姑婆，姑婆跛足，需要有個活潑的人隨侍在側。當年馬奇夫婦一家落難，這位無兒無女的老太太曾提議收養他們的一個女兒，遭到婉拒後，她大為惱火。朋友對馬奇夫婦說，他們再無機會被這位有錢的老太太寫入遺囑了。淡泊名利的馬奇夫婦卻只說：「縱使是金山銀山，也無法讓我們拋棄女兒。無論是貧是富，我們一家人都要在一起，和和樂樂過日子。」

老太太好一陣子都不願和他們說話，後來在朋友家偶然遇到喬，喬滑稽可愛的表情和直率的舉止十分合她的意，便提出要喬去做伴。喬根本不樂意，然而眼前沒有更好的工作，便權且接受了。誰都想不到，喬竟和這位愛生氣的親戚相處得非常融洽。兩人之間偶爾也會起風波，有一次喬氣得跑回家，聲稱自己再也受不了了；不過馬奇姑婆的脾氣一向去得很快，不一會兒又派人請她回去，那份迫切令她推卻不得，因為她心中其實相當喜歡這個急躁的老太太。

我猜想，真正吸引喬的，是那間藏滿好書的大書房。馬奇姑婆丈過世後，書房已蛛網塵封。喬記得那位慈祥的老先生，他從前常允許她用大部頭的字典搭鐵路、築橋梁，也常手捧拉丁文圖書，為她講裡頭那些奇異圖畫所描繪的故事，每次在街上遇見她，還會給她買幾塊薑餅。那個光線昏暗、灰塵滿布的房間裡，有幾尊在書架上居高臨下的半身雕像，幾張舒適的椅子，幾個地球儀，最好的當然是那一片卷帙浩繁的原野，她可以隨心所欲地徜徉其間，書房成了她的一方福地。馬奇姑婆打盹或招待客人時，喬就急忙躲進這個清靜之處，蜷起身子坐上安樂椅，如飢似渴地閱讀詩歌、傳奇故事、歷史、遊記和圖畫，好像一隻真正的書蟲。但凡幸福之事，總不能長久：她每每讀到故事的緊要關頭、詩歌最美妙的句子或遊記中最艱險的旅程，屋外必會傳來一個尖銳的聲音，喚著「喬瑟——芬！喬瑟——芬！」，每當這時，她就不得不離開她的樂園，去外面繞毛線，給貴賓犬洗澡，或者為老太太讀上好幾個小時貝爾沙姆[21]的《隨筆集》。

喬夢想成就一番事業，至於是什麼事業，她還沒有頭緒，只能留待時間為她揭曉，而她覺得現在最大的苦惱是無法盡興地看書、跑跳和騎馬。她脾氣躁，刀子嘴，又有一顆不安分的心，因此常常惹上麻煩，她的生活波瀾起伏，亦喜亦悲。在馬奇姑婆家受的鍛鍊正是她所需要的，而且想到能自食其力，她就覺得高興，也就樂於接受耳畔那沒完沒了的「喬瑟——芬！」了。

貝絲太內向，無法上學；她嘗試過，可是在學校如坐針氈，最後只得作罷，留在家中由父親教她功課。後來父親遠行，母親也深受感召，將才能與精力奉獻給軍人援助會，即使如此，貝絲仍兢兢業業，全力以赴地自學。她是個精於持家的小女孩，空閒時便幫助漢娜打理家務，讓外出工作的家人得以回到整潔又舒適的屋子裡，她從不求回報，只希望大家愛她。她度過一個個寧靜悠長的日子，既不寂寞也不閒散，因為她的小小世界裡住滿了想像出來的朋友，而且她天生就是一隻勤勞的小蜜蜂。貝絲畢竟還是個孩子，始終很愛她的玩偶，每天早晨她都要抱起六個洋娃娃，為它們穿衣打扮。這些娃娃沒有一個是完整或精美的，全是貝絲收留的「棄兒」，兩個姊姊長大，不玩娃娃了，就把它們傳給她，因為艾美是不會要老舊醜陋的東西的。正因如此，貝絲愈加溫柔地疼惜它們，還為「病弱」的娃娃建了一間醫院。她從不把針刺進它們的棉花肚子裡、從不打罵它們，就連最不討人喜歡的娃娃，她都不會疏於照顧而傷了它的心。她給所有娃娃吃穿，照料它們，撫摩它們，對它們的寵愛經久不衰。有個殘缺的洋娃娃是喬遺棄的，它命途多舛，最後病骨支離被丟在碎布袋裡，貝絲將它從沉悶的「收容所」救出，對它悉心呵護。娃娃的頭皮光禿禿的，貝絲就為它繫上一頂小巧的帽子；娃娃四肢都不見了，貝絲就用一條毯子裹住它，掩蓋這些缺陷，又把這位長期病患安置在最好的病床裡。我想，要是有誰知道她傾注在這個娃娃身上的關愛如此之深，就算不免發笑，心中也一定很感動。她會送它幾朵鮮花，讀書給它聽，會把它藏在外套裡，帶出門呼吸新鮮空氣，還會為它唱搖籃曲，臨睡總不忘親親它髒兮兮的臉蛋，溫柔地耳語：「祝你一夜安眠，我的小可憐。」

貝絲和姊妹一樣，也有自己的煩惱，她並非天使，只是凡間的一個小女孩，用喬的話來說，她常會「掉幾滴淚」，因為無法上音樂課，又無法擁有一架好鋼琴。她摯愛音樂，如此努力地學習，始終在那架舊鋼琴前叮叮咚咚地不懈練習，好像真該有人（並非暗指馬奇姑婆）來幫助她。然而沒人伸出援手，沒人看到貝絲獨自練琴時，把淚滴從泛黃又走音的琴鍵上拭去。她演奏時會

21 威廉・貝爾沙姆（一七五二—一八二七）：英國政治作家、歷史學家。

像一隻小百靈鳥那樣唱歌，不會累地彈琴給媽媽和姊妹聽，日復一日心懷期望地告訴自己：「我知道，只要我乖乖地練習，總有一天可以學好音樂。」

世上有許許多多個貝絲，羞澀嫻靜，安坐在角落，有人需要時才走上前來，欣欣然為他人而活，卻無人察覺她的犧牲，直至爐邊的小蟋蟀[22]不再鳴唱，和煦的身影消失無蹤，空留沉寂與陰暗。

如果有人問艾美她生活裡最愁苦的是什麼，她會立刻回答：「我的鼻子。」她還是小嬰兒的時候，有一次喬不小心把她摔進煤桶裡，艾美認定是那一摔害得她的鼻子永遠破相了。她的鼻子雖不像可憐的「彼得雷婭」[23]的鼻子那樣又大又紅，卻有點塌，怎麼捏都捏不出具有貴族氣息的鼻尖來。除了她自己，沒人在意這件事，而且她的鼻子已越長越挺，但是艾美深感自己缺少一個希臘人般的高鼻子，只能在紙上畫下一個又一個高挺的鼻子聊以自慰。

因為她的繪畫天才，幾個姊姊稱她為「小拉斐爾[24]」，她最快樂的事莫過於臨摹花卉、描繪仙女，或是用奇妙的藝術形象展現故事。學校老師抱怨說她不拿寫字板好好做算術，卻常在上面畫滿動物，地圖冊的空白頁也用來勾摹地圖，各種課本中不湊巧就會閃現一幅幅好笑至極的漫畫。但她盡力念好功課，在品行上也是模範，這足以使她免於受懲。她廣受同學喜愛，因為為人和氣，有本事輕而易舉地取悅別人。她小小的傲氣備受欽羨，更遑論一身的才藝，除了畫畫，她還會彈十二支曲子，會鉤織，念起法文來，全篇三分之二以上的字都不會念錯。她會述說「爸爸還有錢的時候，我們如此這般……」說得哀婉動人，女生都認為她用的那些冗長的詞語「十分典雅」。

艾美快要被寵壞了，大家都疼她，她微小的私心和虛榮心便日漸膨脹。然而，有一件事壓抑了她的虛榮心，那就是她必須穿表姊弗洛倫絲穿剩下的衣服。表姊的媽媽毫無品味，因此艾美沒有心儀的藍色軟帽可戴，只能苦不堪言地戴上一頂紅色的，而洋裝也與艾美極不相稱，圍裙又花花綠綠且不合身。表姊的衣物都不錯，做工精良，也沒穿過幾次，卻實在難容於艾美的藝術眼光。尤其在今年冬天，艾美上學穿的裙子竟是暗紫色綴黃點、沒有飾邊的。

「我唯一的安慰是，」艾美眼淚汪汪地對瑪格說，「媽媽不會在我調皮的時候，把我的裙子折邊改短，像瑪麗亞．派克的媽媽那樣。天啊，那真可怕，有時候她太皮了，裙邊被折到膝蓋那麼高，沒法上學了。我想到這種曲路（屈辱），就覺得自己的塌鼻子和黃色煙火圖案的紫色裙子都可以忍受了。」

瑪格是艾美的知己與監督者，喬與文靜的貝絲之間也是同樣的關係，因為她倆性格互補，總是莫名地互相吸引。內向的貝絲只對喬一人傾訴心事；不知不覺中，比起其他家人，貝絲對這個莽莽撞撞的姊姊影響頗深。兩個姊姊彼此也很親，她們一人帶一個妹妹，用各自的方法照看

---

22 爐邊的小蟋蟀：出自英國作家查爾斯．狄更斯（一八一二—一八七〇）的小說《爐邊蟋蟀》，象徵為家庭帶來好運的事物。

23 彼得雷婭：瑞典作家弗雷德麗卡．布雷默爾（一八〇一—一八六五）小說《家》中的人物。

24 拉斐爾．桑西（一四八三—一五二〇）：義大利畫家，「文藝復興後三傑」中最年輕者。

——她們稱之為「扮媽媽」——妹妹取代了那些遭她們丟棄的娃娃，她們以小婦人的母性照顧著妹妹。

「有人說點什麼嗎？今天死氣沉沉的，我實在想聽些有趣的事。」那天晚上她們幾個坐在一起縫紉時，瑪格說道。

「今天我和姑婆鬧彆扭，最後我占了上風，我跟你們說說吧。」喬非常喜歡講故事，「我和平時一樣，念著那本永遠念不完的貝爾沙姆，越念越含混，姑婆很快就打瞌睡了，於是我掏出一本更好看的書，一個勁地讀，讀到她醒過來。我其實自己也睏了，沒等她再睡著，我就打了個大哈欠，她問我為什麼嘴張那麼大，都可以把整本書一口吞下去了。

「『我倒是想一口吞下，了結了它。』我盡量不把話說得太衝。

「然後她對我好一番數落，叫我坐在一邊反省罪過，她自己又瞇了一會兒。她從來都不會很快回過神來，所以一等她的帽子像頭重腳輕的大理花那樣一垂一垂的，我就又從口袋裡抽出《威克菲爾德的牧師》[25]讀了起來，一隻眼睛看『牧師』，一隻眼睛留意姑婆。讀到他們掉進水裡那一幕，我開心忘形，笑出了聲。姑婆被我吵醒了，她打盹之後脾氣好了不少，就叫我念上一段，要看看比起貝爾沙姆富有教育意義的金玉良言，我更偏愛的這本是什麼無聊的書。我有聲有色地念給她聽，她很喜歡，卻只是說：『我不明白這講的是什麼。從頭再念一遍吧，孩子。』

「我回頭重念，盡量把普里姆羅斯一家的經歷念得有趣些。念到一個精彩的地方，我使壞停了下來，假裝恭順地說：『夫人，怕您聽膩了，我不念了吧？』

「她手裡打著的毛線差點掉到地上，她一把撈起，透過眼鏡瞪了我一眼，和平常一樣直截了當地說：『念完這一章，不得無禮，小姐。』」

「她承認自己喜歡那本書了嗎？」瑪格問。

「噢，問得好，沒有承認！但是她讓老貝爾沙姆休息了，下午我跑回去找手套的時候，見她正看『牧師』看得入迷，我知道好日子要來了，高興得在門廳裡跳起了吉格舞，邊跳邊笑，她光顧著看書，連我的笑聲都沒聽到。只要她願意，她的生活可以多快樂啊！雖然她有錢，我也不怎麼羨慕她，我想，說到底，富人的煩惱和窮人一樣多。」喬接著說。

「這倒讓我想起來了，」瑪格說，「我也有事要講，雖然不像喬的事情那樣有趣，可是我回家後一直惦記著。今天我到金家去，看見他們一家人都慌慌張張的，一個小孩說他們的大哥做了一件壞事，爸爸把他趕出去了。我聽到金太太在哭，金先生在大聲嚷嚷，格雷絲和艾倫從我身邊走過時把臉都別過去，不讓我發現他們眼睛哭得紅通通的。我當然什麼也沒問，可是心裡為他們難受，也慶幸自己沒有任性的兄弟調皮搗蛋，給家裡人丟臉。」

「我覺得比起壞男孩犯錯，女孩子在學校裡丟臉可要欄杆（難堪）多了。」艾美搖了搖頭

25《威克菲爾德的牧師》：英國劇作家奧利弗・哥爾德史密斯（約一七三〇—一七七四）所著的長篇小說，在十八世紀的英國流傳甚廣。小說描寫主角牧師普里姆羅斯一家破產後遭逢種種磨難，卻仍不失純真善良，最終化險為夷，得到回報。此處喬讀至小說第三章牧師女兒索菲婭落水得救的場景。

說，彷彿已飽經滄桑，「蘇西．珀金斯今天戴著一枚漂亮的紅瑪瑙戒指來上學。我好喜歡那枚戒指，簡直恨不得自己變成她。後來，她畫了一幅戴維斯先生的肖像，巨大的鼻子、駝背，還在他嘴邊畫了個泡泡，填上他說的話：『各位小姐，我注意著你們呢！』我們看著畫直笑，突然間，他真的注意到我們了，他命令蘇西把寫字板拿上講臺。蘇西嚇得呆若母雞（木雞），她走上去，哎呀，你們猜戴維斯先生做了什麼？他揪蘇西的耳朵——耳朵！想想那多恐怖啊！他把她拉到背書的檯子前，罰她在那裡站了半個鐘頭，舉著寫字板給大家看。」

「那些女生對著那幅畫沒笑嗎？」喬問。她津津有味地想像著那幅窘況。

「笑？誰也不敢啊！她們像小老鼠一樣，嚇得紋絲不動。我知道蘇西一定哭成淚人兒了。所以我不羨慕她了，我覺得換作我遇到這事，就算有成千上萬枚紅瑪瑙戒指，我也高興不起來，永遠永遠都忘不掉這種苦不堪言的奇恥大辱。」艾美繼續做起事來，暗暗得意自己非但品性純良，還能一連吐出兩個不簡單的詞。

「今天早上看到一件事情，讓我很開心，本來打算吃午飯時告訴你們的，結果忘了。」貝絲一面說，一面收拾喬亂七八糟的針線籃，「我早上替漢娜去買牡蠣，勞倫斯老先生也在魚鋪。他沒看見我，我站在一個大桶後面，而他忙著和賣魚的卡特先生講話。有個可憐的女人提著拖把和水桶走進鋪子，問卡特先生可不可以讓她幫忙刷洗，來換一點魚，因為她和孩子沒東西吃了，她又找不到工作做，心灰意冷。卡特先生沒時間理她，粗聲粗氣地說了句『不行』。她看起來肚子很餓，又很傷心，正當她準備轉身離開時，勞倫斯老先生用他手杖彎彎的握柄鉤起一條大魚，遞過去給她。她喜出望外，立刻把魚抱進懷裡，道謝連連。他請她『快回家去煮魚』，她就匆匆離開了，高興得不得了！勞倫斯老先生是不是個大好人呀？啊，那個女人當時的模樣真的很有趣，摟著那條滑溜溜的大魚，祝福勞倫斯老先生將來在天國高枕無憂。」

姊妹聽完貝絲講的趣事都笑了，要媽媽也講一個。媽媽想了想，嚴肅地說：「今天我在援助會裁剪那些藍色法蘭絨夾克時，非常擔心你們的爸爸，心想萬一他有個三長兩短，我們會多麼孤立無援啊。我知道傻傻地擔心無濟於事，但仍舊禁不住憂慮，後來有一位老人走進來，手持一張衣服訂單。他在我身邊坐下，我看他一副窮苦困頓、憂心忡忡的樣子，就跟他聊了起來。

「『您有兒子在部隊裡嗎？』我看出他帶來的單子不是給我的。

「他平靜地回答：『是啊，夫人。我有四個兒子，兩個犧牲了，一個被俘了，我正要去看剩下的那個，他病得厲害，住在華盛頓的一間醫院裡。』

「我說：『先生，您為國家貢獻良多啊。』我不再憐憫他，而是對他肅然起敬。

「『全都是我該做的，夫人。要是我還能派上用場，我自己也會去打仗。可惜我不中用了，就只能送我的孩子去，無條件地送去。』

「他說得心甘情願，發自肺腑。他那樣欣然奉獻一切，叫我自覺愧疚。我只送一個人上戰場就承受不住，而他獻出四個卻毫不吝惜。我所有的女兒都還在家陪我，讓我覺得安慰，他最後一個兒子尚遠在幾英里以外，或許，正等待著和他說再見！想想自己的福氣，我感到十分富足、十分幸福，於是我為他整理了一大包衣物，還塞給他一些錢，由衷感謝他給我上了寶貴的一課。」

「媽媽，再講個故事吧——再講個有意義的故事，像這個一樣。如果故事真實又不太說教，我總喜歡過後再回味一下。」沉默片刻後，喬說道。

馬奇太太笑了，立刻又講起故事來，她為這幾個小聽眾講了多年的故事，懂得如何讓她們高興。

「從前有四個女孩，她們吃穿不愁，生活充滿舒適與快樂，有深愛她們的好朋友和爸爸媽媽，但是她們還不滿足。（話到此處，小聽眾心照不宣地彼此偷瞄一眼，又埋頭做事了。）

「這幾個女孩渴望向善，一次次下定決心做好事，卻沒有好好地實踐，她們總是說『要是我們有這個就好了』、『要是我們能做那個就好了』，完全忘了她們已經擁有多少，忘了她們其實有多少快樂的事可做。所以她們請教一位老婦人，想知道什麼樣的魔法能使自己幸福。老婦人答：『當你們感到不滿足時，仔細想想自己的福氣，要為此感恩。』（此時喬唰地抬頭看了看，似乎有話要說，想著故事還沒講完，便又轉了念頭。）

「她們都是懂事的女孩，決定照老婦人的忠告做做看，果然不久之後，她們驚異地發現自己是多麼富有。一個女孩發現，金錢也無法將羞愧與悲傷擋在富人家的門外。另一個女孩發現，自己雖然窮，但是年輕、健康、精力充沛，比起一個性情焦躁、身體虛弱、不能安享天年的老太太，總要幸福不少。第三個女孩發現，幫忙做飯雖不是什麼開心事，但迫於無奈去討飯卻比做飯艱難得多。至於第四個女孩，她發現，紅瑪瑙戒指都不及端正的品行珍貴。於是她們都同意不再發怨言，要珍惜已有的福氣，努力讓自己配得上這些恩典，免得非但不能更有福，反而失去所有。我相信，她們若聽取老婦人的忠告，就絕不會失望，也不會遺憾。」

「哎，媽媽，你真狡猾，用我們自己說的事情來治我們，不給我們講故事，卻講起道理來了。」瑪格喊道。

「這種道理我愛聽。爸爸也常這樣講。」貝絲若有所思，把針扎進了喬的針插裡。

「我不像她們那麼愛抱怨，今後我會更加謹慎的，看蘇西下不來臺，我已經得到警示了。」艾美規規矩矩地說。

「我們會記取這種教訓，不會忘記的。假如我們忘了，你就學《湯姆叔叔的小屋》[26]裡的克洛伊大嬸那樣對我們說：『想一想我們所得到的恩典吧，你們這些孩子！想一想我們所得到的恩典！』」喬怎麼也忍不住從這簡短的說教中尋出些許樂趣來，不過她和姊妹一樣，已經把道理銘記在心。

26《湯姆叔叔的小屋》：美國作家比徹．斯托夫人（一八一一—一八九六）所作的長篇小說。

5 睦鄰

「你到底要去做什麼呀，喬？」瑪格問妹妹。這是一個雪天的下午，喬腳上套著一雙橡膠靴，身披舊外套，頭戴風帽，一手提著掃帚，一手拎著雪鏟，咚咚地走過門廳。

「出去運動一下。」喬回答，雙眼閃著調皮的光。

「早上你走了兩趟長路，應該也足夠了。外頭又冷又陰，我勸你跟我一樣留在火爐邊，暖洋洋的。」瑪格說著打了個寒戰。

「我不聽。我沒法整天待著不動，也不愛守著火爐打盹，我又不是小貓咪。我喜歡冒險，我要去找些冒險的事做。」

瑪格坐回火爐邊烘腳，繼續讀《撒克遜英雄傳》[27]。喬已到了屋外，奮力鏟雪開路。雪積得不深，她很快便用掃帚繞著花園清出一條小徑，等太陽出來，貝絲就能帶著那些傷病的娃娃出來走走，呼吸新鮮空氣。馬奇家和勞倫斯老先生家的房子分立於這座花園左右。兩戶人家坐落在市郊，這裡仍是一派鄉村風光，四野有叢林、草地、開闊的花園與幽靜的街道。兩家的宅邸僅隔著一道低矮的樹籬。這一邊是一棟棕色的老房子，夏日裡庇蔭外牆的藤蔓和環繞四周的花朵早已凋零無存，因此更顯簡陋破落。另一邊則是一座氣派的石砌大宅，從寬敞的馬車房、修葺齊整的庭院、溫室花房到富麗的窗帷間依稀可見的各種精美物什，無不昭示著舒適與奢華。然而這座大宅看起來冷冷清清、了無生氣，草坪上不見孩童玩耍，窗前也沒有母親的笑臉，除了老先生和他的孫子，鮮少有人出入。

在喬豐富的想像裡頭，這座華宅像是施了魔法的宮殿，金碧輝煌，樂趣無窮，可惜無人消受。她早就想一窺隱藏其中的盛景，也想結識「勞倫斯家的男孩」。男孩似乎也想結交朋友，只是不知如何與人攀談。那次舞會之後，她這種心意比以往更熱切，謀畫了種種和他做朋友的方法。近來沒看到他，喬猜想他出遠門了，有一天卻望見隔壁樓上的窗邊，倚著一張陰鬱的面龐，正一臉悵悵地俯瞰她們家的花園，看貝絲和艾美在園中打雪仗。

「那個男孩沒有同伴，也沒有娛樂，正難過著呢。」她自言自語道，「他爺爺不知道怎麼做才是為他好，只把他一個人關在屋裡。他需要和一群歡樂的男孩子一起玩，或是和哪個年輕活潑的人一起。我實在想去隔壁找那位老先生說說。」

想到這個主意，喬樂了起來，她喜歡做大膽的事，離經叛道的行徑常令瑪格頗為反感。「去隔壁」的計畫一直盤旋在她心頭。到了這個下雪的午後，喬決心試試自己能做什麼。她看見勞倫

27《撒克遜英雄傳》：英國小說家、詩人華特・史考特（一七七一—一八三二）所著的長篇歷史小說。

斯老先生驅車外出，便奔出門去鏟雪，一路鏟到樹籬邊，在那裡停下腳步向隔壁探看。四下一片寂靜——樓下的窗帷都低垂著，沒看到一個僕人，也不見其他人影，除了樓上窗邊露出一隻細瘦的手，撐著一顆長著黑色鬈髮的腦袋。

「他在那裡。」喬想，「可憐的男孩！這麼陰沉的日子裡，獨自一人，病懨懨的。真不幸！我可以丟一顆雪球過去，引他朝外看，說句話安慰他。」

一顆雪球向上拋去，那腦袋立刻轉了過來，原本百無聊賴的神色瞬間消失，大眼睛一閃一閃的，嘴角揚起微笑。喬點點頭，也笑了，揮著手中的掃帚大喊：「你好嗎？是不是病了？」

勞里打開窗戶，用烏鴉般沙啞的嗓音回喊：「好點了，謝謝你。我得了重感冒，已經關在屋裡一星期了。」

「真替你難過。你一個人做什麼來打發時間呢？」

「什麼也沒得做。這裡悶得像墳墓一樣。」

「你不看書嗎？」

「不太看。他們不讓我看。」

「不能讓誰念給你聽嗎？」

「爺爺有時候會念，可是我的書他沒興趣，我又不願意老是麻煩布魯克先生。」

「那，有人去探望你嗎？」

「我誰都不想見。那些男生鬧哄哄的，我怕頭痛。」

「沒有乖巧的女孩來念念書，陪你打發時間嗎?女孩比較文靜，也更懂得照顧人。」

「但我一個也不認識。」

「你認識我們呀。」喬說著笑了起來，止住了話頭。

「說得是啊!拜託，你願意過來嗎?」勞里大聲說。

「我不文靜也不乖巧，可是我願意過去，只要媽媽允許。我去問問她。乖乖把窗子關上，等我過去。」

說完，喬扛起掃帚，大步走回屋裡，思忖著不知家裡人會對她說些什麼。勞里想到即將有人做伴，興奮不已，忙東忙西地做準備。馬奇太太說過，他是個「小紳士」，為向來客表示敬意，他將一頭鬈髮梳理整齊，戴上一個嶄新的硬領，盡量把房間收拾得乾淨些，他們家雖有五、六個僕人，他的房間還是凌亂不堪。沒過多久，傳來一陣響亮的門鈴聲，接著是一句語氣堅定的「求見勞里先生」，隨後一個神色訝異的僕人跑上樓，通報說有位小姐來訪。

「好的，把她請上來，是喬小姐。」勞里說著便到他那間小客廳的門口去迎接喬。喬走上樓來，滿面春風，和顏悅色，看來十分自在，一手托著一個蓋起來的盤子，另一手抱著貝絲的三隻小貓。

「我來了，帶著全部家當。」她說得很輕快，「媽媽要我代她致意，她很高興我能為你做點事。瑪格叫我帶些她做的牛奶凍過來，她做得可好了。貝絲覺得她的貓能幫你排遣不舒服，我知道你見了會笑話的，但我不好拒絕，她那麼熱心地想盡一份力。」

貝絲出借貓咪雖然滑稽，誰知卻恰到好處，勞里見了這幾隻貓不免開懷大笑，忘卻了羞澀，一下子熱絡起來。

「這太漂亮了，叫人捨不得吃。」看著喬掀開盤蓋，亮出牛奶凍，周圍飾著一圈綠葉和艾美珍愛的緋紅色天竺葵花朵，他欣喜地笑了。

「這沒什麼，她們都關心你，聊表心意。你讓女僕先把它收起來，之後當茶點。牛奶凍的成分很簡單，軟滑好吞咽，你可以吃的，不會傷到你發炎的喉嚨。這個房間真舒適！」

「如果好好收拾，或許是會很舒適，可是女僕總偷懶，我又不知道怎麼讓她們用心一些。這讓我很煩惱。」

「我兩分鐘就可以整理好，只要把壁爐刷乾淨，像這樣——再把壁爐架上的東西擺齊，像這樣——然後把書放這裡，瓶子放那裡，沙發不要對著光，枕頭拍鬆一點。好了，一切妥當。」

果真如此，喬在談笑之間迅速將東西歸置好，使房間煥然一新。勞里必恭必敬，默默望著她，她招呼他去沙發坐，他便坐下來，滿意地舒了一口氣，感激地說：「你真好！對啊，房間就該這樣。請坐那張大椅子，讓我也做些什麼，來逗我的客人開心吧。」

「不，我是來逗你開心的。我可以為你讀書嗎？」喬眼巴巴地盯著身旁那幾本誘人的書。

「謝謝！那些我都讀過了。如果你不介意的話，我更想聊天。」勞里回答。

「一點也不介意呀。我話匣子一打開，就可以聊上一整天。貝絲說我從來不知道什麼時候該住口。」

「貝絲是不是臉蛋紅撲撲，老待在家裡，有時提個小籃子出門的那一位？」勞里好奇地問。

「對，那就是貝絲。她是我最疼愛的女孩，是個不折不扣的好女孩。」

「我猜，長得很漂亮的那一位是瑪格，頭髮捲捲的那一位是艾美？」

「你怎麼猜到的？」

勞里漲紅了臉，坦白地答道：「這個……你瞧，我常聽到你們互喊名字，我一個人待在樓上的時候，總忍不住朝你們家看，你們好像永遠都是快快樂樂的。請原諒我這麼失禮，你們擺著花的那扇窗子，有時候忘了放下窗簾——燈亮以後，窗裡彷彿一幅畫，爐火熊熊，你們和媽媽一起圍坐桌旁，她的臉正對著這邊，在花朵掩映下看起來那麼柔美，我情不自禁一直看。你知道嗎，我已經沒有媽媽了。」勞里撥了撥火，藉以掩飾嘴唇止不住的微微顫抖。

他眼中孤寂而渴盼的神色直直沁入喬溫暖的心裡。喬從小受的教育極其單純，頭腦中沒有半點虛偽，十五歲的她依舊天真直率得像個小孩子。勞里孤單單的，生著病；她感到自己身在親情與幸福中是多麼富有，很樂意與他分享這一切。她滿臉友善，嗓音變得異常輕柔：「我們以後再也不把那扇窗簾合上了，由你盡情地看。不過，我希望你不要只是偷偷地看，大可以過來加入我們。媽媽和善極了，她會讓你感覺賓至如歸。只要我出馬求貝絲，她會唱歌給你聽，艾美也會來伴舞。我和瑪格可以給你看我們滑稽的舞臺道具，讓你笑一笑。我們會玩得很開心的。但是，你爺爺肯不肯讓你來？」

「要是你媽媽跟他說一聲，我想他會答應的。他很慈祥，雖然表面上看不出來。基本上，我想做什麼他就讓我做什麼，只是有時會擔心我給陌生人添麻煩。」勞里越說越起勁。

「我們又不是陌生人，我們是鄰居，你不用覺得自己會給人添麻煩。我們很想認識你，我老早就有這念頭了。你知道，我們搬來這裡不太久，但除了你們，我們和別的鄰居都很熟了。」

「你瞧，爺爺活在他的書堆裡，不太管外界的事。我的家庭教師布魯克先生又不住在這裡，沒人陪我到處走走，所以我只好悶在家裡，窮極無聊地過日子。」

「這樣不好。人家請你去的地方，你都應該盡量去看看，你就會交到許多朋友，也有好玩的地方可去了。別怕難為情，多走動就不會不好意思了。」

勞里臉又紅了，卻並不因被說怕難為情而生氣，因為喬一番好心，雖然直言不諱，但她善良的本意讓人不能不接受。

喬樂滋滋地四下張望，男孩則凝視著爐火，停頓片刻後，他換了個話題問道：「你喜歡你的學校嗎？」

「我沒上學，我已經是個出社會的大丈夫了——我是說，出社會的大女孩。我的工作是服侍姑婆，她也是個可愛又壞脾氣的長輩。」喬回答。

勞里開口正要再問一個問題，忽然想起過多打探別人的私事很失禮，於是不再作聲，顯出些許尷尬。喬欣賞他的良好教養，她倒是不介意拿馬奇姑婆的事說笑，於是繪聲繪色地對他描述這位坐立難安的老太太、她胖胖的貴賓犬和會說西班牙語的鸚鵡，還有令自己沉醉的書房。勞里聽得津津有味。她談到有一位古板的老先生曾登門向馬奇姑婆求愛，他正慷慨陳詞之時，鸚鵡波利把他的假髮銜了下來，令他懊惱不已。男孩聽了，笑得前仰後合，眼淚都流了下來，引得一個女僕探頭進來看發生了什麼事。

「噢！真把我樂壞了。請繼續講吧。」他從沙發靠墊上抬起頭來，開心得滿面紅光。

喬為自己講話奏效而得意，便繼續講了下去，聊姊妹的戲劇和計畫，對父親的期待與憂慮，以及她們生活的小天地中最有趣的事。接著他們談起書來，喬很高興，她發現勞里和她一樣愛書，讀過的書比她還多。

「你這麼愛看書，下樓去看看我們家的書吧。爺爺不在，你不用害怕。」勞里起身說。

「我什麼都不怕。」喬把頭一揚答道。

「我相信你不怕！」男孩非常欽佩地望著喬高喊，雖然他暗自覺得，要是她遇上老先生心情不好的時候，總該有幾分害怕的。

整座屋子的氣氛溫煦如夏，勞里帶著喬走過一個又一個房間，若有什麼東西吸引喬的目光，就任由她駐足端詳。待他們來到書房時，喬不禁拍手雀躍，她特別高興的時候總是這樣。房內塞滿了書籍，另有一些圖畫和雕像陳列其間。幾個引人注目的小櫃子裡，錢幣和珍玩琳琅滿目。房內還擺放著幾張軟墊扶手椅、別致的桌子和幾尊青銅像。最棒的是，還有一座周圍貼有古雅瓷磚的大壁爐。

「真是富麗堂皇！」喬歎道，她坐進一張深深的絲絨椅子裡，帶著十分滿足的神氣四面環顧。「希歐多爾．勞倫斯，你應該是世界上最幸福的男孩了。」她語重心長地接了一句。

「人不能光靠書本過活呀。」勞里坐在對面的桌沿，搖了搖頭。不等他說下去，門鈴響了。喬迅即跳起來，驚慌地大叫：「完了！你爺爺回來了！」

「嗯，回來又怎麼樣？要知道你可是什麼都不怕的。」男孩一臉調皮地回說。

「我想我還是有點怕他的，只是不知道為什麼要怕。媽媽說我可以過來，我覺得來看看你，對你的病情也沒什麼壞處……」喬強作鎮定，雙眼卻緊盯著房門。

「你來看我，我好多了呢，感激不盡。只怕你和我講話累到了；我聽得倒是非常愉快，簡直不想停下來。」勞里表示謝意。

「少爺，大夫來看你了。」女僕示意道。

「容我失陪片刻，好嗎？我想我得去見他。」勞里說。

「不用管我。我在這裡快樂得像隻小蟋蟀。」喬答道。

勞里走出門去，留客人在書房自得其樂。當喬在一幅老先生的精美肖像前站住欣賞時，房門再度打開。她沒有回頭看，只是肯定地說著：「我現在確信自己不會怕他了，他的眼睛看來很和藹，雖然嘴角很嚴肅，看起來相當固執己見。他沒有我外公帥，但我喜歡他。」

「謝謝你，小姐。」喬身後傳來一個低沉的聲音，她大驚失色，站在門口的正是勞倫斯老先生。

可憐的喬臉蛋漲得通紅，回想剛才說的話，心都快要跳出來了。一時間她不能自已，一心只想逃走。但逃走是懦夫之舉，會被姊妹取笑的。於是她決定按兵不動，設法擺脫困境。她又看了他一眼，濃密的白眉毛底下，那雙生氣勃勃的眼睛比畫像更加和藹，流露著會心的目光，這令她的畏懼少了大半。這段窘迫的沉默過後，老先生突然發話，原本低沉的聲音此時愈發低沉了：

「這麼說來，你不怕我了，嗯？」

「不怎麼怕了，先生。」

「你覺得我不如你外公帥嗎？」

「可以這麼說，先生。」

「我相當固執，是嗎？」

「我只是說我這麼覺得。」

「儘管如此，你還是喜歡我？」

「是的，先生。」

這句回答深得老先生歡心。他笑了兩聲，和她握手，用手指抬起她的下巴，認真地打量她的臉，然後放下手，點了點頭說：「就算你長得不那麼像你外公，性格也是隨他的。親愛的孩子，他是個好人，更可貴的是，他勇敢又正直。他生前與我是知交，我為此驕傲。」

「謝謝您，先生。」這番話很合喬的心意，她聽了舒坦許多。

「你對我那個孫子做了些什麼事，嗯？」這一個問題卻是問得犀利。

「只是聊聊天，先生。」隨後喬講明了來意。

「你覺得他應該開心一點，是嗎？」

「是啊，先生，他好像滿孤單的，可能和年輕人做伴會對他有好處。我們只是幾個女孩子，不過要是能幫上忙，我們都很樂意。我們可沒忘記您豐盛的聖誕禮物。」喬懇切地說。

「嘖嘖，那是我孫子的主意。那位可憐的太太還好嗎？」

「她很好，先生。」喬劈里啪啦道出赫梅爾一家的近況，她的母親已鼓動一些富裕的朋友去關心那家人。

「和她父親一樣行善。我要擇日拜會令堂，請知會她一聲。茶點的鈴聲響了，為了我孫子，我們的用茶時間比較早。下樓繼續聊天去吧。」

「如果您願意讓我加入的話，先生。」

「如果不願意，我就不會邀請你了。」勞倫斯老先生本著老派的禮節，伸出手臂給她挽。

「瑪格知道了這件事，會怎麼說呢？」喬邊走邊想，想像著回家後講述這段經過，不由眉飛色舞。

這時勞里跑下樓來，驚見喬和他可畏的爺爺手挽著手，嚇了一跳，收住腳步。「嘿！哎呀，這孩子到底怎麼了？」老先生說。

「我沒想到您回來了，爺爺。」他開口道。喬得意地對他使了個眼色。

「還用說嗎？瞧你乒乒乓乓下樓就知道。來喝茶吧，先生，要有紳士的樣子。」勞倫斯老先生慈愛地輕扯一下孫子的頭髮，往前走去，勞里跟在他們身後，扮了一連串滑稽的動作，逗得喬差點大笑出聲。

老先生喝了四杯茶，話不多，只望著這兩個年輕人如故知般談天說地，孫子的轉變他看在眼裡。男孩的臉上此刻有了神采與朝氣，舉手投足如此活潑，笑聲也發自真正的喜悅。

「她說得沒錯，這孩子很孤單。看看這幾個小女生能怎麼幫他吧。」勞倫斯老先生看著聽著，心裡暗忖道。他喜歡喬，她膽大又直率的作風很中他的意，而且她理解這個男孩，儼然自己也是個男孩。

假如勞倫斯家的人真像喬曾以為的那樣拘謹又古板，她絕不可能跟他們合得來，因為那種人素來令她忸怩為難。如今發現這祖孫倆很平易近人，她也就相當自在，給他們留下了好印象。他們用完茶，喬告辭要走，勞里說他還有東西想請她看，而後將她帶到溫室花房，還特地點上了燈。喬在走道上來回漫步，欣賞著兩旁牆上盛放的鮮花、柔和的燈光、繚繞於頂的奇藤異樹，呼吸著溼潤馥郁的空氣，宛若置身仙境。她的新朋友剪下最美的花朵，一朵又一朵捧了滿懷，然後把花紮成一束，帶著喬樂見的歡愉神情說：「請把這些花送給你媽媽，告訴她，我非常喜歡她賜我的良藥。」

他們兩人來到大客廳，發現勞倫斯老先生站在爐火前，喬的目光卻被一架開著蓋的平臺鋼琴整個吸引過去。

「你會彈琴嗎？」她轉頭問勞里，一臉敬佩。

「有時候彈彈。」他謙虛地回答。

「請現在彈一曲吧。我很想聽，這樣就能跟貝絲說說了。」

「你先請吧？」

「我不懂怎麼彈。我太笨了，學不會，但是我非常喜歡音樂。」

於是勞里彈起琴來，喬在旁聆聽，鼻子愜意地埋在手中的香紫蘇與茶香玫瑰裡。他彈得行雲流水，全無作態，她對這「勞倫斯家的男孩」增添了許多敬重。她真想讓貝絲也來聽他彈琴，但她沒有說出口，只是不停誇他，誇得他臉都紅了。最後還是他的祖父過來解圍：「夠了，夠了，小姐。甜點吃太多對他不好。他的琴藝不錯，但我希望他更重要的事情也做得一樣好。你要走了？好吧，多謝你了，希望你再來。代我向令堂問好。晚安，喬醫生。」

他親切地握手道別，卻似乎有一絲不快。走進門廳後，喬問勞里她是否說錯了什麼話。他搖了搖頭。

「沒有，是因為我。他不喜歡聽到我彈琴。」

「為什麼呢？」

「改天我再告訴你。請原諒我不能陪你回家，約翰會送你。」

「不需要。我不是什麼千金小姐，再說只有一步之遙。你保重，好嗎？」

「好，你會再來的吧？」

「如果你答應病好了就來看我們的話。」

「我會的。」

「晚安，勞里！」

「晚安，喬，晚安！」

聽完喬一下午的經歷，全家人有意一同登門拜訪，因為樹籬那一側的大宅子裡，有著她們各自很感興趣的事物。馬奇太太想和老先生聊聊自己的父親，感謝老先生未曾忘記他；瑪格盼望去花房走走；貝絲渴慕那架平臺鋼琴；艾美則迫不及待想看看那些精美的圖畫和雕像。

「媽媽，勞倫斯老先生為什麼不喜歡勞里彈琴？」生性好奇的喬問道。

「我不清楚，我想是因為他兒子——勞里的爸爸——娶了一位義大利女士、一個音樂家。老先生有些傲氣，不滿這門婚事。那位女士心地善良，才貌雙全，但是老先生不喜歡她，兒子結婚後，他便再也不肯見兒子了。勞里還小的時候，雙親都過世了，爺爺才把他接回家。這個孩子出生在義大利，我猜他身體不太好，老先生生怕他有什麼意外，一直把他捧在手心裡。勞里天生喜愛音樂，像他媽媽，我看他爺爺是擔心他也想當音樂家。不管怎樣，他的才藝讓老先生想起了那個不喜歡的女人，所以老先生才會像喬說的那樣『怒目而視』。」

「天啊，真浪漫！」瑪格大呼道。

「真糊塗！」喬說，「他想當音樂家，就讓他當吧，不要送他去大學受折磨，他討厭上大學。」

「難怪他有那麼漂亮的黑眼睛，儀態又那麼優雅。義大利人總是很親切。」瑪格說。她這人很感性。

「你怎麼瞭解他的眼睛和儀態了？你幾乎沒跟他說過話。」喬叫道。她可不感性。

「我在舞會上見過他，從你講的事情也聽得出他知書達禮。他說媽媽賜他良藥那句話說得真妙。」

「我猜他說的是牛奶凍吧。」

「你真是個傻孩子！他說的當然是你啊。」

「是嗎？」喬睜大了眼睛，似乎想都沒想過是這麼一回事。

「我從沒見過這樣的女孩！別人恭維你，你還聽不懂。」瑪格擺出一副深諳世故的淑女神氣。

「恭維話都是胡說八道的，拜託你別傻了，掃我的興。勞里是個好孩子，我喜歡他，那些恭維之類的廢話，我是絕不會感情用事把它們當真的。我們都要好好待他，因為他沒有媽媽了。他可以過來看我們吧，媽媽？」

「可以啊，喬，非常歡迎你的小朋友。我也希望瑪格記得，小孩應該盡量保有赤子之心。」

「我還沒滿十三歲，不過我不會說自己是小孩了。」艾美說道，「貝絲，你說呢？」

「我在想我們的『天路歷程』，」剛才的話，貝絲一個字也沒聽見，只回應道，「想我們怎麼決心向善，脫離『灰心沼』，穿過『窄門』，奮力爬上陡峭山坡；也許那邊那座充滿美好事物的宅子，會是我們的『美麗宮』。」

「我們得先從『獅子』旁邊走過去。」喬似乎對此滿懷憧憬。

6 貝絲得見美麗宮

隔壁的大宅子果真是一座「美麗宮」，不過她們一家費了一些時間才走進去，貝絲更是覺得穿越「獅群」很困難。勞倫斯老先生便是最大的獅子，但他到家來訪過，輪流跟每個女孩都說了些或逗趣或和善的話，又和她們的媽媽敘了舊，除了膽小的貝絲，大家都不太怕他了。另一頭獅子，是她們和勞里貧富的懸殊，這使得她們羞於接受無以為報的恩惠。然而，她們不久後便發現勞里反把她們視作恩人，馬奇太太慈母般的款待、一家人歡愉的陪伴，以及他在那間陋室中感受到的溫馨，都讓他感恩在心，酬謝不盡。因此她們很快就放下自持，投桃報李，不再去計較恩情孰輕孰重了。

那段時間裡發生了種種美事，初萌的友誼如春草般欣欣向榮。大家都喜歡勞里，勞里也私下對家庭教師說「馬奇家姊妹都是很好的女孩」。出於年輕人高昂的熱忱，她們接納了這個孤單的男孩，對他百般重視，他則覺得這幾個純樸女孩天真的友情十分宜人。他自幼既無母親亦無姊妹，迅速感受到女孩帶來的影響，她們的生活充實而蓬勃，自己卻過得如此懶散，不禁自慚形穢。如今他厭倦了書本，發覺與人來往如此有趣，布魯克先生只得向他的爺爺多次表達不滿，因為勞里總是蹺課跑去馬奇家。

「沒關係，讓他放個假，之後再補課。」老先生說，「隔壁那位好心的女士說他讀書太用功了，需要年輕人做伴，需要娛樂和運動。我想她說得沒錯，我太寶貝這小傢伙了，就像他的奶奶一樣。讓他做自己喜歡的事吧，只要他快樂就好。他在那邊那間『小修道院』裡不會淘氣的，馬奇太太能為他做的，比我們還多。」

他們玩得不亦樂乎，排戲演戲、滑雪橇、溜冰嬉戲，在老舊的客廳度過一個個愉快夜晚，有時還會到大宅子裡舉行歡快的小聚會。瑪格隨時可以去溫室散步，流連花海。喬在新發現的藏書之中手不釋卷，她的評論常令老先生笑彎了腰。艾美盡情地臨摹圖畫，欣賞藝術品。而勞里則扮演起「莊園領主」，頗盡地主之誼。

只有貝絲，雖然心心念念那架平臺鋼琴，卻無法鼓起勇氣走進那座被瑪格稱作「幸福宅第」的屋子。她跟著喬去過一回，可是老先生不曉得她心性柔弱，濃眉下的那雙眼睛直盯著她看，打招呼的那一聲「嘿」又說得太大聲，把她嚇壞了，事後她告訴媽媽，當時自己「雙腳在地板上嗒嗒地直發抖」。她落荒而逃，聲稱就算能看到那架珍貴的鋼琴，她也不會再去了。任別人如何勸說慫恿，都消除不了她內心的恐懼，後來，這件事不知怎的傳到勞倫斯老先生耳中，他便著手補救。有一次他短暫造訪馬奇家，言談間巧妙地將話題引向音樂，大聊他見過的偉大歌唱家、聽過的優美風琴演奏，還講了不少精彩的逸事。遠處角落裡的貝絲聽得待不住了，悄悄地越湊越近，像是著了迷。她在勞倫斯老先生椅子背後停住腳步，傾聽這一番難得的談話，興奮不已，大眼睛睜得滾圓，雙頰也泛紅了。勞倫斯老先生把她當飛蟲似的視若無睹，接著聊勞里的功課和老師；隨後又好像一時興起的模樣，對馬奇太太說：「我孫子近來忽略音樂了，我很高興，他原先對音樂喜歡過頭了。但是鋼琴沒人彈可不好。夫人，您的千金有誰願意時不時過來練練琴嗎？您也知道，為了琴不至於走調。」

貝絲上前一步，雙手緊握在一起，以免忍不住拍起手來，這是個難以抗拒的誘惑，想到能在那架精美的樂器上練琴，她激動得快透不過氣了。不等馬奇太太回應，勞倫斯老先生詭祕地輕點一下頭，繼續微笑道：「她們不必和任何人見面或講話，就可以隨時光臨；我總把自己關在屋子另一頭的書房裡，勞里時常不在家，僕人九點以後從不去客廳附近。」

說到這裡，他站起身來作勢要走，貝絲下定決心要說出心裡話，因為照著老先生剛才的意思，她已別無所求。「請將我的話轉告幾位小姐，如果她們不願前來，也不要緊的。」此時一隻小手伸到他的掌心，貝絲滿臉感激，仰望著他，誠摯卻依然羞怯地說道：「噢，先生，願意的，非常非常願意！」

「你就是愛好音樂的那個女孩嗎？」他問，這回可沒有驚人的一聲「嘿」了，他十分和藹地低頭看她。

「我叫貝絲。我很喜愛音樂，我想去，如果您確定沒有人會因為我彈琴——受打擾的話。」她接著說，唯恐失禮，又為自己冒昧發言而渾身顫抖。

「絕對沒有人，親愛的。屋子有半天都是空著的。來吧，想彈多久就彈多久，我會很感謝你的。」

「先生，您真好！」

貝絲在他友善的注視下，臉紅得像一朵玫瑰。但是她現在不害怕了，感激地捏了那隻大手一下——對他贈予的寶貴禮物，她的感謝無以言表。老先生撥開她額前散落的頭髮，俯身親吻她一下，用一種很少見的語調說：「以前我也有過一個小女孩，眼睛就像這樣。上天保佑你，親愛的！再見，夫人。」說完，他三步並作兩步離去了。

貝絲和媽媽一陣歡天喜地，姊妹都還沒回家，她又跑上樓把這大好消息告訴那一家子傷病的娃娃。那天晚上她歡快地唱著歌，深夜睡夢中還把艾美的臉蛋當鋼琴彈，弄醒了艾美，引得大家都笑她。第二天，貝絲眼見一老一少兩位先生都出了門，幾番卻步，終於輕輕地從邊門進了宅子，像小老鼠一樣悄無聲息，一路走到客廳，那裡佇立著她思慕的寶物。出於巧合，鋼琴上還擺放著幾本旋律美妙輕柔的樂譜。貝絲終於抬起顫巍巍的手指觸碰這架大鋼琴，不時收手四下觀望，然而她旋即忘卻了恐懼、忘卻了自我和一切，沉浸在音樂賦予的難以名狀的喜悅中，樂聲宛如摯友傾訴衷腸。

她一直待到漢娜來接她回家吃飯。但在飯桌上，她毫無食欲，只是坐在那裡滿心幸福地對著大家傻笑。

此後，一個戴著棕色小風帽的身影幾乎每天都會越過樹籬，那間寬敞的客廳裡也總有一個來無影去無蹤的音樂精靈出沒。她從不知道勞倫斯老先生常打開書房的門，聆聽他喜愛的古典旋律；她從沒發現勞里在走廊站崗，告誡僕人切勿走近；她從沒懷疑過，碰巧放在譜架上的那些練習曲本和新樂譜是特地為她準備的；勞倫斯老先生來家裡和她聊音樂，她也只想到他真好心，所談之事令她獲益匪淺。她縱情陶醉於音樂中，感覺已得償所願，畢竟這等好事並不常有。或許正因為她對這件幸事如此感恩，更大的祝福才臨到她。無論如何，此二者她都受之無愧。

「媽媽，我打算為勞倫斯老先生做一雙拖鞋。他對我那麼好，一定得謝謝他，我也想不出別的法子謝他。我可以做嗎？」勞倫斯老先生那次重要來訪的幾週後，貝絲問媽媽。

「可以啊，親愛的。他會非常高興的，這是答謝他的好辦法。你的姊妹都會幫你一起做的，我來出料子的錢。」馬奇太太特別欣喜地答應了貝絲的請求，因為這孩子極少為自己要求什麼。

經過與瑪格和喬多次認真的討論，選定了鞋樣、備齊了材料，貝絲便開工了。深紫色鞋面上計畫繡一叢素雅又不失爛漫的三色堇，大家都誇這樣式美觀大方。貝絲起早趕晚地縫製，偶爾遇到難做的地方，姊妹也會幫上一把。這個小女生做起針線活來心靈手巧，大家興頭還沒過，鞋就做好了。隨後她附上一張簡短的字條，託勞里找一個清晨，趁老先生尚未起床，將鞋偷偷放到書房的桌上。

興奮過後，貝絲等待著音訊。一整天過去了，第二天也過了一半，仍無任何答覆傳來。她開始擔心自己冒犯了那位喜怒無常的朋友。下午，她出門跑腿，順便帶可憐的病娃娃瓊安娜做做日常運動。回程走到家門前的那條街，她看到三個，不，是四個人在客廳窗口探頭探腦，一看見她便紛紛揮起手來，喜滋滋的尖叫聲此起彼落：「老先生來信了！快過來看信！」

「噢，貝絲，他送給你——」艾美顧不得矜持，用力比手畫腳，話還沒說下去，喬砰地關上窗戶攔住了她。

貝絲提著一顆心趕回家。她一進門，姊妹便迎上前，凱旋遊行似的簇擁著她走進客廳，一齊指著前方，異口同聲說：「看那裡！看那裡！」貝絲一眼看去，驚喜交集，臉色唰地變白了。那裡擺著的，是一架小巧的直立式鋼琴，晶亮的琴蓋上躺著一封信，好像一塊招牌，明白地寫著「致伊莉莎白．馬奇小姐」。

「給我的？」貝絲倒吸一口氣，緊緊抓住喬，感覺自己快要暈倒了，這一切實在是令她不知所措。

「是啊，就是給你的，寶貝妹妹！他是不是很棒？你不覺得他是世上最可愛的老先生嗎？這是信裡附的鑰匙。我們沒有打開信，但是我們可想知道他說什麼了。」喬大叫著擁抱妹妹，把信遞給她。

「你來念吧！我讀不了信，頭都昏了！啊，這真是太美好了！」貝絲收到這份禮物受寵若驚，把臉蒙進了喬的圍裙裡。

喬一展開信就笑了起來，因為她見到開頭幾個字：

馬奇小姐：

敬愛的女士——

「聽起來真不錯！我希望也有人這樣給我寫信！」艾美說道。她認為傳統的稱謂十分文雅。

我生平有過許多拖鞋，從沒有一雙像你做的這般舒適。

喬繼續念道。

三色堇乃是我鍾愛的花卉，這雙鞋將使我永遠記得溫柔的送禮人。我希望回敬，想必你會容許「老先生」送上薄禮，這原是已故小孫女的東西。聊表謝忱，即頌近佳。

永遠心存感激的朋友與謙卑的僕人

詹姆斯．勞倫斯

「瞧，貝絲，這無疑是極大的榮幸！勞里和我說過勞倫斯老先生有多寵愛那個夭折的孩子，珍藏著她所有的小東西。想想看，他把她的鋼琴給了你。全是因為你有大大的藍眼睛並且又愛音樂呀。」喬試圖讓貝絲冷靜下來，貝絲發著抖，從不曾見她如此激動。

「看看這些小巧玲瓏的燭臺，折好的精緻綠色絲綢琴罩，中間還點綴著一朵黃玫瑰，漂亮的譜架和琴凳，都齊備了。」瑪格接過話來，一面掀開琴蓋，一展其美。

「『謙卑的僕人詹姆斯．勞倫斯』——他竟為你這樣寫。我要去告訴同學。她們會覺得很了不起的。」艾美被這封信深深打動。

「彈彈看，親愛的。讓咱們聽聽這寶貝鋼琴的聲音。」向來和這一家子悲歡與共的漢娜說。於是貝絲坐下試彈，眾人交口稱讚這是她們聽過音色最悅耳的鋼琴。這架琴顯然最近才調過音，整頓一新。琴雖完美，而依我看真正迷人之處，是倚在琴邊幾張快樂臉龐中最快樂的那一張，貝絲輕敲美麗的黑白琴鍵，腳踩光亮的踏板，深情款款。

「你一定得過去謝謝他。」喬開玩笑說，她認定這孩子不會有膽量當面道謝的。

「對，我是要去的。我想現在就去好了，免得多想又害怕起來。」圍攏在旁的家人大為驚奇，貝絲從容地穿過花園，越過樹籬，走進勞倫斯家的大門。

「哎喲，我發誓我一輩子都沒見過這麼離奇的事！這鋼琴讓她沖昏頭了！她要是神志清醒，怎麼都不會去的。」漢娜望著她的背影驚歎，而目睹這個奇蹟的姊妹已是啞口無言。

假使她們看到貝絲後來做的事情，一定會更加驚奇的。信不信由你，當時，貝絲未及細想，便敲響了書房的門。一個低沉的聲音喊道：「進來！」她應聲進屋，走到面露驚色的勞倫斯老先生面前，伸出一隻手來，聲音帶著些微顫抖：「我來向您道謝，先生，謝謝您的——」話沒說完，看著他如此友善的面容，她就忘了要說什麼，只記得他失去了心愛的小孫女，於是她展開雙臂環住他的脖子，吻了他一下。

縱使這時屋頂突然塌下，也不會讓老先生更訝異了。不過他喜歡這個舉動——天啊，真的，喜歡得不得了！這真情流露的輕輕一吻，令他感動至深，高興至極，所有的執拗消散殆盡。他把她抱到膝上，布滿皺紋的面頰貼著她紅撲撲的臉，彷彿自己的小孫女失而復得。自那一刻起，貝絲不再怕他，就這樣坐著與他愜意交談，感覺像是從小就認識他——愛會驅散恐懼，感恩能戰勝矜持。她離開時，他陪她走到家門口，真摯地和她握手，觸帽行禮後便大步往回走了，他的身影莊嚴挺拔，全然是英姿颯爽的紳士風範，他也正是一位老紳士。

見到這一幕，喬又樂不可支地跳起了吉格舞，艾美驚訝得差點跌出窗外，瑪格舉起雙手高呼：「啊，這下我真信世界末日要到了！」

7 艾美的屈辱谷

「那個男孩像極了賽克羅普斯[28]，對吧？」這一天，艾美說道，只見勞里正騎馬嘚嘚地經過，在馬背上揮舞鞭子致意。

「你怎麼能這麼說話？他兩隻眼睛好好的，還漂亮得很呢。」喬大叫，容不得別人對她的朋友有半點輕慢。

「我又沒說他眼睛怎麼了。我欣賞他騎馬呢，不明白你為什麼要突然動氣。」

「噢，我的天！這小傻瓜想說的是半人馬神，卻把他叫成了賽克羅普斯。」喬爆發出一陣笑聲。

「你用不著這麼沒禮貌，我只是像戴維斯先生說的『口烏（口誤）[29]』罷了。」艾美反駁道，想用拉丁語鎮住喬。「勞里花在那匹馬身上的錢，要是能讓我也擁有一小部分就好了。」她接著說，像是自言自語，卻又希望姊姊都能聽見。

「為什麼？」瑪格關切地問。喬聽艾美第二次說錯話，又自顧自大笑起來。

「我非常需要錢。我欠了一身債，但還要再過一個月才輪到我領賣廢品的錢呢。」

「欠債？艾美，怎麼回事？」瑪格神情嚴肅。

「唉，我至少欠別人一打醃萊姆了，你也知道，要等有錢了才能還，媽媽不准我在商店賒帳的。」

「好好給我講講。現在流行買萊姆了？我們以前流行在橡膠塊上戳洞做球玩。」瑪格盡量板著面孔不笑，艾美卻是一派凝重之色。

「唉，你瞧，同學整天在買萊姆，那就非得跟著買啊，除非你想讓人覺得你小氣。現在沒別的，只流行這個，大家上課時都躲在課桌底下吸萊姆，休息時拿萊姆換鉛筆、珠串戒指、紙娃娃和別的東西。如果哪個女生喜歡另一個女生，就給她一顆萊姆；如果生她的氣，就在她面前吸光一整顆，絕不分她一口。她們輪流請客，我收了好多都沒還禮。這是得還的，都是人情債，你知道。」

「要多少錢才能還清，恢復你的信譽呢？」瑪格掏出錢包問。

「兩毛五綽綽有餘了，剩下幾分錢買給你吃吧。你喜歡萊姆嗎？」

「不怎麼喜歡，你可以把我那份吃了。給你錢。能省則省，錢可不多，你也曉得的。」

28 賽克羅普斯：希臘神話中的獨眼巨人。

29 口烏（口誤）：原文為拉丁文。

「啊，謝謝！有零用錢該有多好啊！我要大吃一頓，這星期還一顆萊姆都沒吃過呢。總吃別人的，讓我覺得很傷腦筋，因為沒法回請。事實上我可超想吃的。」

第二天艾美很晚才到學校，但還是按捺不住炫耀之心，帶著一股情有可原的得意樣子，給同學看過手上那個溼漉漉的牛皮紙袋，而後才把它塞進課桌抽屜最深處。不出幾分鐘，這事便在她的小圈子裡傳開了，說艾美．馬奇帶了二十四顆美味的萊姆（她在上學路上吃掉一顆），打算請客。

朋友爭先恐後地向她獻起了殷勤。凱蒂．布朗當場邀請她參加下一次的舞會；瑪麗．金斯利執意把自己的手錶借她戴到下課；珍妮．斯諾是個尖酸的小姐，之前因為艾美沒帶萊姆來，還惡劣地挖苦過她，此刻也盡棄前嫌，主動貢獻出一些算術難題的答案。但是艾美可沒忘記斯諾小姐尖嘴薄舌的話：「有的人鼻子塌歸塌，倒還嗅得出別人萊姆的味道；有的人自命不凡，跟別人要萊姆的時候傲氣就不見了。」艾美當即粉碎了斯諾小姐的期望，拋出話來潑她冷水：「你用不著一下子變這麼有禮貌，沒你的份。」

那天早上恰巧有一位大人物蒞臨學校，艾美畫的精美地圖受到這位貴賓的誇獎。仇敵獲譽，斯諾小姐怒火中燒。馬奇小姐則活像一隻小孔雀，刻意擺出趾高氣揚的架勢。但是，可惜啊，可惜，驕兵必敗！懷恨在心的斯諾小姐扭轉乾坤，大獲全勝。貴賓說完陳腐的溢美之詞，剛剛躬身出門，珍妮．斯諾便假借有重要問題的名義，向他們的老師戴維斯先生打小報告說，艾美．馬奇在課桌裡藏了醃萊姆。

戴維斯先生早已申明萊姆是違禁品，並鄭重發誓，第一個被發現不守規矩的人要當眾打手心。這位堅忍不拔的先生，曾為杜絕口香糖打贏一場激烈的持久戰，曾將沒收來的小說和報紙付之一炬，曾查封一個地下郵局，曾禁止扮鬼臉、取綽號、畫諷刺畫，盡一己所能收服五十名叛逆的女孩。

誰都知道，男孩已足夠消磨人的耐心了，而女孩更甚，尤其對於某些神經質且脾氣暴戾、教學天賦又比不上「布林伯博士[30]」的老師而言。戴維斯先生熟諳希臘文、拉丁文、代數及各類學問，所以被稱作好老師，至於言行、品德、情感和教學方式這一類，沒人會特別放在心上。挑這個時候告發艾美，她可要倒大楣了，斯諾明白得很。戴維斯先生早上喝的咖啡顯然過濃，東風來襲，又吹得他神經痛，他認為學生的表現也未能給他增多少光。因此，用一個女學生貼切甚至傳神的話來說：「他像個巫婆似的緊張兮兮，像頭狗熊似的亂發脾氣。」「萊姆」二字好似火上澆油，他一聽就臉色漲紅，大拍講臺，那力道嚇得斯諾飛也似的竄回座位。

「各位小姐，請注意！」

在這厲聲命令之下，臺下的竊竊私語平息了，五十雙藍、黑、灰、棕的各色眼睛順從地盯住先生可怖的面孔。

30 布林伯博士：查爾斯·狄更斯小說《董貝父子》中嚴苛的男校校長。

「馬奇小姐，到講臺前來。」

艾美從命起身，外表鎮靜，恐懼卻壓在心頭，那袋萊姆令她良心不安。

「把你課桌裡的萊姆拿上來。」沒等她離座，這一道突如其來的命令攫住了她。

「不要全拿去。」鄰座那位臨危不亂的小姐悄聲說。

艾美慌忙從袋中抖掉了五、六顆，把其餘的放到戴維斯先生面前，暗想任誰一聞到萊姆芬芳的香氣，那顆肉做的心總要發發慈悲的。不幸的是，戴維斯先生偏偏討厭這時髦醃漬物的氣味，一嫌惡便火氣更增。

「都在這裡了嗎？」

「差不多。」艾美囁嚅地說。

「馬上把剩下的拿過來。」

她只得照做，絕望地掃了一眼小圈子的同伴。

「確定沒有了嗎？」

「我從不說謊，先生。」

「我知道。來，把這些噁心的東西，兩顆兩顆拿，扔到窗外去。」

臺下一片吁歎，掀起了小小一陣風，最後的希望飛了，美味到了垂涎欲滴的嘴邊，卻又被奪走。艾美又羞又惱，臉漲得通紅，來回走了十二趟之多，隨著每一對該死的萊姆——哎，看起來多麼豐滿多汁啊——從她不情不願的手中摔落，街上都傳來一聲叫喊，喊得女孩都心痛到了極點，因為這告訴她們，她們的大餐落到了那群愛爾蘭小孩手裡，那些死對頭正為此歡呼呢。這——這太過分了！眾人或憤慨或懇求的目光投向無情的戴維斯先生，一個嗜萊姆成癖的同學甚至潸然淚下。

艾美走完最後一趟回來，戴維斯先生令人不安地哼了一聲，鄭重其事地說：「各位小姐，記住我一星期前說過的話。發生這件事我很遺憾，但我定下的規矩絕不允許破壞，我絕對說話算話。馬奇小姐，手伸出來。」

艾美嚇一跳，雙手背到身後，用苦苦哀求的神情看著他，比起說不出口的話，這可憐樣更能為她說情。她本是「老戴」（當然，這是大家私下對他的稱呼）的得意門生，要不是有一位小姐壓不住怒氣而用噓聲發洩，我以為戴維斯先生是會收回成命的。那噓聲雖然微弱，仍惹惱了這個易怒的先生，也決定了罪人的命運。

「馬奇小姐，手！」她緘默的求情只等來這個回答。艾美的驕傲不容她哭泣或討饒，她咬緊牙關，不服氣地別過頭去，但沒有縮回小手，手心挨了幾下刺痛的笞打。這幾下打得不多也不重，對她而言卻與痛打無異。她生平頭一次挨打，在她眼中，這種恥辱深刻得有如被擊倒在地。

「去背書臺前，罰站到下課。」戴維斯先生一不做，二不休。

這實在可怕。回座看著朋友憐憫的表情和一兩個敵人快意的臉色已經夠她受的了，如今卻要背負著新受的羞恥面對所有同學，簡直難堪。有一瞬間她恨不得從臺前跌落，哭到心碎。抱屈銜冤，加上想到珍妮·斯諾，這讓她決意忍耐，丟臉地站到臺前，雙眼注視上方的火爐煙囪，煙囪下彷彿只剩一片面孔的汪洋。她站在那裡，一動也不動，面色煞白，女生見如此可悲的身影在前，已無心聽講。

之後的十五分鐘裡，這個驕傲又敏感的小女生遭受了永生難忘的羞恥與痛苦。或許在別人看來，這只是件蠢事、小事，但對她卻是艱難的經歷，她十二年的人生只受到愛的薰陶，這樣的打擊前所未有。手上的疼和心裡的痛一時忘卻，只有一個念頭啃咬著她：「我不得不告訴家裡人啊，她們會對我失望透頂的！」

這十五分鐘像一小時那樣漫長，但也終於熬過去了，她從不曾如此期盼聽到那一聲「下課」。

「你可以走了，馬奇小姐。」戴維斯先生難掩內心的不安。

他無法輕易忘記艾美那責怨的一瞥，艾美沒有對任何人說一句話，直接走進前廳，抓起自己的東西，「永遠」離開了這個地方——她剛才狠狠地如此自誓。回到家，她仍傷心不已。稍後姊姊也回來了，她們立刻憤憤不平地開起會來。馬奇太太沒說多少話，只是面露憂煩，她極盡溫柔地安慰著受了苦的小女兒。瑪格用甘油和淚水洗刷那隻小手的委屈。貝絲覺得哪怕奉上她心愛的貓咪，也難解這種悲傷了。喬憤怒地提出，應該逮捕戴維斯先生，刻不容緩。漢娜揮了揮拳頭想打「壞蛋」，一面用力搗著馬鈴薯做飯，彷彿那個「壞蛋」正躺在杵子底下。

除了幾個好友，沒人注意到艾美蹺課。但是眼尖的少女發現，戴維斯先生那天下午相當寬厚，同時又格外緊張。臨近放學，喬出現在教室，她板著臉衝到講臺，遞上媽媽寫的一封信，隨後收拾好艾美的物品便轉身離去，她在門墊上仔細蹭掉了靴底的泥，彷彿要用腳甩去這個地方的髒汙。

「好，你可以暫時休學，但是我希望你每天和貝絲一起學一點功課。」當晚，馬奇太太說，「我不贊成體罰，特別是體罰女孩。我不喜歡戴維斯先生的教學方式，而且我認為，和你來往的那些女生也並非益友，我先問問你爸爸的意見，再送你去別處上學。」

「太好了！希望所有女生都走掉，讓他那間破學校關門。想起那些美味的萊姆，真叫人氣得發瘋。」艾美歎息道，一副殉道者的神情。

「我不為你丟掉萊姆而惋惜，因為你違反了規定，違規而受罰是應該的。」這嚴厲的答話讓小女生好生失望，她原本一心期待得到同情。

「你是說你很高興我在全體同學面前出醜嗎？」艾美嚷道。

「我不會選擇這種方法來糾正錯誤。」媽媽回答，「但我也不確定，比起更溫和的辦法，這種方法是不是對你更好。你已經變得有些自負了，親愛的，該改改了。你有許多小小的天賦和美德，但是無須招搖，自負會毀掉最高明的天才。真本事和真品德不太可能長久被埋沒，即使被埋沒了，只要清楚自己具備這些才德並加以善用，就能自得其樂，謙虛是巨大而萬能的魅力。」

「的確如此！」勞里喊道，他正和喬在角落下棋，「我以前認識一個女孩，音樂天分極高卻不自知，她從來沒想過自己私下作的小曲子有多美妙，就算有人告訴她，她也不會信的。」

「真想認識那個好女孩，我這麼笨，搞不好她可以幫我。」貝絲正站在他身旁用心聆聽。

「你本來就認識她，她對你的幫助比誰都大。」勞里答道，那雙快樂的黑眼睛飽含戲謔之意。被他這麼一望，貝絲霎時羞得雙頰緋紅，把臉埋進了沙發靠墊，恍然大悟的她不知如何是好。

喬讓勞里贏了這一局，以答謝他讚美她的貝絲。經這麼一誇，貝絲不好意思為大家彈琴了，誰都說不動她。於是勞里一展琴藝，還歡快地唱起歌來，心情分外爽朗，他極少對馬奇一家人表露性格中陰鬱的一面。他走後，整晚心事重重的艾美突然開了口，好像正思索著什麼新想法：「勞里是個很有才華的男孩嗎？」

「是的，他受的教育極好，天資又高，將來會成為一個傑出人才的，只要不被寵壞。」媽媽回答。

「他也不自負，對吧？」艾美問。

「一點也不。所以他才這麼有魅力，我們都這麼喜歡他。」

「我明白了。多才多藝、溫文爾雅，這很好，但是不要炫耀，不要拿翹。」艾美若有所思地說。

「深藏若虛，這些優點在一個人的言談舉止間看得到、感受得到，沒必要誇示。」馬奇太太說。

「就像把你所有的帽子、裙子和絲帶穿戴在身上，好讓人家知道你有這些東西，這很不妥，一樣的道理。」喬補上一句。這番叮嚀便在歡笑聲中結束了。

8 喬遭逢魔王

「姊姊，你們要去哪裡？」艾美問。這是一個星期六下午，她走進房間，發現瑪格和喬正神祕兮兮地準備出門，不禁好奇心起。

「你別管。小女孩不該問這麼多。」喬厲聲回道。

如果說人在童年真有什麼傷感情的事，正是聽到這句話了，「親愛的，走開」這種命令聽來更是惱人。艾美一聽這句狠話便動了怒，決心哪怕要耗上一個鐘頭，也非挖出祕密不可。她轉而向瑪格探問——瑪格素來不怎麼遲疑，對她有求必應——她嗲聲嗲氣地說：「告訴我嘛！我想你們可能會讓我跟去的，貝絲忙著抱她那些娃娃，我沒事可做，好寂寞呀。」

「我不能講，親愛的，因為你沒受到邀請。」瑪格說。喬不耐煩地插話：「好了，瑪格，別說了，不然你會壞了好事的。你不能去，艾美，別像個小孩子似的胡鬧。」

「你們要和勞里一起出去玩吧，我知道。昨天晚上，你們三個坐在沙發上交頭接耳，有說有笑的，我一進屋，你們就打住了。你們是不是要和他出去？」

「是，沒錯。好了，安靜，別再找麻煩了。」

艾美閉上了嘴，眼睛卻沒閒著，看見瑪格將一把扇子收進了口袋。

「我知道了！我知道了！你們要去戲院看《鑽石湖的七城堡》！」她嚷嚷起來，接著又堅決地說，「我一定要去，媽媽說過我可以看的，而且我領了賣廢品的錢了。你們沒早點告訴我，真壞。」

「乖乖的，聽我說一句。」瑪格安撫道，「媽媽不希望你這星期去，因為你的眼睛還沒完全好，受不了這齣童話劇的燈光。下星期你可以跟貝絲和漢娜一起去，看個高興。」

「這哪比得上跟你們和勞里去呀。拜託讓我去吧。我感冒病了這麼久，關在家裡，可想找些樂子了。瑪格，讓我去吧！我會很乖很乖的。」艾美懇求著，極力擺出可憐相。

「假如我們帶上她，只要把她裹得緊緊的，我想媽媽不會反對的。」瑪格說。

「她去我就不去了，我不去的話，勞里會不高興。再說他只邀請了我們，我們硬拉上艾美是很失禮的。我想，在別人不歡迎她的地方，她也不願去湊熱鬧吧。」喬沒好氣地說。她想盡興地看戲，不樂意分心看顧一個吵鬧的小孩。

這語調和態度激怒了艾美，她一面把靴子往腳上套，一面用最刺耳的口氣說：「我偏要去，瑪格說了我可以去。只要我自己掏錢買票，和勞里一點也不相干。」

「你不能坐在我們旁邊，我們的座位預訂了，而且你又不能一個人坐[31]，所以勞里得把他的位子讓給你，這就敗了大家的興致，或者讓他為你另找一個座位，而你本來沒受邀，這樣很不妥。你還是不要踏出家門，待著別動吧。」喬訓斥道，一急又刺破了手指，氣得不得了。

穿著一隻靴子的艾美坐在地板上哭了起來，瑪格連忙勸她。聽到勞里在樓下呼喚，兩個姊姊匆匆下樓，留下號啕大哭的妹妹，這個妹妹有時會忘記她小大人的模樣，言行還是像個被寵壞了的孩子。樓下三人準備動身，艾美倚著樓梯欄杆，語帶威脅地高喊：「你會後悔的，喬．馬奇，等著瞧！」

「胡說八道！」喬回道，砰地關上了門。

她們看得很高興，《鑽石湖的七城堡》精彩絕倫。雖然戲裡有滑稽的紅色小惡魔、閃閃發光的小精靈和俊美的王子公主，喬心中的愉悅仍摻雜了一絲苦澀：仙后那一頭黃色鬈髮讓她想到艾美。中場休息時，她消磨時間，思索著妹妹會做什麼事來讓她「後悔」。她和艾美十多年來有過許多激烈的口角，兩人都是火爆脾氣，激不得，容易發火。艾美纏擾喬，喬惹惱艾美，不時爆發衝突，事後兩人又都很愧疚。喬雖年紀較長，卻毫無自制力，她的火爆性格屢屢使自己惹禍上身，想收住脾氣又很難辦到。她的氣倒是一向生不久，過後還會虛心認錯，誠懇反省，努力悔改。姊妹常說，她們很喜歡惹喬發怒，因為事後她會變得像天使一般。可憐的喬拚命向善，奈何心中的敵人時刻準備發作，屢屢將她擊敗。想制服這個敵人，非得要持之以恆地努力幾年不可。

瑪格和喬回到家，只見艾美在客廳看書。她們進屋的時候，艾美露出一副委屈的神氣，目

31 不能一個人坐：在十九世紀，女士不宜單獨出入戲院。

光沒從書上挪開，也沒開口問一句話。要不是身旁的貝絲發問，聽她們把這齣戲盛讚了一番，或許艾美的好奇心會壓過怨恨。喬上樓收好自己最漂亮的帽子，先掃了梳妝檯一眼，因為上次吵架時，艾美為發洩情緒，把頂層抽屜整個翻過來扣到地板上。幸好，今天所有家當還在原位。迅速檢視了大大小小的櫥櫃、袋子和箱子之後，喬斷定艾美已原諒且放下了她的過失。

然而喬想錯了。第二天她發現一件事，一場軒然大波已然釀成。那天傍晚，瑪格、貝絲和艾美正坐在一起，喬闖進房間，神情激動，氣喘吁吁地問：「有人拿了我的書嗎？」

瑪格和貝絲滿臉訝異，馬上說：「沒有。」艾美撥著火，一言不發。喬見她面色轉紅，立刻對她發火。

「艾美，是你拿了！」

「沒有，我沒拿。」

「那你知道放在哪裡！」

「不，我不知道。」

「撒謊！」喬大叫，雙手提起艾美的肩膀，那凶狠樣，就算比艾美膽大得多的孩子看了也會害怕的。

「沒撒謊。我沒拿，不知道在哪裡，也不關心。」

「你一定知道些什麼，最好馬上講出來，別等我逼你。」喬輕輕晃了她一下。

「你愛罵就儘管罵吧，你再也見不到那本無聊的破書了。」艾美叫道，也跟著激動起來。

「為什麼？」

「我把它燒了。」

「什麼！我心愛的小書，寫了好久，打算在爸爸回家前完成的！你真的燒了？」喬一張臉煞白，兩眼冒火，緊張地抓著艾美不鬆手。

「對，我燒了！你昨天那麼粗暴，我說過要讓你付出代價的，我說到做到，所以——」

艾美沒說下去，喬的怒氣懾住了她，她被喬搖撼著，牙齒咯咯作響。喬悲憤交加地呼吼：

「你這個惡毒的傢伙！我再也寫不出來了，我這輩子都不會原諒你的。」

瑪格奔過來解救艾美，貝絲也上前勸慰喬，但是喬已不能自制，她摑了妹妹一記耳光，便轉身衝出房間，撲進閣樓的舊沙發，一個人和自己過不去。

樓下倒是雨過天青了，因為馬奇太太回了家，她聽完事情經過，很快使艾美覺悟自己對姊姊做了錯事。喬的書是她心中的驕傲，也被家人視為前途無量的文學萌芽。雖然只是五、六個短小的童話故事，但喬耐著性子反覆推敲，全心投入創作，希望寫出能夠發表的優秀作品。她才剛仔仔細細地謄寫一遍，毀掉了舊稿，如今艾美一把火將她數年的心血化為灰燼。對別人來說，這似乎只是小損失，而對喬卻是天大的災難，她覺得永遠無法補救了。貝絲哀慟得好像失去了一隻貓咪，瑪格也不願護著她寵愛的小妹妹了，馬奇太太面色凝重哀戚，艾美感到沒人愛她了，除非她能為自己的所作所為求得寬恕，而她現在比誰都要悔恨。

茶點的鈴聲響起，喬下樓來，板著一張拒人千里的臉。艾美壯足了膽，才低聲下氣地說道：

「請原諒我，喬。我非常非常抱歉。」

「我永遠不會原諒你。」喬斷然回答，之後便視艾美為無物。

沒有誰再談及這場大禍——連馬奇太太也不例外——大家憑經驗都曉得，喬在這種心情底下，對她說什麼都是徒勞，最明智的做法，是靜待什麼小插曲或者喬寬容的天性來消解憤恨，彌合裂痕。那天晚上過得很不快樂，她們一如往常地縫紉，媽媽也照常朗讀布雷默、史考特和埃奇沃思[32]，可是總覺得缺少了什麼，家中甜蜜和樂的氣氛被打亂了。到了唱歌時間，她們更覺難受，貝絲只彈琴、唱不出聲，喬像塊石頭似的呆立不動，艾美痛哭流涕，只剩瑪格和媽媽在唱。她們已盡力唱得像百靈鳥那樣輕快，但平日悠揚如笛的嗓音不復和諧，感覺一切都變了調。

喬迎接媽媽的晚安吻時，馬奇太太輕柔地耳語：「親愛的，不可含怒到日落。彼此饒恕，彼此幫助，明天重新開始吧。」

喬想要把頭伏在母親的胸口，讓悲傷和憤怒隨眼淚流盡，但是哭哭啼啼非大丈夫所為，況且她感到深受傷害，實在無法一下子饒恕。見艾美在一旁側耳聽著，她眨著眼睛強忍淚水，搖了搖頭，粗聲粗氣地說：「這件事很惡劣，她不配得到饒恕。」

說完，她快步回房去睡了。那一夜再沒有談笑聲和悄悄話。

艾美求和遭拒，一肚子不高興，悔恨自己不該放下身段，覺得無比委屈，同時又為自己的雅量得意揚揚，那副模樣令人看了特別惱火。喬的臉上依然烏雲密布，一整天做什麼都不順遂。早上天氣嚴寒，她失手把寶貝酥餅掉進了水溝，馬奇姑婆煩躁不安，瑪格憂心忡忡，貝絲回家時一定也是愁眉苦臉。艾美一張嘴還念叨個不停，說有些人大談向善，卻不肯努力，哪怕別人已高風亮節做了表率。

「一個個都這麼討厭，我找勞里去溜冰好了。他一向和氣又快樂，我知道，他能讓我好受些的。」喬對自己說著，便出發了。

艾美聽見溜冰鞋的碰撞聲，朝窗外一望，忍不住歎道：「看！她答應過下次我也可以去的，這是最後的結冰天了。不過要這個臭脾氣帶我去，也是白費口舌。」

「別這麼說。你是真的很不乖。她珍貴的小書沒了，沒法輕易原諒你。不過我想現在或許可以了，你挑合適的時間再去試試，我猜她會原諒的。」瑪格說，「去跟在他們後面，什麼也別說，等喬和勞里在一起，心情平靜了，看準哪個安靜的時機，親她一下，或者做一件體貼的事，我想她一定會真心真意跟你和好的。」

「我試試。」艾美說。這個建議很合她的意。她忙亂了一陣，打點妥當，就去追趕那兩個正翻過山頭的朋友了。

去河畔的路不遠，在艾美抵達前，兩人已經準備下河去了。喬見她跑來，忙背轉身去。勞里沒看到艾美，他正小心地沿著河岸溜冰，試探冰結得牢不牢，因為在這股寒流之前有過一段回

---

32 瑪莉亞．埃奇沃思（一七六八—一八四九）：愛爾蘭作家，擅長創作兒童文學作品。

暖的日子。

「我滑到前面第一個轉彎處，看看行不行，我們倆再開始比賽。」艾美聽他這麼說，只見他颼地一下滑向前去，鑲毛邊的大衣和帽子讓他看起來像個俄國青年。

艾美跑來後直喘氣，為了穿上溜冰鞋，朝手呵氣，跺腳取暖。喬聽著，頭也不回，沿河慢慢地走「之」字形滑開去，妹妹遇上小困難給了她一種怫然不悅的滿足感。她懷恨在心，怒火愈燃愈旺，將她吞噬。歹意和惡感皆多如此，除非盡早排解。勞里轉彎時朝後大喊：「靠著岸邊滑，中間不安全。」

喬聽在耳裡，但是艾美正掙扎著站起來，一個字也沒聽見。喬回望了一眼，心頭的小魔鬼附在她耳畔說：「別管她有沒有聽見，讓她自己留心自己吧。」

勞里已滑過彎不見了人影，喬來到轉角，艾美還遠遠落在後面，正朝河中央較平滑的冰面溜過去。喬立定片刻，心中湧起一種異樣的感覺。隨後她決定繼續前行，卻彷彿被什麼東西拖住，扭轉身子，恰好看到艾美高舉雙手往下沉去，薄冰突然嘩啦一聲碎裂，水花四濺，呼喊聲把喬的心臟都嚇得停住了。她想要叫勞里來，喉嚨卻發不出聲音；她想要衝上前去，雙腳卻似乎綿軟無力。那一瞬間，她只能怔怔地站在原地，一臉驚惶，盯著那頂藍色小風帽浮沉在漆黑的水面。一個影子從她身邊疾馳而過，只聽得勞里的聲音大喊：「拿根杆子來。快，快！」

她是怎樣去拿杆子來的，自己也不知道了。接下來的幾分鐘裡，她著了魔似的，茫然聽從勞里吩咐，勞里卻是相當鎮定，俯臥在冰上，先用手臂和冰球棒攬住艾美，喬拖來一根柵欄上的橫杆，兩人合力把艾美救了上來，這孩子沒怎麼受傷，可是受了不小的驚嚇。

「來，我們得盡快送她回家。把我們的衣物都披到她身上，我把這礙事的溜冰鞋給脫了。」勞里邊喊邊脫下大衣裹住艾美，用力扯著鞋帶，鞋帶從來沒有這麼難解過。

他們渾身滴水，發著抖流著淚，把艾美送到家裡。慌亂一通後，艾美渾身包著毛毯，在燒旺的火爐前睡著了。這一段忙碌之中，喬幾乎沒說過話，只顧著東奔西走，她的臉色蒼白而驚恐，衣衫不整，裙子撕破了，兩隻手被碎冰、木杆和堅固的帶扣割破、擦傷了。艾美安然熟睡，屋裡靜悄悄的，馬奇太太坐在床邊，把喬喚到跟前，幫她包紮受傷的雙手。

「你肯定她沒事了嗎？」喬小聲說。她滿心懊悔望著那個金髮的小腦袋，在凶險的冰層下，它差點被捲走，永遠消失在她眼前。

「沒事的，親愛的。她沒有受傷，我看都沒有著涼呢。你們倆很聰明，把她裹緊了，立即送回家。」母親欣慰地答道。

「都是勞里的功勞。我當時只是想著隨她去。媽媽，如果她有任何不測，那全是我的錯啊。」喬臥倒在床邊，眼裡翻湧懺悔的熱淚，她述說剛才發生的一切，痛斥自己的鐵石心腸，抽噎著感恩那沉重的懲罰沒有降臨。

「都怪我的壞脾氣！我想法子改正，我以為我改了，結果爆發起來比從前更糟。媽媽啊，我該怎麼辦？我該怎麼辦啊！」可憐的喬灰心喪氣，禁不住喊道。

「總要警醒禱告，親愛的，絕不要厭倦嘗試，不要以為克服不了自身的缺點。」馬奇太太說著，把那頭髮蓬亂的腦袋攏到自己肩上，十分溫柔地親吻淚溼的臉頰，於是喬哭得更厲害了。

「你不知道，你想像不到我的脾氣有多壞！一旦動起肝火，好像什麼事都做得出來——我變得那麼野蠻，肆意傷害別人，還以此為快。我怕哪天真的幹出什麼傷天害理的事來，毀了自己的人生，讓所有人都恨我。媽媽啊，救我，救救我吧！」

「會的，孩子，我會的。別哭得這麼傷心，你要記住今天，鐵了心永不重蹈覆轍。喬，親愛的，我們都有各自的迷惑，有些比你的還嚴重得多，往往要用盡畢生去克服。你以為你的脾氣是天底下最壞的，但其實我的脾氣以前和你一個樣。」

「媽媽，你的脾氣？咦，你從不生氣呀！」喬一時驚訝得忘了悔恨。

「我已經努力改了四十年，才剛剛能收斂。這麼些年來我幾乎每天都生氣，但我已經學會了脾氣不外露。我還希望學會不動怒，恐怕要再花上四十年才做得到。」

這張臉上的耐心和謙遜是喬所深愛的，帶給她的訓誡勝過最高深的說教、最嚴厲的責備。她得到同情與信任，頃刻間感覺安慰；知道母親有和自己一樣的缺點並設法糾正，使她更容易忍受自己的缺點，也堅定了她改過的決心，雖然對一個十五歲少女而言，四十年的警醒與努力看來相當漫長。

「媽媽，有時候馬奇姑婆罵人，或者有人煩擾你，你會抿緊嘴唇走出房間，是不是在生氣呀？」喬問道。她感到與母親前所未有地親近。

「是啊，我學會了把湧到嘴邊的氣話咽下去，當我覺得那些話要違背本意脫口而出的時候，我就走開一會兒，輕輕搖醒那個軟弱凶惡的自己。」馬奇太太歎著氣回答，又微微一笑，把喬凌亂的頭髮理順。

「你怎麼學會保持靜默的？這個問題讓我很煩惱——每次我還來不及反應，那些刻薄話就衝出口了，越說越狠，非要傷了別人的感情、說出難以挽回的話才甘休。跟我說說你是怎麼做的吧，親愛的媽媽。」

「我的好媽媽以前常幫我——」

「就像你幫我們一樣——」喬插話，送上感激的一吻。

「可是我比你稍大一點的時候就沒了媽媽，只好獨自奮鬥了多年，因為我自尊心太強，不願對其他人坦白弱點。喬，我有一段時間很苦，為自己的失敗灑了不少傷心淚，雖然付出努力，似乎總不見長進。後來你爸爸出現了，我非常幸福，發現要學好也不難。不久後有了四個小女兒環繞膝下，家裡卻沒錢，於是老毛病又犯了，因為我天生沒什麼耐性，看著小孩缺東少西的，苦惱得很。」

「可憐的媽媽！那時又是誰幫了你呢？」

「你爸爸呀，喬。他從不失去耐心——不懷疑也不抱怨——凡事欣然盼望，一邊工作，一邊等待。我要是不像他那樣行事，在他面前都抬不起頭來。他幫忙我，安慰我，告訴我如果想讓幼小的女兒擁有美德，自己必須身體力行，因為我是她們的榜樣。為你們而踐行，比起為我自己，要來得容易。當我說了狠話，你們哪一個投來驚嚇或詫異的目光，那比任何言語的譴責更加有力。我努力做一個值得學習的榜樣，孩子給予的敬愛與信任是最甜蜜的回報。」

「噢，媽媽，要是能有你的一半好，我就滿足了。」喬深受感動，大聲說道。

「我希望你還要更好，親愛的，不過你一定得時時提防爸爸所說的『心中的敵人』，否則這敵人會讓你生活於悲苦之中，甚至毀掉你的一生。你已經得了一次教訓，要把它記住，盡心盡力控制這壞脾氣，免得它帶來比今天更大的悲傷和遺憾。」

「我會努力的，媽媽，我真的會。但請你一定要幫助我、提醒我，使我不再口出惡言。我有時看到爸爸把手指放在嘴唇上，和氣又嚴肅地望著你，然後你不是抿緊嘴唇，就是走開了。這是他在提醒你嗎？」喬柔聲問。

「是的。我請他這樣幫我，他從沒忘記，用那簡單的手勢與神情，阻止我說出許多刻薄話。」

喬見媽媽說話時熱淚盈眶、雙唇顫抖，擔心自己多話了，急忙輕輕問道：「我留意你的舉動，現在還告訴你，是不是做錯了？我不是故意這麼沒禮貌的，只是很想把心裡話一股腦告訴你，這感覺特別舒服，現在的我很安心也很快樂。」

「我的喬啊，對媽媽什麼話都可以講。女兒跟我說心事，瞭解我有多麼愛她們，這是我最大的幸福和驕傲。」

「我以為我讓你難過了。」

「沒有，親愛的。不過說到爸爸，倒是讓我想起我有多想念他、感激他，為了他，我要兢兢業業照顧好他的小女兒，確保她們健康平安。」

「可是你讓他去了戰場，媽媽，而且他走的時候你沒有哭，到現在也沒有半句怨言，也看不出需要什麼幫助。」喬不解地說。

「我把最寶貴的一切獻給我愛的國家，他離開前我一直忍著眼淚。我們兩人各盡其責，最後一定會因此而更幸福，還有什麼好抱怨的呢？你看不出我需要幫助，是因為我有一位更好的朋友——比你們的爸爸還好——一直安慰我、支持我。孩子，你人生的困難和迷惑才剛開始，或許還會有很多，但你終能戰勝它們、超越它們，只要你學會像感受親友之愛那樣，感受自己內心的力量。這力量無堅不摧，永不枯竭，永遠不會被奪走，也許會成為你一生平安幸福的源泉。堅守這個信念，帶著你那小小的憂煩、盼望、罪過和悲傷叩問本心，就像你來到媽媽身邊一樣自在而坦誠。」

喬唯一的回答是把媽媽抱緊，在之後的沉默中，她作了有生以來最深刻的自省；在這悲喜交加的時刻，她不僅咀嚼了悔恨失望的苦澀，也品嘗了克己自制的甜美。

艾美在睡夢中動了一下，歎了口氣，喬似乎急於補過，帶著一種未曾有過的表情抬起頭來。

「先前我含怒到日落，不肯原諒她。今天要不是勞里，可能一切為時已晚！我怎麼會這樣惡毒呢？」喬低聲自語。她俯身望著妹妹，輕撫披散在枕頭上那溼漉漉的頭髮。

艾美像是聽見似的，睜開了眼睛，伸展雙臂，露出一個直抵喬心坎的微笑。兩人不發一語，隔著毛毯緊擁彼此，在真心的一吻中，一切得以寬恕和忘懷。

9 瑪格涉足浮華市

「那幾個孩子在這時候出麻疹，我真覺得是世上最幸運的事了。」瑪格說。這是四月裡的一天，她在房中整理那個「出遠門大皮箱」，妹妹都圍繞在她身旁。

「安妮．莫法特真好，沒忘記她答應的事。能玩樂整整兩個星期實在開心極了。」喬應著話，一面用兩條長手臂幫忙折著裙子，遠看好似一架風車。

「天氣又這麼晴朗，太替你高興了。」貝絲接著說。她把領巾和髮帶齊整地歸置在自己最好的衣盒裡，要借給姊姊去赴這一趟盛會。

「真希望我也能這樣玩樂，穿戴這些漂亮的服飾。」艾美嘴裡叼著針，一根根靈巧地扎進姊姊的針插裡。

「我也希望你們都去，但既然不行，就讓我記下經歷的事情，回來再講給你們聽。我起碼是能做到這一點的，你們都這麼好，借東西給我，又幫我打點行裝。」瑪格環顧四周，這些簡樸的行頭在她們眼中已近完美。

「媽媽從百寶箱裡拿什麼給你了？」艾美問。那個香柏木箱打開時，她不在場。馬奇太太在箱子裡保存著一些舊日留下的珍寶，預備在適當的時候分贈給幾個女兒。

「一雙長筒絲襪、那把漂亮的雕花扇，還有一條可愛的藍色腰帶。我本來想要那件紫羅蘭色的絲綢衣，不過沒時間翻改，就穿這舊薄紗衣算了。」

「配我那條新的細洋紗裙子一定很好看，腰帶一束，更是錦上添花。可惜我把珊瑚手鐲摔碎了，不然你就能戴上了。」喬說。她一向樂於把東西贈予或出借給別人，可是她的東西大多殘破不全，沒有多少用處。

「百寶箱裡有一副可愛的老式珍珠首飾，不過媽媽說，女孩子最漂亮的飾物非鮮花莫屬。勞里答應過，我想要什麼花都會送來。」瑪格答道，「好了，我想想，新的灰色散步裝——貝絲，幫我把帽子上的羽毛捲起來——還有星期天和小宴會穿的府綢裙子，春天穿太厚重了，對吧？還是那件紫羅蘭絲綢衣服好啊，唉！」

「不要緊，你那件薄紗衣大宴會可以穿，再說你穿白色總是美得像天使下凡。」艾美鬱鬱地看著這零星幾件令她心馳神往的華服。

「那件不是低領的，也不夠長，但是只好將就了。我的藍色便服看起來倒很合適，改過了，剛鑲了花邊，感覺像得了一件新衣服。那件絲綢外套一點都不時髦，軟帽也不如莎莉的。本來不想提的，可是這把傘實在讓我失望。我告訴過媽媽要黑面白柄的，但她忘了，買了一把綠面淺黃柄的。傘很結實素雅，我不該抱怨的，但是我知道，在安妮那把頂上鍍金的絲綢傘旁邊撐起來，我會難為情的。」瑪格歎息著，十分不喜歡地打量那把小傘。

「換一把吧。」喬勸道。

「我不會那麼傻，讓這點小事傷了媽媽的感情，她為了給我置備東西煞費苦心。這只是我無謂的想法，我不會受這個想法支配的。絲襪和兩副新手套已經讓我得到寬慰了。喬，你真好，肯把手套借給我。我覺得很富足，也很優雅了。有了兩副新的，舊的可以洗乾淨了給大家備用。」瑪格神采奕奕地瞄了手套盒一眼。

「安妮．莫法特的睡帽上有藍色和粉色的蝴蝶結，你能幫我繫幾個在睡帽上嗎？」她問。這時貝絲剛從漢娜手裡接過一堆雪白的細洋紗衣服。

「不，不要，時髦的帽子和沒有花邊的樸素睡袍不相配。窮人不該花枝招展。」喬斷然回絕。

「不知道我會不會有那麼快樂的一天——衣服上鑲著手工蕾絲花邊，帽子上繫著蝴蝶結。」瑪格不耐煩地說。

「那天你說，如果能去安妮．莫法特家，你就十分快樂了。」貝絲以一貫的恬靜語氣說道。

「我是說過！好吧，我現在很快樂，不再苦惱了。可是一個人得到的越多，似乎想要的也越多，對不對？隔底匣擺好了，一切齊備，只差舞會禮服，這就留給媽媽來裝吧。」瑪格說著又雀躍起來，視線從半滿的皮箱挪到熨燙縫補過多次的薄紗白衫上，她鄭重地稱其為「舞會禮服」。

翌日天晴，瑪格打扮入時地出了家門，準備體驗新奇愉悅的兩星期。馬奇太太當初很勉強地同意了這趟拜訪，她唯恐瑪格去了回來之後，對生活更覺不滿。但禁不住瑪格苦苦哀求，莎莉也答應會好好照顧她，而且辛勞了一個冬天，一點小小的樂趣似乎會令她高興不已，於是媽媽妥協了，放女兒去初嘗上流生活的滋味。

莫法特一家確有大家風範，宅邸富麗堂皇，一家人舉止高雅，質樸的瑪格剛到那裡，不免惶惶不安。他們的生活雖然奢華，但都是些親切的人，很快便讓客人自在起來。也或許是瑪格不知為何感覺到，他們並非才高八斗、學富五車，所有的虛飾仍無法完全掩藏凡俗本質。

終日享用珍饈美饌、香車寶馬、錦衣華服，除了遊樂無所事事，這當然很愜意。這樣的生活正合瑪格的心意，不久她便開始仿效身邊這些人的言談舉止，端一點架子，擺弄幾句法語，把頭髮燙捲，把衣服改小，盡她所能談論時尚。她看到越多安妮．莫法特的漂亮東西，心裡就越羨慕，越怨歎自己不夠富有。如今想起家裡，顯得尤為清貧黯淡，工作也更顯艱辛了。儘管有新手套和絲襪，她仍覺得自己是個窮困潦倒、百般委屈的女孩。

然而她沒有多少時間哀怨，三個少女結伴遊玩，忙得不亦樂乎。她們白天購物，散步，騎馬，訪友；晚上去看戲，看歌劇，或者在家嬉戲。安妮交遊廣闊，懂得如何款待朋友。她的幾個姊姊都是很文雅的小姐，其中一個已經訂了婚，在瑪格看來這是極其有趣又浪漫的。莫法特先生是位胖嘟嘟、樂呵呵的紳士，他認識瑪格的父親。莫法特太太也是位胖嘟嘟、樂呵呵的夫人，和自己女兒一樣很喜歡瑪格。大家都寵著她，叫她「黛西[33]」，她快要得意得暈頭轉向了。

「小宴會」之夜來臨，她發現自己的府綢裙子根本上不了檯面，別的女孩都穿了單薄的衣裙，看起來十分秀氣。她只好取出薄紗衣服換上，可是跟莎莉簇新的衣服一比，頓顯破舊、軟癟。見其他女孩朝她身上瞥了一眼，又面面相覷，瑪格不禁臉頰發燙，她雖然性情溫婉，自尊心卻很強。沒有人對她的衣服說一句閒話，莎莉主動來幫她梳理頭髮，安妮為她束起腰帶，那個訂了婚的姊姊貝兒直誇讚她雪白的手臂。在這一番善意之中，瑪格只看到她們對貧乏的憐憫，她獨自站立，心沉甸甸的，旁人則談笑穿梭，如蝴蝶翩飛。她的心情越來越酸澀鬱悶，此時女僕端了一盒鮮花進來。未及女僕開口，安妮已掀開了盒蓋，眾人發出驚歎，只見裡面滿是綠蕨襯托的嬌豔玫瑰和石楠。

「一定是給貝兒的，喬治常常送花給她，這盒花真是迷人極了。」安妮喊著，用力嗅了一下鮮花。

「那位先生說，是送給馬奇小姐的。這裡有張便條。」女僕插話，一面將字條呈給瑪格。

「真有趣！是誰送的？都不知道你還有個情人呀。」女孩都叫了起來，萬分驚奇地撲到瑪格身邊。

「便條是我媽媽寫的，花是勞里送的。」瑪格簡單地說，心中卻相當感激他沒有忘記自己。

「噢，原來如此！」安妮露出一副滑稽的表情。瑪格把便條塞進口袋，將它當作一張驅除妒忌、自負和虛榮的護身符。那慈愛的寥寥數語給了她安慰，花兒的美麗也使她振作不少。

她幾乎恢復了快樂，只為自己留下幾枝蕨草和玫瑰，其餘的很快分成精緻的花束，點綴在這些朋友的胸前、髮際和裙子上。她如此風度翩翩，這家的長姊克拉拉直說她是「她所見過最可愛的小傢伙」，大家似乎都很喜歡她體貼的小舉動。不知怎的，這一善舉也掃盡了她的頹喪。別的女孩都跑去向莫法特太太展示衣裝了。瑪格在穿衣鏡中見到一張目光明媚的快樂臉龐，她把蕨草插入波浪般的秀髮，再把玫瑰繫上衣襟，此刻這身衣服看起來也不那麼寒酸了。

那天晚上她玩得很痛快，舞跳了個盡興，人人都很親切，她還受了三次恭維。安妮請她唱歌，有人說她生了一副美妙出眾的嗓子。林肯少校在席間打聽「那位眼睛水靈靈的清秀少女」是誰。莫法特先生一定要和她跳舞，因為她「舞步不拖沓，彈性十足」——他和悅地稱讚道。總之她度過一段很愉快的時光，但後來無意中聽到些閒言碎語，令她十分不舒服。當時她正坐在花房裡，等舞伴帶冰淇淋過來，卻聽見花牆另一側有個聲音問道：「他多大年紀了？」

「十六、七歲吧，我想。」另一個聲音回答。

「這對她們其中一個女孩可是件大好事呢，對吧？莎莉說她們現在和他走得很近，老先生也很寵愛她們。」

「我看馬奇太太早有盤算，打得一手好牌，儘管現在言之尚早。那個女孩顯然還沒想到這事。」莫法特太太說。

「她提到『媽媽』時撒了個小謊，表現得好像她媽媽是知道的，花送來的時候還紅了臉，怪嬌媚的。可憐的孩子！要是打扮得時髦些，一定漂亮得很。你覺得，如果我們去說借一件衣服給

---

33 黛西：「瑪格麗特」的暱稱。

她星期四宴會穿，她會生氣嗎？」另一個聲音問。

「她自尊心強，但我想她不會介意的，她總共也就那麼一件土氣的薄紗衣服。說不定今天晚上那件衣服就會給扯破了，那倒是個好藉口，可以借她一件像樣的了。」

「再看看吧。我要去邀請小勞倫斯，當作給她捧捧場，而後我們就有好戲看了。」

瑪格的舞伴來了，發現她面紅耳赤、神色激動。她自尊心確實很強，這時候自尊心卻派上了用場，幫她掩飾起剛才那些話帶來的羞辱、憤怒和厭惡。她固然天真無邪，總也聽得懂這兩個朋友的閒話。這些話她想忘卻忘不了，反覆在腦中迴盪——「馬奇太太早有盤算」、「提到『媽媽』時撒了個小謊」、「土氣的薄紗衣服」。她恨不得立刻大哭著跑回家，向家人傾吐苦惱，請教辦法。既然不可能這麼做，她只得強顏歡笑。她受了不小的刺激，表面卻裝得十分自然，沒有人能想像她費了多大的力氣。就這麼忍到宴會結束，她很欣慰，靜靜地倒在床上，左思右想，憤憤不平，一直想到腦袋生疼，熱烘烘的雙頰也被幾滴滑落的眼淚浸涼了。那些並無惡意的謬論向她展現一個新世界，驚擾了舊世界的平靜，此前她一直像孩子般快樂地生活著。她和勞里純真的友情被無意中聽到的蠢話所玷汙；她對母親的信任也有了一絲動搖，只因莫法特太太擅自評斷他人，把世俗的心計歸諉於她母親；她很懂事，決定踏踏實實穿上樸素的行頭，也與她窮人家女兒的身分相稱，卻被那些女孩多餘的憐憫所打擊，她們認為衣衫寒酸是天底下極大的災難。

可憐的瑪格一夜無眠，隔天起床垂著眼皮，悶悶不樂，心中對朋友有些慍懟，又有些自慚，怨自己沒能開誠布公，把事情說個明白。一早上大家都懶洋洋的，過了中午才稍微提振精神，拾起正在織的毛線。瑪格馬上察覺出朋友的態度有異，她感到，她們對她多了幾分恭敬，細心聆聽她說的話，看她的眼神洋溢著好奇。這一切令她受寵若驚，只是搞不清楚狀況，直到伏案寫字的貝兒小姐抬起頭來，帶著煽情的神氣說道：「黛西，親愛的，我寄了一封請帖給你的朋友勞倫斯先生，請他來星期四的宴會。我們很想認識他，也想向你表示我們的一點心意。」

瑪格紅了臉，卻心生調皮的念頭，想捉弄一下這幾個女孩，於是故作正經地回答：「你們真客氣，不過他恐怕不會來的。」

「為什麼呢，親愛的[34]？」貝兒小姐問。

「他年紀太大了。」

「孩子，這是什麼意思？請問他到底幾歲！」克拉拉小姐叫道。

「我想，快七十了吧。」瑪格數著毛線針數，以掩飾眼角的笑意。

「你這淘氣鬼！我們說的當然是年輕的那位啦。」貝兒小姐笑著喊道。

「沒有什麼年輕人，勞里還是個小孩子。」聽瑪格如此形容那個所謂的情人，這姊妹倆互換了古怪的眼色，瑪格見狀也禁不住笑了起來。

「和你年紀差不多吧。」娜恩說。

34 親愛的：原文為法文。

「和我妹妹喬的年紀更近，我八月就十七歲了。」瑪格把頭一揚答道。

「他真好，還送花給你，對吧？」安妮說，裝作一無所知的樣子。

「是啊，他經常送的，送給我們大家，他們家裡鮮花多的是，我們又喜歡花。你們也知道，我媽媽和勞倫斯老先生是朋友，所以我們幾個孩子就很自然地玩到一起了。」瑪格希望她們不要再多說什麼了。

「顯然黛西還沒入社交界呢。」克拉拉小姐對貝兒小姐點點頭說。

「好一派天真爛漫的氣氛。」貝兒小姐聳了聳肩答道。

「我要出門給女兒買點小東西，各位小姐，能為你們效勞嗎？」莫法特太太問。她步履沉重地走進來，像一頭身披綾羅綢緞的大象。

「不用了，謝謝您，夫人。」莎莉回答，「我有一條粉紅色的新絲綢裙子星期四穿，不缺什麼了。」

「我也不——」瑪格剛開口又打住了，她忽然想到自己確實想要幾樣東西卻不可得。

「你那天要穿什麼？」莎莉問。

「還是白色那件舊的，如果我能把它補到見得了人的話，昨天晚上不小心給撕破了。」瑪格極力說得自在些，但是心中非常不安。

「你為什麼不寫信向家裡再要一件呢？」莎莉追問。她不是懂得察言觀色的女孩。

「我沒有別件了。」瑪格頗費力氣才吐出這一句。莎莉卻沒看出這一點，她親暱地驚叫起來：「只有那一件？太好笑了——」話沒說完，貝兒小姐朝她搖了搖頭，善意地插話說：「一點也不好笑，她沒入社交界，要一堆衣服有什麼用？黛西，哪怕你有十多件，也用不著跟家裡要，我有一條可愛的藍色絲綢裙子，穿不下了放在那裡，你喜歡就拿去穿吧，好嗎，親愛的？」

「你真好心，但要是你不介意的話，我就穿舊衣服沒事的，我一個小女生穿那件夠好了。」瑪格說。

「請允許我自作主張，把你打扮得時髦些。我一向喜歡幫人打扮，只要這裡那裡稍加裝點，你就是個不折不扣的小美人了。我要讓你妝飾齊整之後才給人看見，到時我們像灰姑娘和仙女參加舞會那樣突然亮相。」貝兒小姐循循勸誘。

瑪格拒絕不了如此友善的建議，她很想看看自己打扮一下會不會變成「小美人」，因而答應下來，忘卻了先前對莫法特一家的不悅。

星期四晚上，貝兒小姐把自己和女僕關在房裡，兩人合力將瑪格打扮成一位窈窕淑女。她們把她的頭髮燙了又捲，在她的脖頸和雙臂撲上香粉，為她塗上珊瑚色的唇膏，使雙唇更紅潤，要不是瑪格反對，女僕霍滕絲還要給她抹「少許[35]」胭脂呢。她們把她塞進一條天藍色的裙子裡，勒緊裙帶，緊得她透不過氣來，領口又開得很低，保守的瑪格對鏡一照，不覺羞紅了臉。接著上

---

35 少許：原文為法文。

陣的是一套銀絲首飾，手鐲、項鍊、胸針、耳環，樣樣俱全，霍滕絲用一段不易發現的粉色絲線將耳環縛在她耳朵上。胸前一叢茶香玫瑰蓓蕾和一條飾帶，使瑪格甘願袒露白皙的肩膀。一雙藍色高跟綢靴滿足了她最後一個心願。一條花邊手帕、一把羽扇、銀花插裝的一捧花球，將她裝點舒齊。貝兒小姐心滿意足地端詳她，像一個小女孩看著剛打扮好的洋娃娃。

「這位小姐真迷人，漂亮極了[36]，不是嗎？」霍滕絲做作地緊握雙手歡呼。

「來給大家看看吧。」貝兒小姐說著，領她去眾人等候的房間。

瑪格跟在後頭，長裙曳地，裙襬沙沙，耳環丁零，鬈髮飄逸。她的心怦怦直跳，隱約感到自己的「好戲」終於正式開場，那面穿衣鏡明明白白地告訴她，她真是個「小美人」了。朋友見了她，熱烈地一再重複這個令人歡喜的詞，她站了好一會兒，彷彿寓言裡的寒鴉[37]，為借來的羽毛沾沾自喜，聽其他女孩像一群喜鵲似的喋喋讚美。

「我也該換衣服去了，娜恩，你教教她怎麼駕馭裙襬和那兩隻高跟鞋，不然她會絆倒的。克拉拉，拿你的銀蝴蝶來別在她左邊那綹長鬈髮上。你們誰都不准破壞我迷人的傑作。」貝兒小姐說完便匆匆離去，看起來對自己的成果相當得意。

「我不敢下樓去，覺得渾身不自在，硬邦邦的，還袒胸露背。」瑪格對莎莉說。此時鈴聲響起，莫法特太太差人來請小姐都趕緊下去。

「你一點也不像平日的你，不過美得很。我遠遠比不上你了，貝兒品味極佳，我跟你保證，你現在頗具法國風情。讓那些花掛著吧，別太關心它們，千萬別絆倒了。」莎莉回答，盡量不去在意瑪格比自己漂亮。

瑪格謹記這個提醒，安穩地步下樓梯，翩然走進客廳，莫法特夫婦與一些早到的賓客已聚在那裡。她很快發覺，精美的衣飾自有一種魔力，能吸引某一階級的人，贏得他們的尊重。幾位從未注意過她的小姐，突然間和她熱絡起來；幾位年輕紳士在上次宴會中只是盯著她看，現在不只看得出神，還請主人介紹，對她說了各種可笑又可喜的話；幾位坐在沙發上的老太太，對其他人微詞不斷，卻饒有興趣地打聽這是哪家的小姐。她聽到莫法特太太答覆其中一人：「黛西・馬奇——她父親是陸軍上校——名門望族，可惜時運不濟，你也知道吧——勞倫斯家的知交——一個可人兒，這是肯定的——我們家內德對她可著迷了。」

「天啊！」老太太說著，戴上眼鏡又細看了瑪格一番。莫法特太太說的瞎話令瑪格頗感驚訝，但她不動聲色，努力裝作沒聽見。

「不自在的感覺」仍未退去，但她想像自己在扮演名為「窈窕淑女」的新角色，也便應付自如了，不過緊繃的裙身勒得她兩肋作痛，曳地裙裾又總是滑到腳下，她還時時擔心耳環會不會掉落、丟失或摔壞。她正搖著扇子，笑著聽一位自作聰明的年輕紳士講些拙劣的笑話，卻突然收住

---

36 這位小姐真迷人，漂亮極了：原文為法文。

37 寓言裡的寒鴉：指《伊索寓言》中的〈寒鴉與孔雀〉。

了笑，面露不解之色，因為朝正對面望去，她看見了勞里。他注視她，毫不掩飾心中的訝異，她看出這眼神還帶著不滿，雖然他躬身微笑，誠實的雙眼卻莫名使她臉紅，恨不得穿回自己那身舊衣服。令她更加不知所以的是，只見貝兒小姐用手肘推了推安妮，兩人看看她又看看勞里。此時的勞里顯得異常稚氣又害羞，她才放下心來。

「這些無聊人，淨往我腦袋裡裝荒謬的想法。我才不管哩，也不會因此改變一絲一毫。」瑪格暗暗想著，衣裙沙沙地穿過房間，和她的朋友握手。

「很高興你來了，原先還怕你不想來呢。」她擺出一副大人樣說道。

「喬要我來，看看你打扮得如何，回去告訴她，所以我就來了。」勞里沒有抬眼看她，又覺得她那種媽媽似的語氣有點好笑。

「你打算怎麼對她說呢？」瑪格十分好奇他對自己的看法，然而頭一次在他面前感到不自在。

「我會說我不認得你了，因為你看起來完全是大人的模樣，不像平日的你，讓我有些害怕。」他撫著手套扣子說。

「胡說什麼呀！那些女孩為了好玩把我打扮起來，我也滿高興的。假如喬見了我，會不會盯著我看？」瑪格一心想要他說出是否認為她變美了。

「會，我覺得她會的。」勞里嚴肅地答道。

「你不喜歡我這樣打扮嗎？」瑪格問。

「是的，我不喜歡。」這回話很坦率。

「為什麼呢？」瑪格語調急切。

他瞥了一眼她滿頭的鬈髮、裸露的肩膀、鑲邊花哨的裙子，露出的表情比回答更叫她困窘，而他的回答全不似往常那般客氣了。

「我不喜歡鋪張浮華。」

這句話竟出自一個比她年紀還小的少年口中，實在過分，瑪格轉身就走，使性子拋下一句：「我從沒見過像你這樣無禮的孩子。」

她嗔怒不已，走到一個僻靜的窗口想涼一涼雙頰，因為裙子勒得難受，害她臉蛋漲得紅燙燙的。正當她站在那裡，林肯少校恰巧從旁經過，不一會兒，她聽見少校對他的母親說：「她們在捉弄那個小女生呢。我原想讓你看看她的，但她們完全毀了她，今晚她不過是一個洋娃娃而已。」

「唉，天啊！」瑪格歎了一聲，「我真該聰明些，穿自己的衣服來，那樣就不致討人厭煩，也不會給自己徒增不安與羞慚了。」

她把額頭抵在冰涼的窗玻璃上，讓窗帷半掩著身子，滿不理會她最愛的華爾滋舞曲已經奏響，直到有人輕碰了她一下。她轉過頭來，只見面前是一臉悔意的勞里，他深深地鞠了一躬，伸出手來說道：「請原諒我剛才的無禮，和我跳支舞吧。」

「只怕會太為難你吧。」瑪格想佯裝生氣，卻怎麼也裝不出來。

「一點也不會啊，我可想跟你跳舞了。來吧，我會很有禮貌的。我不喜歡你的裙子，但我打心底裡覺得你——美極了。」他揮著雙手，彷彿言語不足以表達他的讚賞。

瑪格微微一笑，心軟了下來，兩人站著等候合適的拍子，她低語道：「小心別被我的裙子絆倒了。它真是我的人生大患，我這傻子竟會穿上它。」

「把裙襬別到領口附近就行了。」勞里說著，低頭望了望她的藍色小靴子，顯然對這雙鞋倒很讚許。

他們優雅地翩躚起舞，舞步早已在家練熟，彼此搭配默契。這一對歡樂的年輕舞伴成了賞心悅目的風景，兩人輕快地轉了一圈又一圈，心中覺得經過一次小小的口角之後，友情更加牢固了。

「勞里，我想請你幫個忙，可以嗎？」瑪格問時，勞里正站在一旁為她扇著扇子，她沒跳多久就氣喘吁吁了，個中原因她是不願承認的。

「當然可以！」勞里一口答應。

「請不要把我今晚的穿著告訴我家裡人。她們不明白這是鬧著玩，媽媽知道了要擔心的。」

「那你為什麼要這樣呢？」勞里的目光裡分明有此一問。瑪格急忙接著說：「我會自己一五一十地告訴她們，還會向媽媽『懺悔』我有多蠢。我情願親口跟她們講，你不要講，好嗎？」

「我向你保證不會去講的。只是她們問起，我又怎麼說呢？」

「就說我看起來不錯，而且玩得很開心。」

「第一句話我十分樂意說，但是後面那句呢？看你不像開心的樣子。不是嗎？」勞里朝她看，那臉上的表情令她又小聲說道：「是，剛才是不開心。不要覺得我討厭啊。我只是想找點樂趣，結果發覺這種樂趣得不償失，我有些厭倦了。」

「內德．莫法特過來了，他想做什麼？」勞里蹙起濃黑的眉毛，似乎是認為這位年輕主人加入他們之中，並不值得高興。

「他邀我跳三支舞，我想是為此而來的。真煩人！」瑪格露出一臉倦怠，把勞里逗得樂不可支。

直至晚餐時間，勞里才又和她說到話，他看見瑪格和內德以及他的朋友費希爾在一起喝香檳酒，勞里暗覺這兩人的舉止「好像一對活寶」，對馬奇家的姊妹，他感到有權如兄弟般照看她們，在她們需要保護時挺身而出。

「酒若喝多了，明天會頭痛欲裂的。瑪格，我不希望你這樣，你媽媽也不喜歡，你是知道的。」他在她椅邊傾身耳語。此時內德正轉過身去替她斟酒，費希爾則彎腰去拾她掉落的扇子。

「今晚我不是瑪格了，而是個能做出許多瘋狂事情的『洋娃娃』。明天我再收起『鋪張浮華』，重新做一個安安分分的人。」她做作地輕笑一聲答道。

「那麼，但願明天已經到了吧。」勞里咕噥著走開了，他見瑪格變了樣，心中很是不舒服。

瑪格和別的女孩一樣，跳舞，談笑，打情罵俏。晚餐後，她又大跳起德國方舞，腳步踉踉蹌蹌，長裙的裙裾險些把舞伴纏倒。她嬉笑的模樣使勞里心生反感，他在一旁觀望，尋思著勸誡的話。但是這一番話他沒機會說出口，因為瑪格總不走近他，直到後來他過去向她道晚安。

「要記得！」她硬擠出笑容，劇烈的頭痛已經發作了。

「誓死不說[38]。」勞里煞有介事地回答，旋即轉身離去。

這個小插曲引得安妮很好奇，但瑪格已疲乏得無心多聊，逕自去睡了，她感覺自己參加了一場化裝舞會，卻不如預期快樂。次日她一整天都病懨懨的，待星期六回到家中，兩週的玩樂已讓她筋疲力竭，覺得「養尊處優」夠久了。

「安靜度日，不用整天客套來客套去，真是令人愉快啊。家裡是個好地方，哪怕不怎麼奢華。」星期天晚上，瑪格和媽媽還有喬坐在一起，她悠然四顧，如此說道。

「聽你這麼說真高興，親愛的，我還怕你住過好房子之後，會嫌家裡又破又悶呢。」媽媽回應說。她這一天心裡焦慮，不知朝瑪格看了多少次，孩子臉上有絲毫變化都逃不過母親的眼睛。

瑪格歡愉地講述著種種經歷，一遍又一遍地說她這段日子多麼陶醉，但似乎總有什麼事壓在她心頭。兩個小妹妹回房去睡了，她若有所思地坐著凝望爐火，沉默寡言，神色憂煩。鐘敲過九下，喬也說該睡了，瑪格突然從椅子起身，端過貝絲的凳子坐下，雙肘支在媽媽的膝上，勇敢地說：「媽媽，我想『懺悔』。」

「我猜到了，親愛的，是什麼事呢？」

「我要回避嗎？」喬小心地問道。

「當然不用。我不是一向什麼事都告訴你的嗎？當著兩個小孩的面，我不好意思說。但不論我在莫法特家做了什麼糟糕的事，都想讓你們知道。」

「洗耳恭聽。」馬奇太太微笑著說，臉上仍有些焦慮。

「我跟你們說了她們為我穿衣打扮，可是沒告訴你們，她們還替我塗脂抹粉，束緊衣服，燙捲頭髮，讓我像個時髦女郎。勞里覺得我不得體，雖然他沒說出口，但我心裡知道。還有人說我不過是個『洋娃娃』。我明知道這種事很傻，但是她們都恭維我，說我是美人，還有一大堆無聊話，我就由她們拿我鬧著玩了。」

「就這樣嗎？」喬問。馬奇太太默默看著漂亮女兒低垂的臉龐，對她做的小傻事毫無責備之意。

「不止，我還喝香檳，笑鬧，賣弄風情，簡直俗不可耐。」瑪格自責道。

「我想，還有別的事吧。」馬奇太太撫摩著女兒嬌嫩的臉頰，那張臉上突然泛起一片緋紅，瑪格慢吞吞地回答：「對。很無聊的事，但我想講出來，因為我討厭人家對我們和勞里的關係胡思亂想、說三道四的。」

於是她把在莫法特家聽到的流言蜚語一股腦搬了出來。聽瑪格說著，媽媽緊緊抿住了嘴唇，

38 誓死不說：原文為法文。

好像很不樂意有人把這些想法灌進瑪格天真的心靈。

「唉，我從沒聽過這麼不中聽的胡謅！」喬憤然喊道，「你為什麼不當場跳出來，跟她們說個明白？」

「我做不到，這太尷尬了。起先我是無意中聽見的，聽到後來又羞又惱，忘了該一走了之。」

「等我見到安妮．莫法特，看我怎麼解決這種荒唐事。什麼『早有盤算』，什麼善待勞里只因為他有錢，可以在不久的將來娶我們！要是我告訴勞里，那些無聊的傢伙怎麼講我們幾個窮孩子的，看他不大叫起來！」喬說完倒笑了，似乎轉念一想，這件事於她只是個有趣的笑話。

「如果你告訴勞里，我絕不原諒你！她一定不能去說的，對不對，媽媽？」瑪格臉色憂愁。

「對啊。不要轉述那些愚蠢的閒話，盡快忘掉吧。」馬奇太太嚴肅地說，「我真不明智，讓你去和那些我們並不熟識的人在一起。依我看，他們人都不壞，只是老於世故，涵養不佳，對年輕人滿腦子庸俗的想法。瑪格，這一次拜訪給你帶來這麼多害處，我說不出有多難過。」

「別難過，這傷害不了我的。我會忘了所有壞事，只記住好事。我真的玩得很高興啊，很感謝你允許我去。媽媽，我不會多愁善感，也不會貪心不足。我知道自己是個傻丫頭，我會待在你身邊，直到有能力照顧自己。不過，聽人讚美、有人欣賞，實在太棒了，不得不說我很喜歡呢。」瑪格有些羞赧地坦白。

「這再自然不過了，也沒什麼不好，只要這喜歡不變成一種狂熱，使人去做蠢事或有失身分的事。要學會理解和珍惜有價值的稱讚，除了美貌，還要以端莊去博得高尚的人對你的欣賞，瑪格。」

瑪格坐在那裡沉思了一會兒，喬背著手站著，兩人似乎都頗感興趣，又有點懵懂。喬還是頭一遭看瑪格紅著臉談論欣賞、愛人之類的事，感覺在這兩星期裡，姊姊出人意料地長大了，從她身邊飄然遠離，進入一個她無法跟隨而去的世界。

「媽媽，你真像莫法特太太說的那樣有『盤算』嗎？」瑪格怯怯問道。

「是啊，親愛的，我有很多『盤算』。做媽媽的都如此，不過我猜，我的『盤算』和莫法特太太說的並不一樣。我把其中一些告訴你吧，也是時候就一個十分嚴肅的話題說幾句，讓這年輕浪漫的腦袋和心靈懂些道理了。瑪格，你年紀還小，但也不至於聽不明白我的話。這些事最適合從媽媽嘴裡說出來，告訴像你這樣的女孩。喬，或許不久後也要輪到你了，所以一起來聽聽我的『盤算』，如果是好的『盤算』，就幫我實現吧。」

喬走過去坐在椅子扶手上，她的樣子好像她們即將參加什麼莊嚴盛舉。馬奇太太握著她們一人一隻手，悵惘地凝視兩張年輕的臉龐，以她嚴肅又輕快的口吻說：「我希望我的女兒個個美麗、多才多藝、心地善良，受人愛慕與尊重，度過幸福的青春年華，擁有天造地設的婚姻，生活得愉快又有意義，受命運試煉時，也盡量不為憂慮所苦。被一個好男人選擇並愛護，是女人一輩子非常甜蜜的事情。我由衷期盼女兒能體驗到這種美好。瑪格，考慮這件事是很自然的，期待它是應當的，為此做好準備也是很明智的。這樣，當幸福時刻來臨，你才會感到有能力擔負責任，無愧於這種喜悅。親愛的女兒啊，我確實對你們寄予厚望，但不願你們在世間橫衝直撞，譬如——嫁給富人，只因他們有錢、有豪華的房子。那樣的房子並不是家，因為裡面沒有愛。金錢是必需而珍貴的——使用得宜，便是高尚的東西——但我絕不希望你們把它看作努力的第一或唯一目的。只要你們能得到幸福、疼愛和滿足，我寧願你們當窮人的妻子，都好過沒有自尊與安寧、空有寶座的王后。」

「貝兒說，窮人家的女孩毫無機會，除非她們自吹自擂。」瑪格歎了口氣。

「那我們就做老小姐。」喬毅然說道。

「沒錯，喬。寧當幸福的老小姐，也不做不幸的妻子，或四處尋覓如意郎君的不端莊的女孩子。」馬奇太太說得很肯定，「瑪格，不要煩惱。貧窮嚇不跑真摯的愛人。我認識的幾個最優秀、最受敬重的女士都曾是窮人家孩子，她們那麼值得被愛，誰也不答應讓她們當老小姐。這些事且交給時間吧。先讓這個家幸福，以後有人和你們成家，你們才有能力組織家庭，就算沒有成家，也能安之若素。女兒啊，要記住一件事：媽媽隨時願意聆聽你們的心事，爸爸永遠是你們的朋友；我們都相信並希望，女兒無論結婚還是單身，都會是我們人生的驕傲與安慰。」

「我們會的，媽媽，我們會的！」兩姊妹發自肺腑地喊起來。媽媽隨後和她們道了晚安。

10 匹社與郵局

春天來臨，一套新的娛樂時興起來。白晝漸長，大家下午便有更多時間從事種種工作和遊戲。花園需要整理，姊妹每人分了這方小園地的四分之一，各隨喜好安置。漢娜常說：「我只需看看花園裡的那些植物，就知道哪一片是誰種的。」她說得沒錯，四姊妹的偏好和個性一樣各不相同。瑪格在地裡種的是玫瑰、香紫蘇、桃金孃和一株小橙樹。喬的花圃季季不重樣，她永遠在嘗試新東西，今年打算栽種朝氣蓬勃的向日葵，葵花子還能拿去餵「母雞大嬸」和她[39]那窩小雞。貝絲的園中則是芬芳馥郁的傳統花卉——香豌豆、木樨草、飛燕草、石竹、三色堇、青蒿，以及為鳥兒留的繁縷和為小貓種的貓薄荷。艾美則搭起一個花棚——小小的，招蟲子，但頗為雅致——金銀花和牽牛花盤繞其上，藤葉繁茂，花姿綽約，垂掛著朵朵姹紫嫣紅的小號角和小鈴鐺；棚下植了挺拔的白百合，嬌嫩的綠蕨，還有許多盈盈如畫的植物，在此恣意盛開。

39 她：指「母雞大嬸」。描述動物時，本應使用第三人稱代詞「牠」，但作者為增強代入感、便於區分動物角色性別，以「he / she」描述，翻譯時予以保留，使用「他／她」指代；書中另有部分動物沒有明確區分性別，原文以「it」描述，則仍譯為「牠」。

晴天她們蒔花弄草，信步漫遊，泛舟河上，採擷花朵。到了雨天，她們便玩起室內遊戲——或新或舊——多少都有些別出心裁。遊戲之一叫作「匹社」。時下正流行祕密結社，她們認為也該組個社團。四姊妹都仰慕狄更斯，便將社團命名為「匹克威克社[40]」，簡稱「匹社」。除了幾次間歇，她們的活動持續了一年之久，每週六晚上在大閣樓聚會，舉行如下儀式：三把椅子在桌前一字排開，桌上擺放著一盞檯燈，四根白布條，上書顏色各異的「匹社」兩個大字，還有名為「匹克威克文選」的週報，姊妹都有投稿，酷愛文墨的喬擔任編輯。一到七點，四名成員登上社團室，把白布條綁在頭上，莊嚴肅穆地就座。最年長的瑪格當起山繆爾．匹克威克來，富有書卷氣的喬是奧古斯都．史拿格拉斯，身形豐腴、膚色紅潤的貝絲是崔西．特普曼，常常自不量力的艾美便是那生聶爾．文克爾了。主席匹克威克先生負責朗讀週報，內容全是社員創作的故事、詩歌、本地新聞和有趣的公告，還附有一些對彼此缺失之處的善意建言。

這天，匹克威克先生戴起一副沒有鏡片的眼鏡，叩了叩桌子，輕咳兩聲，用力瞪了一眼仰靠在椅子上的史拿格拉斯先生，待他端正坐姿，這才開始讀報：

《匹克威克文選》

一八××年五月二十日

詩歌角

周年頌

今夜於匹克威克堂，
吾等社友重聚一方，
頭佩徽章，儀禮莊嚴，
慶華誕五十二周年。

眾友俱在，神采奕奕，
小小團體，無人遠離；
握手言歡，故知重見，
又逢彼此，熟悉容顏。

吾等社員敬謹恭候，

40 匹克威克社：查爾斯·狄更斯首部長篇小說《匹克威克外傳》中，由總主席山繆爾·匹克威克和社員崔西·特普曼、奧古斯都·史拿格拉斯、那生聶爾·文克爾所結之社團即名為「匹克威克社」。

匹克威克恪盡職守，
眼鏡架鼻，誦讀琅琅，
週刊文選溢彩華章。

匹克威克雖罹風寒，
氣竭聲嘶，娓娓而談。
金石之言不絕如縷，
側耳細聽，字字珠玉。

史老先生聳立眼前，
身高六尺，風度翩翩，
黝黑面孔，喜逐顏開，
眉舒目展笑望同儕。

雙眼燃起詩歌之火，
筆路藍縷，筆耕不輟；
眉宇寫滿雄心壯志，

鼻頭沾染一道墨漬！

緊隨其後者特普曼，
藹然可親，紅潤豐滿，
聽得幾句雙關妙話，
哈哈大笑，跌落椅下。

小文克爾一板一眼，
頭髮齊整，油光可鑒，
循規蹈矩堪稱典範，
只是從來不愛洗臉。

臘盡春回，社友重晤，
談笑風生，博覽群書，
走向榮耀的文學之路，
上下求索，團結如初。

唯願社報欣欣向榮，
匹克威克社運昌隆，
眾友同心，歲歲年年，
奮發有為，福祉綿綿。

奧．史拿格拉斯

＊＊＊

蒙面婚禮——威尼斯故事

平底船一條接一條搖到大理石臺階旁，將船上的紅男綠女送往阿德隆伯爵府華麗的大廳。廳中貴賓雲集，爵士、貴夫人、精靈、修道士、男女花童，大家濟濟一堂，歡欣共舞。空氣裡洋溢著甜美的歌聲、恢宏的旋律，化裝舞會沉浸在音樂與歡笑聲中。

「閣下今晚見到薇奧拉小姐了嗎？」一位文雅的遊吟詩人問道，望向挽著他手臂飄然穿過大廳的仙后。

「見到了，她多美啊，可是又那麼悲傷！她的服裝也是精挑細選過的，一星期後，她就要嫁給她深惡痛絕的安東尼奧伯爵了。」

「老實說，我很羨慕他。他過來了，除了臉上那副黑色面具，盛裝打扮得像個新郎。

等面具摘下，我們看看他如何對待這位佳人，他無法贏得其芳心，她那嚴父卻將她許配給他。」遊吟詩人回答。

「有傳言說她愛的是位年輕的英國畫家，他曾與她如影隨形，卻遭老伯爵鄙棄。」仙后說道。他們隨眾人起舞。

盛會如火如荼之際，一位神父現身了。他領那對年輕人退入一間掛著紫色絲絨帷幔的凹室，示意他們跪下。歡樂的人群頓時鴉雀無聲，一片寂靜中，只剩幾座噴泉潺潺流淌，酣睡於月光下的橙樹林颯颯搖曳。阿德隆伯爵開口道：「各位大人、各位夫人，請原諒我施計邀各位齊聚於此，見證小女的婚禮。神父，敬請主持儀式。」

所有的目光一起投向那對新人，人群中湧起一陣驚愕的竊竊私語，因為新郎新娘都沒有除去面具。大家甚覺好奇與詫異，但出於尊重都閉口結舌，直至神聖儀式結束，觀禮人急切地圍住伯爵，要他說清來龍去脈。

「我如果知道，當然樂意說；但我只知道這是害羞的小女薇奥拉心血來潮，我就依了她。好了，你們兩個，戲該唱完了吧，取下面具，來接受我的祝福。」

然而這一對新人都沒有屈膝。年輕的新郎摘掉面具，露出斐迪南．德弗羅的高貴面孔——那位畫家情人。他胸前閃耀著一枚英國伯爵星形徽章，迷人的薇奥拉正依偎在他胸膛，嫣然而笑，光彩照人。新郎語驚四座：

「大人，您曾輕蔑地告訴我，待我聲望之高、家財之豐堪比安東尼奥伯爵時，方可迎娶令嬡。您低估了我，即使您野心勃勃，也難以拒絕德弗羅與德維爾伯爵的古老世族及其無盡財產，他願以此換得和這位佳人——如今是我的愛妻——的良緣。」

老伯爵像化作石頭一般呆然僵立。斐迪南轉身朝向茫然的人群，帶著勝利的歡笑又說道：「至於各位優雅的朋友，我只願各位求婚時同樣春風得意，也如我在這場蒙面婚禮上一樣載得美人歸。」

山繆爾．匹克威克

匹社為何像巴別塔？因為滿是無規無矩的社員。

＊＊＊

南瓜往事

從前有個農夫在菜園裡種下一顆小小的種子，過了一陣子，種子發芽抽藤，結出許多南瓜。十月裡的一天，南瓜成熟了，農夫摘下一個帶去市集。有個雜貨鋪老闆買下它，擺在鋪子裡賣。當天早晨，鋪子裡來了個小女孩，頭戴棕色帽子，身穿藍色裙子，圓臉蛋，獅子鼻，她幫媽媽買了這南瓜。她把它拖回家，切開，放進大鍋裡煮熟，取出幾塊搗碎，拌上鹽和奶油，做成午餐；其餘的又加入一品脫牛奶、兩顆雞蛋、四匙糖、一點肉蔻和一些餅乾，裝進一個深盤裡，烤至棕黃可口。第二天，南瓜被姓馬奇的一家人吃光了。

崔西・特普曼

＊＊＊

四克威克閣下：

我寫信向您討教關於罪過的問題所謂罪人是一個名叫文克爾的人他有時在社中大笑搗亂有時不願為這份優良刊物撰稿望您原諒他的不是允許他奉上一則法國寓言因為他功課太多已絞盡腦汁未來我一定分秒必蒸（爭）準備一些作品並使之篇篇commy la fo[41]上課時間快到了匆匆擱筆

那生聶爾・文克爾敬上

（上文大方承認過往錯誤，頗有男子氣概。如果這位年輕朋友研究一下標點符號，那就更好了。）

41 commy la fo：艾美誤用法語，應為「comme il faut」，意指「得宜」。

＊ ＊ ＊

一件憾事

上週五，我們被地下室一聲巨響驚動，隨後又傳來聲聲慘叫。我們一起衝進地下室，發現敬愛的主席趴倒在地，原來是為家中搬柴火不慎摔跤。眼前是一幕狼藉的景象，匹克威克先生摔倒時，腦袋和肩膀栽進一桶水裡，強壯的身軀打翻一罐軟皂，衣服也撕爛了。我們助他脫離險境後，發現他除了幾處瘀青並未受傷。我們樂於補充的是，他目前狀況良好。

編者

＊ ＊ ＊

訃告

本社沉痛宣告，我們的摯友雪球拍拍太太突然神祕走失。這隻乖巧的愛貓，是一眾熱心友人所珍愛的寵物。她的美麗吸引所有目光，她的賢良淑德令見者傾心，眾人無不為其失蹤深感哀痛。

她最後的身影，是坐在門邊望著肉鋪的貨車。恐怕哪個壞蛋為其美色所動，卑鄙地將她竊走。數週過去，她仍杳無蹤跡。我們已放棄一切希望，為她的貓籃繫上一條黑絲帶，收起她的食盆，為永失所愛而飲泣。

一位友人獻上如下優美唁文：

悼雪球拍拍

我們為痛失小貓哀婉，
悲歎其命途如此多舛，
她再不能踞坐爐火前，
不能嬉戲老舊綠門邊。

栗子樹下的小小墳地，
有她的孩子在此安息；
卻不知她已身葬何方，
無緣在墓前落淚心傷。

她的貓床已冷冷清清，
絨線球永遠安安靜靜；
客廳再無其輕柔腳步，
不聞那聲聲深情嬌呼。

另一隻貓來追捕老鼠，
可是這隻貓滿面髒汙；
狩獵不似愛貓般機警，
把玩時亦無半點輕盈。

她步伐鬼祟踏過門廊，
那是雪球遊戲的地方，
她只敢對狗齜牙咧嘴，
雪球卻驍勇將狗擊退。

她性情溫馴，大有用場，
鞠躬盡瘁卻其貌不揚；

她無法取代親愛的你，
也得不到對你的敬意。

奧古斯都．史拿格拉斯

＊＊＊

公告

• 見解獨到的傑出演說家奧蘭西．布勒蓋奇小姐，將於下週六晚間例會後，在匹克威克堂作題為「女性及其地位」之著名演講。

• 廚房將舉行週會，傳授年輕女士烹飪技藝，由漢娜．布朗主持，敬邀全體社員出席。

• 畚箕協會將於下週三集會，在本社大樓上層舉辦遊行。全體會員須著制服，肩扛掃帚，於九點整出席。

• 貝絲．邦瑟夫人將於下週發表「玩偶女帽」新式樣。最新巴黎款式已到貨，敬請惠顧。

• 「穀倉鎮」戲院數週後將上演新劇，該劇為美國舞臺前所未有之佳作，震撼人心，劇名為「希臘奴隸」或「復仇者康斯坦丁」!!!

＊　＊　＊

建言

如果山繆爾・匹克威克洗手時少抹些肥皂，就不會總在早餐時間遲到了。請奧古斯都・史拿格拉斯不要在街上吹口哨。崔西・特普曼勿忘艾美的餐巾。那生聶爾・文克爾不應為裙子沒有九道褶而苦惱。

＊　＊　＊

一週成績

瑪格——良。

喬——差。

貝絲——優。

艾美——中。

主席讀完報紙（請容我向讀者諸君保證，這是由幾個真實存在的女孩舊日所創的真實報紙之副本），掌聲四起，隨後史拿格拉斯先生起立提出動議。

「主席閣下、各位先生，」他以國會議事的姿態和口吻發言，「我提議邀一名新成員入社——他理當獲此榮譽，並將為此銘感五內，他能大振本社士氣，提升社報文學價值，增添無限歡樂與美好。我提議授予希歐多爾．勞倫斯先生為匹社名譽會員。好了，就讓他來吧。」

喬突然變了口氣，惹得姊妹大笑。然而史拿格拉斯就座後，她們都神情緊張，誰也不作聲。

「我們將對此加以表決。」主席說，「凡同意該項動議者，請說『贊成』表示意見。」

史拿格拉斯大聲響應，誰也沒想到的是，接著貝絲也羞怯地附議了。

「反對者請說『反對』。」

瑪格和艾美是反對的。文克爾站起身，極為優雅地說道：「我們不希望男孩加入；他們只會開玩笑，只會蹦蹦跳跳。這裡是女士的社團，我們希望保持私密與得體。」

「我擔心他會嘲笑我們的報紙，之後拿我們尋開心。」匹克威克發表觀點，手指扯著額前一撮鬈髮，這是她猶豫不決時常有的動作。

史拿格拉斯一躍而起，態度十分誠懇。「先生，我以紳士的身分向您保證，勞里絕不會做出這種事情。他喜愛寫作，能賦予稿件新的風格，使我們不致流於無病呻吟，您認為呢？我們沒什麼能為他做的，他卻為我們付出不少，我想我們至少可以為他留一席之地，他想來便歡迎他來。」

這一番話巧妙地提及她們所受的恩惠，促使特普曼也站了起來，看來他已拿定了主意。

「沒錯，即使真的擔心，我們也應該這麼做。我認為他可以來，如果他爺爺樂意來也可以。」

貝絲冒出這段激昂的言辭，令全社深受感動，喬離座，滿懷讚許地跟她握手。「那麼，再次表決。全體成員請記住，這可是我們的勞里，說『贊成』吧！」史拿格拉斯激動地喊道。

「贊成！贊成！贊成！」三個聲音一齊回應。

「太好了！祝福你們！那麼，沒什麼比得上文克爾的名言『分秒必蒸（爭）』了，請允許我引見新社員。」其他社員錯愕不已，喬一把拉開儲藏室的門，只見勞里正坐在一個碎布袋上，忍笑忍得漲紅了臉，眼睛一閃一閃的。

「你這搗蛋鬼！你這叛徒！喬，你怎麼能這樣？」三個女生大叫。此時史拿格拉斯得意地領著這位朋友走上前來，取過一把椅子和一根白布條，即刻請他入席。

「你們兩個壞蛋可真沉得住氣啊。」匹克威克先生本想凶巴巴地皺起眉頭，無奈只露出了溫和的笑容。新社員對這場面應付裕如，他起身向主席感激地行禮，以極為迷人的風範說道：「主席先生、各位女士——請原諒，是各位先生——容在下自我介紹，我叫山姆．維勒[42]，是社團謙卑的僕人。」

「妙啊！妙啊！」喬叫道，一面砰砰敲著身邊那個老舊暖床器的長柄。

「我忠實的朋友與尊貴的推薦人，」勞里手一揮繼續說道，「承蒙她的引見，對我過譽了。請不要將今晚這項卑劣的計謀怪罪於她。這都是我策畫的，她笑了我很久才勉強答應。」

「可以了，別把責任都攬到自己身上，你也知道是我提議躲在儲藏室的。」史拿格拉斯打岔說。她對這個玩笑相當得意。

「您別聽她的話。我才是罪魁禍首，先生。」新社員模仿維勒朝匹克威克先生點了點頭，「不過，我以名譽擔保，下不為例，今後必當為社團流芳百世而全力以『戶（赴）[43]』。」

「說得對！說得好！」喬大叫著，把暖床器的蓋子當鐃鈸一般敲得震天響。

「接著講！接著講！」文克爾和特普曼也開口了，主席則親切地欠身致意。

「我只想說，受此殊榮，為聊表謝忱以及促進鄰邦情誼，我已在花園低處角落的樹籬中設了一所『郵局』。那是一座美觀又寬敞的小屋，門上了鎖，書信往來，方便至極——也方便女士[44]往來，如果容許我這樣說的話。那原是一座燕子屋，我把大門堵上，掀開屋頂，這樣便可以裝各種東西，也節省我們寶貴的時間。信件、文稿、書籍和包裹都可由此收送，兩邦各持一把鑰匙，我想這大有裨益。容我向社團呈上鑰匙，十分感謝各位的厚愛，請允許我入座。」

維勒先生將一把小鑰匙置於桌上，而後退下，熱烈的掌聲響起，暖床器揮舞起來、敲敲打打，屋裡過了好一會兒才恢復秩序。隨後是長時間的討論，大家盡力抒發己見，表現出奇，所以

---

42 山姆．維勒：《匹克威克外傳》中山繆爾．匹克威克先生的僕人，性格機智活潑，滿口倫敦方言。

43 戶（赴）：此處係勞里模仿山姆．維勒的口音。

44 女士：英語中「書信（mails）」與「男士（males）」同音。

這次會議異常活躍，直到夜深才結束，散會時全社為新成員高聲歡呼了三次。

沒有誰後悔讓山姆．維勒入社，因為沒有哪個社團能有比他更忠誠、更端正又更活潑的成員了。他的的確確振奮了聚會的「士氣」，也賦予社報新的「風格」，他的演講常令聽眾捧腹大笑，他的稿件妙筆生花，或飽含愛國情懷，或典雅，或諧趣，或跌宕有致，從不無病呻吟。喬認為，這些文章可比肩培根、彌爾頓或莎士比亞之作，也潛移默化地滋潤著她自己的作品。

那座郵局是個極好的小機構，門庭若市，和真正的郵局一樣，什麼稀奇古怪的東西都寄送過。悲劇劇本、領巾、詩作、醃菜、花草種子、長信、樂譜、薑餅、橡膠鞋、請柬、斥責信、小狗等等。勞倫斯老先生也喜歡這件趣事，投遞過一些古怪的包裹、神祕的短箋和滑稽的電報，頗覺興味津津。而他的園丁為漢娜的風韻所傾倒，竟寫了一封情書請喬轉呈。這個祕密洩露後，她們幾個笑得前仰後合，誰都沒想過，這座小小的郵局在未來的歲月中還會傳送多少封情書！

11 試驗

「六月一號了，金家明天會去海濱，我就有空了！三個月的假期呢！我得玩個痛快！」一個和暖的日子，瑪格回到家便歡呼起來，卻見喬異常疲乏地躺在沙發上，貝絲正為她脫去沾滿塵土的靴子，艾美在一旁做檸檬水給大家解渴提神。

「馬奇姑婆今天動身了，噢，這多叫人開心啊！」喬說，「我真害怕她要我陪她同去。要是她開了口，我會覺得不該推辭，但是你們都知道，梅園那地方和墓園差不多悶，我樂得她放我一馬。我們七手八腳才把老太太打發走。她每次和我說話，我都提心吊膽，因為我急著把一切忙完，所以特別勤快，特別乖巧，生怕她覺得離不開我了。我戰戰兢兢，直到她在馬車上坐定，最後又嚇了一跳——馬車臨走時，她探出頭來說：『喬瑟——芬，你要不要——』我沒聽後面的話，趕緊轉身就逃，一溜煙跑過街角才安了心。」

「可憐的喬！她跑進屋時活像有一群狗熊在後面追趕。」貝絲以一種慈母似的神氣摟著姊姊的雙腳。

「馬奇姑婆簡直是個『吸血龜』，對吧？」艾美評論道，一面品鑒著自己調的檸檬水。

「她是說『吸血鬼』，不是什麼海裡的東西。不過無所謂，天氣這麼熱，誰都懶得挑語病。」喬喃喃地說。

「你們這麼個長假要怎麼過？」艾美機敏地換了個話題。

「我要睡懶覺，什麼事都不做。」陷坐在搖椅裡的瑪格回答，「我整個冬天都是一早就被叫醒，終日為他人勞碌。這時候我可要睡醒了玩，玩累了睡。」

「不行。」喬說，「這種貪睡的生活我可過不了。我已經儲備了一堆書，打算高棲在我的老蘋果樹上看書，充實燦爛的時光，如果沒有百——」

「別說『百靈鳥』[45]！」艾美懇求道，為喬糾正她「吸血龜」的錯而反唇相稽。

「那我說『夜鶯』——和勞里在一起，這說得通，也貼切，因為他歌聲動聽。」

「貝絲，我們倆暫且把功課放下吧，學她們計畫的那樣，也好好玩樂、好好休息。」艾美提議。

「嗯……我願意啊，只要媽媽不反對。我想學幾支新曲子，我那些孩子也需要換上夏裝了，她們現在一團亂，實在缺衣服穿。」

「媽媽，我們可以嗎？」瑪格轉向媽媽問道。馬奇太太正坐在她們所稱的「媽媽角」裡縫東西。

「你們可以試驗一個星期，看看過這種日子感覺如何。我想到了星期六晚上，你們就會發現，只玩耍不工作和只工作不玩耍一樣，都不好。」

「哎呀，不會的！我覺得這一定其樂無窮。」瑪格沾沾自喜。

「我提議像我的『朋友兼夥伴莎莉．甘潑太太[46]』說的那樣舉杯慶祝。永遠享樂，不做苦工！」喬舉起傳到手裡的檸檬水杯子，起身喊道。

她們幾個歡快地喝完檸檬水，便開始試驗，懶散地打發了那一天。隔天早晨，瑪格直到十點才露面，獨自一人吃早餐，感覺沒什麼滋味。屋裡看起來冷清而雜亂，喬沒有在花瓶裡插上花，貝絲沒有撣灰除塵，艾美的書丟得到處都是。除了「媽媽角」一如平常，沒有一處地方是整潔宜人的。於是瑪格坐去那裡，「休息、閱讀」，這意思是打著哈欠，想像著用薪水買什麼樣的漂亮夏裝。喬呢，和勞里在河上消磨了一上午，下午坐上蘋果樹，讀《廣闊、廣闊的世界》[47]讀得直落淚。貝絲把玩偶居住的大衣櫥翻了個遍，檢檢弄弄沒多久便覺疲倦，於是丟下亂七八糟的娃娃之家，跑去練曲子了，暗自慶幸沒有碗碟要洗。艾美則把她的花棚整理了一番，換上最漂亮的白色罩袍，梳理好鬈髮，坐在金銀花下畫畫，期望有過路人看見，來問問這位少年畫家是誰。可惜無人經過，只有一隻好奇的長腿蜘蛛興趣盎然地觀賞她的畫作。於是她又出門散步，卻遭逢一陣

45 百靈鳥：英文原文為「lark」，有「嬉戲」之意。

46 莎莉．甘潑太太：查爾斯．狄更斯小說《馬丁．瞿述偉》中嗜酒的看護。

47 《廣闊、廣闊的世界》：美國作家蘇珊．沃納（一八一九－一八八五）以筆名伊莉莎白．韋瑟雷爾所著的感傷主義小說代表作，描繪了女主角艾倫．蒙哥馬利的成長過程。

大雨，回到家已渾身溼透。

茶點時間她們交流感想，一致認為這一天過得很愉快，雖然顯得格外漫長。瑪格下午逛商店，買來一塊可愛的藍色細洋紗料子，剪掉布邊才發現這塊布不經洗，這個差錯使她有些惱火。喬泛舟時鼻子曬脫了皮，看書又看太久，頭很痛。貝絲把衣櫥翻得亂糟糟，又因為難以一下子學會三、四支曲子正心神不寧。艾美弄髒了罩袍，懊悔不已，因為第二天就是凱蒂·布朗的聚會，這下她像芙羅拉·麥克弗林姆西[48]一樣「無衣可穿」了。然而這些不過是小事，她們信誓旦旦地告訴媽媽，試驗生活進展順利。媽媽只是微笑，不發一語，由漢娜幫著拾起她們荒廢的工作，把家中打理得舒舒服服，井然有序。

奇怪得很，「休息與玩樂」的過程竟造成一種怪異不安的事態。日子一天比一天長，天氣也變化無常，和她們的脾氣一樣。不穩定的情緒盤踞每個人的心頭——無所事事者，魔鬼找上門。難得閒暇，瑪格拾起一些縫紉工作，窮極無聊之下，試圖把衣服照莫法特的樣式翻新，結果卻裁壞了衣服。喬看書已看到眼花，見了書就膩煩，愈發煩躁，惹得好脾氣的勞里都和她吵了一架，她意志消沉，只恨當初沒跟馬奇姑婆一起走。貝絲過得還算不錯，因為她老是忘記現在應該「只玩耍，不工作」，時不時又依循習慣生活；但是家裡的氣氛多少影響了她，再三攪擾她的恬靜，甚至有一次她竟搖晃著可憐的娃娃瓊安娜，說她是個「醜八怪」。艾美最不順利，因為她的娛樂最少，當姊姊都不陪她玩，讓她獨處時，她很快便發現這個多才多藝、非常重要的小小自我成了沉重的負擔。她不喜歡洋娃娃，覺得童話故事太幼稚，人也總不能一天到晚畫畫；茶會沒什麼意思，野餐也一樣，除非是精心安排過的。「如果能有一間漂亮屋子，裡面住的都是親切的女孩，或者能出門旅行，夏天就會很愉快。和三個自私的姊姊還有一個大男孩待在家裡，就算是有聖人般的耐心，也要大受考驗了。」這位「馬拉普洛普[49]」小姐抱怨道。幾天來她從高興到煩悶，此時已百無聊賴。

她們誰都不願承認對這種試驗感到厭倦。星期五晚上，每個人都暗喜這個星期即將結束。秉性幽默的馬奇太太希望這次教訓更深刻些，決定以一種適當的方式結束試驗。她放了漢娜的假，讓女兒充分體驗玩樂過日子的後果。

她們星期六早晨起床，廚房裡沒有生火，餐廳裡沒有早餐，媽媽也遍尋不著蹤影。

「老天！發生什麼事了？」喬驚慌四顧，大喊道。

瑪格跑上樓，沒多久又下樓來，似乎如釋重負，卻很茫然，又有些羞愧。

「媽媽沒生病，只是很累，她說她要在房裡靜養一整天，要我們盡力而為。真是奇怪，這一點也不像她會做的事。不過她說這個星期她很辛苦，所以我們不該有怨言，還是想辦法照顧自己

---

48 芙羅拉．麥克弗林姆西：美國詩人威廉．艾倫．巴特勒（一八二五—一九〇二）所作諷刺詩《無衣可穿》中的女主角，她買了各種衣飾，卻哀訴去舞會無衣可穿。該詩旨在告誡年輕女性，須珍視內在美德。

49 馬拉普洛普：指用詞錯誤、可笑，源自英國劇作家理查．布林斯利．謝里丹（一七五一—一八一六）的喜劇《情敵》中經常誤用字詞的人物馬拉普洛普太太。

吧。」

「這倒是很容易，我喜歡這主意。我巴不得找點事情做做呢——我是說，找點新樂趣，你明白的。」喬很快接著說。

實際上，給她們幾個一點工作，正是莫大的解脫。她們起勁地做了起來，不久後便理解了漢娜那句話的真理：「做家事可不是開玩笑的。」食品櫃裡有不少存糧，貝絲和艾美擺餐桌，瑪格和喬準備早餐，她們邊做邊納悶，為什麼僕人都說這些工作辛苦。

「我要端一些上去給媽媽，雖然她說我們不用管她，她會顧好自己。」打理早餐的瑪格說。她坐在茶壺後面，自覺頗有主婦架勢。

於是她們在大家用餐前先配好一盤，由主廚帶著問候送上樓去。茶煮得很苦，蛋餅煎焦了，餅乾上沾滿了發酵粉。不過馬奇太太連聲道謝接過了餐點，待喬離開後，她才開懷大笑。

「可憐的小人兒，恐怕要難為她們了。但這並不會讓她們受苦，只有益處。」她說著，取出自己早已備好的更可口的食物，把那盤做壞的早餐偷偷處理掉了，不想傷了她們的心——為人母的小小伎倆——她們會為此感激的。

樓下則滿是對早餐的抱怨，主廚面對失敗懊惱極了。「沒關係的，我來做午餐，當僕人。你當女主人，不用動手下廚，只管招呼客人、發號施令就好。」喬說。雖然她對烹飪的瞭解還及不上瑪格。

瑪格欣然接受了這殷勤的自薦。她退居客廳，草草整理了一下，收走沙發下的雜物，拉下百葉窗，免去了撣灰的麻煩。喬對自己的廚藝信心十足，又友善地希望補救日前那次吵架，當即寫了一張字條放進他們的郵局，邀請勞里來吃飯。

「招待客人之前，你最好先看看有什麼菜。」瑪格得知喬好客卻魯莽的舉動，便說道。

「噢，有鹹牛肉，還有很多馬鈴薯。我再去買些蘆筍和一隻龍蝦，像漢娜說的，『開開胃』。我們弄點生菜，做個沙拉。我不知道怎麼做，不過書上有。我們再準備些牛奶凍和草莓當甜點，還可以有咖啡，如果想高雅些的話。」

「別做一堆雜七雜八的菜，喬，除了薑餅和糖蜜糖，你做的東西都難以入口。午飯聚餐我洗手不幹了，既然你自作主張請勞里來，那就由你來接待他吧。」

「我不要你做別的事，只要你對他客客氣氣，在我做甜點時幫一點忙。要是我弄錯了，你再指點我，好嗎？」喬被剛才的話傷了心。

「好，不過我知道的也不多，只會做麵包和一些小東西。你買東西前最好先問媽媽一聲。」瑪格答得很謹慎。

「那當然，我又不是傻瓜。」見自己的廚藝受到質疑，喬氣呼呼地走開了。

「你們想買什麼就買吧，不要打擾我。午飯我得出去吃，沒辦法操心家裡的事情。」馬奇太太對前來討教的喬說，「我從來就不喜歡操持家務，今天打算放一天假，讀書寫字，走親訪友，高興一下。」

一年到頭忙碌的母親，大清早就優哉地搖著搖椅、讀著書，這異乎尋常的景象看在喬的眼裡，彷彿某種自然異象，哪怕是日食、地震或火山爆發，都不會更罕見。

「反正，今天一切都不對勁。」她走下樓梯，自語道，「貝絲在哭呢，看樣子這個家裡一定出問題了。如果是艾美在搗亂，我可要教訓她了。」

喬心煩意亂，匆忙走進客廳，見貝絲正對著金絲雀皮普抽泣。皮普僵死在鳥籠裡，小腳爪可憐地伸著，像是在乞食，而他已經餓死了。

「都是我的錯——我把他給忘了——籠子裡一粒鳥食、一滴水都沒有了。噢，皮普！噢，皮普！我怎麼能對你這麼殘忍？」貝絲哭著把可憐的小鳥捧到手裡，想要救活他。

喬看了看小鳥半開的眼睛，摸摸他小小的心臟，發現他已僵硬冰冷。她搖了搖頭，提出用自己的骨牌盒子當棺木。

「把他放進爐灶，說不定他暖和了會醒過來。」艾美還抱著希望。

「他挨過餓，就別再拿火烤他了，他已經死了。我來為他準備裹屍布，把他埋在花園裡。我以後再也不養鳥了，再也不了，我的皮普！我太壞了，不配養鳥。」貝絲雙手攏著她的愛鳥坐在地板上，喃喃說道。

「葬禮就安排在今天下午，我們都去參加。好了，貝絲，別哭了。真是難過，不過這星期沒有一件事順利，皮普在這次試驗裡遭到了最大的不幸。準備好裹屍布，把他放進我的盒子裡，午餐後，我們來辦個風光的小葬禮。」喬漸漸感到自己似乎已擔下不少事情。

喬留下別人安慰貝絲，自己到廚房去了，廚房裡亂作一團，看了就難過。她繫上一條大圍裙動手做事，將碗碟疊起來要洗，轉眼又發現爐火熄滅了。

「真是前景大好！」喬嘀咕著，砰的一聲一下打開爐門，用力翻搗煤屑。

把火重新點著後，她想著趁燒水的空檔去市集買菜。出門走一走，她又恢復了精神。她買了一隻瘦小的龍蝦、幾根很老的蘆筍和兩盒酸溜溜的草莓，滿載而歸，為自己的殺價功夫得意揚揚。等她收拾停當，午餐時間到了，爐子也燒紅了。漢娜放假前留下一盤待發酵的麵團，瑪格早些時候發過一次，又把盤子放在灶臺準備第二次發酵，結果卻忘了這事。瑪格這時候正在客廳裡招待莎莉·加德納，門忽地被推開，一個滿身麵粉、滿臉通紅、蓬頭垢面的身影出現在門口，尖聲問道：「我說，麵團脹到烤盤外面了，是不是發好了？」

莎莉笑出聲來，瑪格點點頭，眉毛揚得都快飛起來了。那個人影見狀便消失了，二話不說將發酸的麵團放進烤爐。馬奇太太下樓來，四處打量，只見貝絲坐在一旁準備裹屍布，她去世的寵物正躺在骨牌盒裡供人瞻仰，馬奇太太安慰她幾句，就出門去了。當那頂灰色軟帽消失在街角，一種莫名的無助感籠罩在幾個女孩心上。

過了一會兒，克羅克小姐到訪，說是來參加午宴的，這更讓她們心生絕望。話說這位女士，是個面黃肌瘦的老小姐，長了尖尖的鼻子和好奇的眼睛，凡事都逃不過這雙眼睛，她瞧見了什麼都要說長道短一番。幾個女孩都不喜歡她，但母親教過她們要善待她，因為她年老困苦，沒什麼朋友。於是瑪格請她坐在安樂椅上，盡力招呼她，克羅克小姐則問東問西，對一切評頭論足，講著熟人的閒話。

那天上午喬所經歷的焦慮、波折和困苦，實在難以言喻。而她端上桌的午餐，也從此傳為笑談。當時在廚房，她不敢再向人請教，只好單打獨鬥，這才明白要當一個廚師，光憑幹勁和心意可不夠。她把蘆筍煮了一個鐘頭，心痛地發現蘆筍尖都煮到脫落了，梗子也更硬了。麵包烤得焦黑。調沙拉醬調得她一肚子火，索性丟開別的事情，一直折騰到自認這醬汁無法入口。她看那隻龍蝦像看一團鮮紅的謎，又敲又戳的，好歹把蝦殼褪了下來，讓那一丁點蝦肉沒入一大叢生菜葉中。為免蘆筍放太久，馬鈴薯得趕快出鍋，結果沒有煮熟。而牛奶凍結了塊，草莓又不如乍看之下那麼熟，是果販耍了「魚目混珠」的把戲。

「嗯……如果他們肚子餓，還有牛肉、奶油和麵包可以吃。只是白費了整整一上午，真叫人汗顏。」喬暗自想著，搖響了午餐鈴，此時已比平日開飯遲了半個鐘頭。她又熱又累地站在那裡，心灰意懶，審視著為勞里和克羅克小姐所設的這桌盛宴，這兩位，前者習慣了錦衣玉食，後者挑剔的雙眼會注意到所有缺陷，再用長長的舌頭把事情傳得遠近皆知。

菜一道接一道被嘗過後就飽受冷落，可憐的喬恨不得鑽到桌子底下去。艾美咯咯直笑，瑪格愁容滿面，克羅克小姐噘起了嘴，勞里則竭盡全力說笑，為這歡聚時刻活躍氣氛。喬唯一的拿手菜就是那道水果了，她均勻地撒了糖，還配了一罐濃奶油。當漂亮的玻璃果盤在席間傳遞，大家和氣地望著漂浮在奶油海上那一座座玫瑰色的小島，喬火辣辣的雙頰總算涼了一些，長長地舒了一口氣。克羅克小姐率先品嘗，一吃就皺起面孔，連忙喝了些水。因為草莓揀完後所剩無幾，喬怕不夠分，自己便不吃了。她看向勞里，他正一口接一口勇猛地吃著，不過嘴巴微微縮起，目光緊盯著自己的盤子。喜愛美食的艾美舀了滿滿一匙，送入口就噎住了，她拿起餐巾捂住臉，貿然離席而去。

「噢，這是怎麼了？」喬顫抖著驚呼。

「你把鹽當糖放，奶油也酸了。」瑪格滿腔悲憫。

喬哀歎一聲，跌坐在椅子上，記起剛才在廚房，她匆促間從桌上兩個盒子裡拿起一個，把最後那把粉末撒在草莓上，奶油也忘記冷藏了。她臉色緋紅，眼看就要哭了，一抬眼正與勞里四目相對，他英勇地大啖草莓，極力顯得樂呵呵的。她突然搞懂了這件事滑稽的一面，於是笑出聲來，直笑得眼淚都出來了。其他人跟著笑了起來，連被這些女孩戲稱為「囉唆客」的老小姐也笑了。這頓不幸的午餐在奶油、麵包、橄欖和歡笑聲中，愉快地結束了。

「我現在沒有心思收拾碗盤，我們先料理小鳥的喪事，肅靜一下吧。」大家起身離席時，喬說道。克羅克小姐整裝告辭，急欲在下一位友人的餐桌上講述這新鮮事。

為了貝絲，眾人都肅靜下來。勞里在樹叢的蕨草下掘了一個墓穴，伴隨著許多淚水，小皮普柔情似水的主人將他安葬，墓穴覆上一些青苔，一個用紫羅蘭和繁縷做成的花圈掛上寫有墓誌銘的墓碑，銘文是喬奮力做飯時所作：

皮普‧馬奇墓，

六月七日卒，

至痛與至愛，
永受人緬懷。

葬禮畢，貝絲回到房間，悲不自勝，肚裡的龍蝦也開始作怪了。她卻找不到一處可供休息的地方，因為床鋪都沒有整理。她把枕頭拍鬆，把東西一一歸置好，發現這樣一來悲痛減輕了許多。瑪格幫喬清理午宴的殘羹剩飯，忙了半個下午，她們筋疲力盡，一致決定晚餐吃吐司喝茶就好。勞里出於好心，帶艾美去坐馬車遊逛，因為發酸的奶油似乎令她心情不好。馬奇太太回家時已是下午三點左右，只見三個女兒仍在辛勤勞動，她瞥了一眼壁櫥，明白這次試驗已達到部分效果。

三位當家的主婦得空休息前，有幾個人來訪，於是她們又忙碌了一陣子來迎接客人，接著沏茶，跑腿，還有一兩件非做不可的縫紉工作拖到最後一刻才趕出來。屋外暮靄降臨，夜露瀼瀼，萬籟俱寂，姊妹接連來到門廊裡，六月玫瑰正婀娜地含苞待放。她們坐下來，一個個長吁短歎，似乎疲憊不堪，又似乎心事重重。

「真是糟糕的一天！」喬通常總是第一個開口的。

「今天好像比平常過得快，但是太難熬了。」瑪格說。

「一點都不像我們家了。」艾美接著說。

「媽媽和小皮普不在，不可能像家了。」貝絲歎了口氣，淚眼盈盈地望著頭頂那個空鳥籠。

「媽媽在這裡呢，親愛的，如果你想要小鳥，明天可以再養一隻。」

馬奇太太一面說著，一面走過來，在她們中間坐下，放了一天假，她的臉上也並不比她們愉快。

「你們幾個孩子，試驗得還滿意嗎？還想要再試一星期嗎？」她問道。貝絲依偎到她身邊，其餘的姊妹也轉向她，重展歡顏，猶如花兒向著太陽。

「我不要！」喬斬釘截鐵地大喊。

「我也不要。」其他人附和道。

「那麼，你們是不是覺得，肩負一些責任，在生活中為他人做一點事，這樣比較好？」

「遊手好閒沒有益處。」喬說著搖了搖頭，「我厭倦了這種日子，想要立刻去做些什麼。」

「學學做家常菜吧，這倒是很有用的手藝，非學不可的。」馬奇太太想起喬的宴會，不禁暗暗發笑，她下午遇見克羅克小姐，聽她講了午餐的情形。

「媽媽，你是不是故意跑出去，什麼事都不管，就為了看我們怎麼辦？」瑪格叫了起來，她已經這樣懷疑了一整天。

「沒錯。我希望你們明白，全家的安適，有賴於每個人盡責地做好分內事。我和漢娜替你們把工作做了，你們也過得很好，不過我看你們不怎麼快樂，也不好相處。於是我就想給你們一個小小的教訓，讓你們看看，如果每個人都只顧自己，會有什麼結果。大家互相幫助，有些日常工作，得閒時才更加開心，忍苦耐勞也會使我們的家舒適而可愛，你們不覺得這樣更愉快嗎？」

「對，媽媽，我們都這麼覺得！」姊妹齊聲高喊。

「那麼我勸你們，重新扛起自己小小的擔子吧。這些擔子有時看似沉重，卻對我們有好處，當我們學會如何背負，擔子就會變輕。工作有益健康，每個人都有不少工作要做。工作使我們不致無聊、不去作惡，對身心都有利，比金錢和衣服更能為我們帶來力量，幫助我們學會自立。」

「我們會像蜜蜂那樣工作，而且熱愛工作。你看我們的表現吧！」喬說，「我這個假期就要學會做家常菜，下一次的午餐聚會，我一定會成功！」

「我來替爸爸做那套襯衫，你不用做了，媽媽。我能做好也會做好的，雖然我並不喜歡縫紉。這樣總比為我自己瞎忙要好，我的衣服已經夠漂亮了。」瑪格說。

「我要每天做功課，不再花太多時間彈琴、玩娃娃了。我天生愚鈍，應該多讀書，不該貪玩。」貝絲下定了決心。艾美跟著姊姊的榜樣，勇敢地宣布：「我要學會開扣眼，還要注意說話的用詞。」

「很好!我對這次試驗相當滿意，我想我們不需要再試一回了。只是你們可別矯枉過正，勞苦得像奴隸一般。工作和玩耍都要有一定的時間，讓每一天愉快而有意義，善用時間，方能顯出你們懂得時間的寶貴。這樣，青年時代過得快樂而有價值，年老時也不會有什麼遺憾，這一生即使貧窮，仍將美滿成功。」

「我們會記住的，媽媽！」她們的確將此謹記於心。

12 勞倫斯營

貝絲是花園裡那座郵局的局長，因為她最常在家，能經常照料郵務，她也特別喜歡每天去打開小郵局，分發信件。七月裡的一天，她滿載而歸，奔波在屋中各處，投遞書信和包裹，好像執掌著倫敦便士郵政。

「您的花，媽媽！勞里從來都不會忘的。」她說著，將那束鮮花插進「媽媽角」的花瓶裡，這個花瓶裡的花，一概由那位熱情的男孩源源不絕地供給。

「瑪格．馬奇小姐，一封信和一隻手套。」貝絲接著說，又把兩件東西交給姊姊。姊姊正坐在母親旁邊，縫著衣服袖口。

「咦，我把一副手套忘在那裡了，可是這裡只有一隻。」瑪格看著這灰色棉手套，「是不是你掉了一隻在花園裡？」

「沒有，肯定沒有掉，郵局裡就只有一隻。」

「我討厭手套不成對！算了，另外那隻或許能找出來的。這封信是我要的那首德語歌的譯文，應該是布魯克先生寫的吧，這不是勞里的筆跡。」

馬奇太太望了瑪格一眼，瑪格穿著方格布晨袍，額前一綹鬈髮輕輕飄拂，顯得楚楚動人，小工作臺上滿放著齊整的白色線團，她坐在檯子前縫紉，身姿嫵媚。她一面縫一面唱著歌，十指翻飛，思緒沉浸在少女的幻想中，這許多幻想宛如她衣帶上的三色堇，天真而純美。她渾然不知母親心中所想，馬奇太太欣慰地笑了。

「喬醫生有兩封信、一本書和一頂滑稽的舊帽子，這頂帽子把整間郵局都蓋住了，塞不進去。」貝絲走進書房笑著說。喬正在書房裡伏案寫作。

「勞里真是個淘氣的傢伙！我說真希望現在流行大帽子，因為大熱天裡我每天曬得臉都痛了。他說，『何必理會流行呢？戴上大帽子，自己覺得舒服就行！』我說如果我有就戴，結果他送這個來試探我。我會戴的，戴著玩，也藉此讓他知道我才不在乎流行呢。」喬把這頂過時的寬簷帽掛在一尊柏拉圖的半身雕像上，拆看起信來。

這封是媽媽寄來的，她讀得臉頰泛紅，熱淚盈眶，信上寫道——

親愛的：

我寫幾句話來，是為告訴你，看到你努力收斂脾氣，我感到多麼欣慰。你對自己的苦惱、失敗與成功隻字不提，或許是認為沒有人留意這些事。而我將這一切全看在眼裡，由衷相信你是真心真意下了決心，因為這份決心已漸漸開花結果。繼續吧，親愛的，堅韌而勇敢地繼續下去，還有，要永遠相信，沒有誰會比愛你的媽媽更疼惜你、支持你。

媽媽

「這封信鼓舞了我！抵得上萬貫錢財和無盡讚美。噢，媽媽，我會努力的！有了你的幫助，我一定繼續努力，孜孜不倦。」

喬把頭埋在雙臂間，幾滴快樂的淚水打溼了她筆下那篇短短的傳奇故事，她原以為自己向善的努力無人留意也無人欣賞。如今這番肯定彌足珍貴，分外鼓舞人心，因為它出人意料，也因為這位寄信人的嘉許她最為重視。她感覺比以往更有力量迎戰，更能制服心中的魔王，她將這封短箋別在罩袍內側，用以守護和提醒自己，免得魔王乘虛而入。她接著拆開另一封信，裡頭的消息不管是好是壞，她都能應付自如了。信上是勞里剛勁的大字——

親愛的喬：

你好呀！

明天有幾個英國孩子來看我，我想要和他們玩個痛快。如果天晴，我打算去「長草地」搭起帳篷——划船帶整班人馬過去吃午飯、打槌球——我們可以生個篝火，做幾道菜，享受吉普賽風格的野餐，還可以玩各種遊戲。他們都很親切，也喜歡這些事情。布魯克先生會同去，他要管束我們這些男孩，凱特．沃恩小姐則負責監護女孩。我希望你們幾個都來，無論如何，別把貝絲丟下，不會有人驚擾她的。吃的東西我會預備，你們不用費心，別的也是。人來就好，來了就夠意思了！
匆此。

你永遠的勞里

「太叫人高興了！」喬喊著，飛奔去傳信給瑪格。

「我們能去的吧，媽媽？我們去能幫勞里大忙的，我會划船，瑪格可以料理午餐，兩個妹妹也能幫忙。」

「希望沃恩姊弟不是那種嬌貴的大人物。喬，你對他們的事瞭解嗎？」瑪格問。

「只知道他們是四姊弟。凱特小姐年紀比你大；弗蘭克和弗雷德是雙胞胎，和我差不多大；還有個妹妹格雷絲，十來歲。勞里是在國外認識他們的，他很喜歡那兩個男孩。但他一提起凱特小姐就抿緊了嘴巴，我猜，他不怎麼欣賞她。」

「真高興我的法式印花衣服洗乾淨了，穿那件正合適，而且漂亮得很！」瑪格滿意地說，「你有像樣的衣服嗎，喬？」

「紅灰相間的划船便服，我穿那套夠好了。要划船，還要東奔西跑，我才不考慮太正式的衣服呢。貝蒂[50]，你會去吧？」

「只要你們別讓男孩子跟我說話。」

「一個都不讓！」

「我想讓勞里高興，也不怕布魯克先生——他人那麼和氣。但是我不想玩、不想唱歌，也不想說話。我想專心做事，不打擾任何人。如果你能顧著我，喬，我會去的。」

「這才是我的乖妹妹。你真的在努力擺脫害羞，我喜歡你這樣。我知道，克服缺點不容易，而一兩句激勵的話卻可以振奮人心。謝謝你，媽媽。」喬感激地吻了一下媽媽瘦削的面頰，這一吻對馬奇太太而言，比恢復紅潤豐腴的青春臉龐還要寶貴。

「我收到一盒巧克力豆，還有我想要臨摹的那幅畫。」艾美亮出了她的郵件。

「我收到的是勞倫斯老先生的一張字條，請我今天入夜前過去彈琴給他聽，我會去的。」貝絲接著說。她和老先生的友誼與日俱增。

「好了，我們快去做事吧，今天要做雙份的工作，明天才能無憂無慮地玩。」喬說著，準備擱下筆，去提起掃帚。

第二天清晨，太陽探進女孩的房間，向她們保證今天是個好天氣，接著便看到滑稽的一幕。為了這一場出遊，女孩個個都做了看似必要而充分的準備。瑪格為額前的頭髮多上了一排小紙捲；喬在曬傷的臉蛋上塗了厚厚一層冷霜；貝絲帶著瓊安娜一起睡覺，以補償即將到來的別離；艾美更是使出了奇招，用木夾夾住鼻梁，想撐起令她煩惱的塌鼻子——這種木夾原本是畫家用來

---

50 貝蒂：「伊莉莎白」的暱稱。

把紙固定在畫板上的，現在挪來此處也算是物盡其用。這幕好笑的景象顯然把太陽給逗樂了，那光芒愈發燦爛，照得喬醒了過來，喬睜眼看到了艾美臉上的裝飾品，不禁開懷大笑，把姊妹都吵醒了。

陽光和笑聲是遊樂會的好兆頭，不一會兒兩邊屋子裡都熱熱鬧鬧地忙碌起來。貝絲第一個準備就緒，她倚在窗邊，不時報告鄰家的情況，忙著梳妝的姊妹聽她頻頻報信，興致愈益高昂。

「有個人帶著帳篷出來了！我看到巴克太太把午餐裝進野餐盒和大籃子裡。現在勞倫斯老先生正仰頭望天，看著風信雞，我真希望他也去。那是勞里，打扮得像個水手，真棒！噢，天啊！來了滿滿一車人——一位高個子小姐、一個小女孩，還有兩個可怕的男孩。有一個是跛腳的，真可憐啊，他拄著根枴杖呢。勞里沒跟我們講過這事。快點，各位！時間不早了。呀，那不是內德．莫法特嘛，是他沒錯。看啊，瑪格，他不就是那天我們買東西時朝你鞠躬行禮的人嗎？」

「是他。他怎麼來了？奇怪。我以為他在山區呢。那個是莎莉，真高興她及時回來了。喬，你看我這身可以嗎？」瑪格忐忑地高聲問道。

「名副其實的小雛菊。把裙子拉直，帽子戴正，這樣歪著戴看起來很做作，而且風一吹就要飛走的。好了，快點！」

「噢，喬，你該不會要戴這頂難看的帽子吧？太荒謬了！你不要穿奇裝異服。」瑪格規勸說。喬正用一條紅絲帶，將勞里開玩笑送她的老式寬簷草帽繫好。

「我就是要戴去啊，這帽子好得很——又大又輕，還遮蔭。戴上它很有趣，而且只要戴起來舒服，我才不在乎是不是『奇裝異服』。」喬說完，旋即大步走出門去，其他人緊隨其後——活潑潑一支小小的姊妹隊伍，她們全都一身夏裝，衣冠楚楚，漂亮的帽簷下是一張張快樂的臉龐。

勞里跑來迎接，十分熱誠地將她們介紹給他的朋友。草坪成了臨時會客室，一時間場面熱絡。瑪格慶幸凱特小姐儘管年方二十，穿得卻很質樸，值得美國女孩好好效法。內德又言之鑿鑿地說是專程前來見她的，聽得她心花怒放。喬看出來勞里為何一提起凱特小姐就「抿緊了嘴巴」，因為這位小姐帶著一種「站開些，別碰我」的神氣，全然不似其他女孩自在隨和。貝絲觀察著兩個陌生的男孩，她發現跛腳的那個孱弱而文雅，並不「可怕」，準備待他和善些。艾美發現格雷絲這個小孩舉止得體、個性開朗，她們默默對望了一會兒，當即成了要好的朋友。

帳篷、午餐和槌球用具已先行送了去，一行人很快便上了船。兩條船一齊離岸，勞倫斯老先生在岸邊揮帽送別。勞里和喬划一條船，布魯克先生和內德划另一條，雙胞胎中那個搞怪的弗雷德·沃恩則蕩著一條舢板，想方設法碰撞那兩條船，活像一隻受驚的水蟲。喬的怪帽子可謂大家的恩物，用途頗廣。這頂帽子最初引來一陣笑聲，化解了眾人間的生分；她划槳時帽子來回擺動，扇起習習涼風；她說，萬一下起陣雨，它還能當所有人的大傘呢。凱特小姐看著喬的一舉一動，顯然覺得相當新奇，尤其是喬不慎掉槳的時候大喊了一聲：「老天爺啊！」還有，勞里就座時在喬腳上絆了一下，竟對她說：「親愛的兄弟，踩痛你了嗎？」後來凱特小姐戴上眼鏡，幾次打量這個奇特的女孩，認定她「古怪但很伶俐」，便遠遠地微笑以對。

另一條船上，瑪格愜意地與划手面對面而坐，兩位划手很欣賞眼前這幅美景，都以非凡的

「技巧與靈敏」搖著槳。布魯克先生是個嚴肅寡言的年輕人，有一雙俊美的褐色眼睛，聲音也很悅耳。瑪格喜歡他的穩重，認為他是部行走的百科全書，滿腹有用的知識。他從不對她多說話，卻時常望著她，她確信他對自己並不反感。內德剛上大學，自然擺足了大一新生認為自己該有的架勢。他不算特別聰明，不過脾氣很好，總之是一同野餐的絕佳人選。莎莉．加德納一心顧著自己的珠地布白洋裝，生怕弄髒了，一面嘰嘰喳喳地和不時撞過來的弗雷德閒聊，弗雷德的惡作劇害得貝絲一路上都提心吊膽的。

去「長草地」的路程不遠，他們抵達時，帳篷已支起，球門也搭好了。這是一片宜人的綠野，中間有三棵枝繁葉茂的橡樹，還有一大片長條形的平滑草皮，以供打槌球之用。

「歡迎來到勞倫斯營！」大家連連讚歎著上岸時，年輕的主人說道。

「布魯克先生是總司令，我是軍需主任，其他男士是參謀，各位女士呢，則是貴賓。這頂帳篷是特地為你們而設的，那棵橡樹樹蔭下是你們的客廳，這棵樹下是食堂，第三棵樹下是營地伙房。好了，趁天還不熱，先打一場球，然後再來張羅午餐。」

弗蘭克、貝絲、艾美和格雷絲坐下觀看其他八人打球。布魯克先生選了瑪格、凱特小姐和弗雷德成一隊，勞里則挑了莎莉、喬和內德。幾位英國人球打得不錯，但美國人更勝一籌，彷彿由一七七六年〈獨立宣言〉精神激勵著，鬥志昂揚，寸土必爭。喬和弗雷德起了幾次小衝突，有一次險些惡言相向。喬過了最後一門，而後卻沒有擊中，她為失手懊喪不已。弗雷德的得分緊追其後，輪到他在喬前面打，他一擊，球碰上門柱，彈回距球門一英寸的地方。近處沒有別人，他跑上前去察看，暗中用腳尖把球踢了一下，球恰好滑到球門內一英寸處。

「我過了！喂，喬小姐，我要戰勝你，拿下第一了。」這位年輕的先生喊著，揮動球杆準備再次擊球。

「你踢過去的，我看見了，現在該輪到我打。」喬呵斥道。

「我保證，我沒動球。可能它滾了一下，這可沒犯規。請站開一點，讓我撞終點柱。」

「我們美國是不流行作弊的，不過要是你喜歡，大可以這麼做。」喬憤怒地說。

「美國佬最是詭計多端了，誰都知道。送你一程！」弗雷德反駁道，揮杆擊球，將喬的球撞出老遠。

喬張口想說幾句難聽話，又及時咽了回去，她氣得臉紅脖子粗，呆立片刻後，用盡力氣槌倒了一個球門。此時弗雷德打中終點柱，歡天喜地地宣告自己奪標。喬跑去撿自己的球，找了好久才在灌木叢裡找到。然而她泰然自若地走回來，耐心等待自己的輪次。她打了幾次，終於打回剛才失手的地方，而敵隊已勝利在望，凱特小姐是全場倒數第二位，她的球已經打到終點柱近旁。

「老天，我們沒戲了！再見，凱特。喬小姐該還擊我剛才那一下了，你完了。」弗雷德激動得大叫。這時大家都已圍攏來看結果。

「美國佬有一條寬容敵人的詭計。」喬說這話的神情令那個年輕人面紅耳赤。「尤其在打敗敵人的時候。」她補上一句，並不去碰凱特小姐的球，單憑巧妙的一擊，贏得了這場比賽。

勞里把帽子拋向空中，這才記起來輸球的是客人，自己耀武揚威很不妥，於是歡慶到一半就止住了，轉而對他的朋友耳語道：「太厲害了，喬！他確實作弊了，我看到的。我們不能對他明講，但他不會再犯了，相信我。」

瑪格把喬拉到一邊，裝作幫她把一條鬆開的髮辮夾好，低聲稱許道：「這真是令人髮指。但你收住了脾氣，我很為你高興，喬。」

「別誇我，瑪格，我現在恨不得上去賞他耳光呢。剛才我在蕁麻叢裡找球找了一陣子，才把火氣壓制住，管住了嘴，要不是這樣我一定爆發了。現在我正怒火中燒，希望他離我遠一點。」喬咬著嘴唇，從大帽子底下瞪了弗雷德一眼。

「午餐時間到了。」布魯克先生看了看手錶說，「軍需主任，由你來生火、打水好嗎？我和馬奇小姐、莎莉小姐布置餐桌。誰煮咖啡煮得好？」

「喬可以。」瑪格高興地推薦妹妹。喬覺得最近所受的烹飪訓練能讓自己臉上有光，便跑去掌管咖啡壺，兩個小妹妹去撿乾樹枝，男孩則負責生火，以及從附近一處清泉取水。凱特小姐在一旁寫生，貝絲用燈芯草編成小墊子當餐盤用，弗蘭克在和她搭話。

不一會兒，總司令和他的副官已鋪好桌布，上面擺滿了誘人的食物和飲料，用綠葉點綴得很漂亮。喬通知咖啡煮好後，眾人就座，盡情享用美食。年輕人很少有消化不良的，運動過後，更是食欲大增。這一餐吃得十分愉快，在餐桌上，似乎每件事都新鮮有趣，不時傳出陣陣哄笑聲，驚動了一匹在附近吃草的老馬。桌子高低不平，杯盤碗盞磕磕碰碰，逗樂了大家；橡果掉進牛奶裡，小螞蟻不請自來，想一起分享餐點；毛毛蟲從樹上搖搖擺擺地爬下來，想看看發生了什麼事。三個黃毛小童隔著柵欄窺望，河對岸有一條討厭的狗死命朝他們狂吠。

「這裡有鹽，如果你想加的話。」勞里說著，將一碟莓果遞給喬。

「謝謝，我更喜歡加蜘蛛。」喬答道，一面從奶油裡撈起兩隻失足溺斃的小蜘蛛。「你怎麼還提醒我上次做了糟糕的午餐啊？你自己的餐宴這樣十全十美。」她接著說。兩人都笑了，餐具不夠，他們正合用一個盤子。

「我那天特別開心呢，至今念念不忘。你也知道，今天這餐不能歸功於我，我什麼事都沒做，是你和瑪格、布魯克先生把它辦好的，我對你們感激至極。等我們吃飽喝足了，再做些什麼呢？」勞里問。他覺得用過午餐後，手中的王牌也出完了。

「玩遊戲啊，玩到天涼下來。我帶了『作家』遊戲牌，凱特小姐想必還知道些好玩的新遊戲。去問問她吧，她是客人，你應該多陪陪她。」

「你不也是客人嗎？我以為布魯克先生會跟她合得來，可是他只顧著和瑪格談天，凱特小姐只是透過那副好笑的眼鏡盯著他們看。我現在就過去，你不用嘮叨禮節的事啦，喬，你自己也做不好。」

凱特小姐果然知道好幾種新遊戲。女孩都不想再吃飯，男孩也吃不下了，於是他們都移步到「客廳」去玩「瞎掰接龍」。

「由一個人起頭講故事，無論多荒誕無稽都行，愛說多長就說多長，只是注意，說到一個緊要關頭要戛然而止，另一個人接下去，規則一樣。這遊戲如果玩得好，會很有趣的，或悲或喜的內容糅合一團，叫人忍俊不禁。請起個頭吧，布魯克先生。」凱特小姐帶著命令的口吻說。瑪格聽了暗自驚訝，她對這位家庭教師可是必恭必敬，和對待其他紳士一樣。

布魯克先生躺在兩位年輕女士腳邊的草地上，順從地開始講故事，那雙俊美的褐色眼睛定定凝望著波光粼粼的河面。

「從前有個騎士，他除了劍與盾之外一無所有，於是出外闖天下，尋出路。他歷盡艱辛，漂泊良久，將近有二十八年之久，終於來到一座宮殿。宮殿的主人是位善良的老國王，他有匹不馴的小駿馬，他非常喜歡這匹馬，懸賞能馴服並訓練牠的人。騎士同意一試，穩紮穩打地馴起馬來。這匹馬駒本是驍悍良驥，雖然脾氣野性暴烈，但很快喜歡上了新主人。騎士每天訓練國王的愛馬時，都騎著牠穿城而過，沿途尋覓一張多次出現在他夢中的美麗面孔，卻從不曾找到。有一天，他正騎馬行經一條僻靜的街道，卻在一座頹敗城堡的窗邊見到了那張迷人的臉。他欣喜萬分，打聽住在這古堡裡的是誰，得知是幾位被俘的公主，中了魔咒，受困於此，終日紡紗存錢以贖回自由。騎士迫切希望解救她們，但是他一貧如洗，只能在每日經過時多看一眼那甜美的臉龐，期盼著有朝一日能在陽光下見到她。最後，他決定走進城堡，詢問該如何幫助她們。他來到城堡前敲門，大門忽然打開了，只見——」

「一位閉月羞花的女子，她狂喜地大叫一聲，驚呼道：『終於來了！終於來了！』」凱特小姐接了下去。她讀過一些法國小說，很欣賞那些風格。「『就是她！』古斯塔夫伯爵大喊，欣喜若狂地拜倒在她面前。『噢，請起來！』她伸出一隻纖纖玉手說道。『不！除非你告訴我怎樣才能救你出去。』騎士跪在地上鄭重地說。『唉，殘酷的命運陷我於此地，唯有消滅那暴君，我才能逃離。』『那個惡棍在哪裡？』『在淡紫色大廳裡。去吧，勇敢的人兒，把我從絕境中救出去。』『遵命，不成功便成仁！』他拋下這豪言壯語便飛奔而去，一把推開淡紫色大廳的房門，正要邁進去，卻遭到——」

「猛然一擊，一個身穿黑袍的老頭朝他砸來一本厚重的希臘文詞典。」內德說，「這位叫什麼來著的爵士立刻回過神來，將暴君舉起扔出窗外，他獲勝了，轉身準備去與美人相會，只是額頭上隆起一個大包。然而他發現門被鎖上了，於是撕開窗簾，結成一條繩梯，順著繩梯往下爬，爬到半路繩梯斷了，他一頭栽進六十英尺下的護城河裡。他深諳水性，繞著城堡游泳，游到一扇有兩個壯漢守衛的小門前。他扣住兩人的頭，敲核桃似的對撞，撞得他們腦袋開了花。隨後他不費吹灰之力便破門而入，踏上一條石階，石階上積的灰足有一英尺厚，趴著像你拳頭那麼大的蟾蜍，還有會把你嚇得魂飛魄散的蜘蛛，馬奇小姐。等走到階梯頂端，他突然看到一幅景象，頓時瞠目結舌，不寒而慄——」

「那是個一身白裝的高大幽靈，蒙著面紗，枯瘦的手上提著一盞燈。」瑪格接續道，「那幽靈朝他招招手，在他前面帶路，無聲無息地飄進一條如墳墓般陰暗冰冷的走廊。走廊兩側影影綽綽立著身披鎧甲的雕像，四下一片死寂，那盞燈散著幽藍的光。幽靈時不時回頭看他，恐怖的雙眼掩在白色面紗後面閃閃爍爍。他們來到一扇掛了帷幔的門前，門後傳來美妙樂聲。他正要一躍而入，那幽靈將他拉了回來，威脅地在他眼前晃著一個——」

「鼻煙盒。」喬用陰森森的語氣講著，聽眾不禁捧腹，「『謝了。』騎士客氣地說，一面拈了一撮鼻煙吸入，隨即連打了七個大噴嚏，把腦袋都震落下來。『哈！哈！』幽靈大笑。這可惡的幽靈透過鎖眼，望見幾位公主為贖命仍在不停紡紗，便抓起斷頭的獵物，把他放入一個大鐵皮箱，箱子裡像沙丁魚似的排著十一個無頭的騎士，他們都站起身來，開始——」

「跳號笛舞。」弗雷德趁喬停下來歇口氣，忙插話，「他們跳著跳著，這座破落的古堡變成了一艘滿帆的戰艦。『升起前帆，收上桅帆升帆索，下風滿舵，炮手就位！』船長大吼。此時一艘葡萄牙海盜船迎面駛來，前桅飄揚著一面墨黑的旗幟。『各位弟兄，去打一場勝仗！』船長說。一場激戰就此展開。後來當然是英國人獲勝，英國人戰無不勝。」

「才不是哩！」喬在一旁大叫。

「他們俘獲海盜船船長，戰艦直接碾過那條雙桅縱帆船，船的甲板上堆滿了屍體，鮮血流向下風側的排水孔，因為命令就是『拔刀，決一死戰！』『副水手長，拿一條前帆繚繩來，要是這惡棍不速速認罪，就給他點顏色瞧瞧。』英國船長說。那個葡萄牙人像頑石一般抵死不從，寧可走跳板[51]墜海，水手興奮得歡聲雷動。誰知那老狐狸潛入水中，游到戰艦下方將船鑿沉，張著滿帆的船漸漸下沉，沉入深深、深深的海底，在那裡——」

「噢，天啊！我該怎麼接呢？」莎莉嚷道。弗雷德講完了那段瞎掰，那是他從一本喜愛的圖書中看來些航海術語和情節，東拼西湊而成。「嗯……他們沉入海底，一條善良的美人魚前來迎接，她看見那個箱子裡的無頭騎士，感到悲傷不已，於是好心地把他們泡進鹽水裡，希望能解開他們身上的謎。她畢竟是個女子，生性好奇。不久後，有個人潛水來到此處。美人魚就說：『如果你能把這箱珍珠帶出海去，它就歸你了。』她想讓這些可憐人起死回生，可是如此重負她又無力舉起。那人扛起箱子游出海面，一打開便大失所望，裡頭一顆珍珠都沒有啊。他把箱子丟在一片荒涼的曠野，後來箱子被一個人發現了——」

「那人是個養鵝女孩，她在這塊地裡養了一百隻大胖鵝。」莎莉的故事編完後，艾美說道，「女孩一見他們也很難過，她請教一個老奶奶要怎麼做才能救他們。『你的鵝會告訴你的，牠們什麼都知道。』老奶奶說。於是女孩問，舊的腦袋掉了，要用什麼來當新的腦袋呢。一百隻鵝統統張開嘴巴尖叫道——」

「『高麗菜！』」勞里迅速接過話頭，「『再好不過了。』女孩說罷，就跑去她家的菜園裡摘了十二顆上好的高麗菜。她一一安到騎士脖子上，他們立刻復活了。騎士謝過她，高高興興地繼續他們的旅程，渾然不覺有何異樣，因為天底下有太多和他們一樣的腦袋了，誰也不覺得有什麼稀奇。我們關心的那個騎士又回去找那張美麗臉孔，得知公主都靠著紡紗贖回了自由，已紛紛出嫁，只剩下一位。他心潮澎湃，跨上那匹和他患難與共的小馬，飛奔到城堡去看留下的是誰。

51 走跳板：在船上處死俘虜和罪犯的一種方法，受刑者被迫沿木板走出船邊落入海中。

他隔著樹籬張望，見到他的夢中情人正在花園裡採花。『可以給我一朵玫瑰嗎？』他說。『你得過來拿。我不能去你那裡，這不得體。』她的聲音甜美如蜜。他想要翻過樹籬，樹籬卻似乎越長越高；他又試著鑽過去，結果樹籬越長越密。百般無奈之下，他耐著性子將枝丫一根一根折斷，好歹開出一個小洞來，他從洞中望進去，央告道，『讓我進去吧！讓我進去吧！』然而美麗的公主彷彿聽不懂他的話，自顧自靜靜地採摘玫瑰，任由他奮力開路。他究竟有沒有走進去，且聽弗蘭克為各位道來。」

「我不會。我不玩，我從不玩這些。」要從情感困境中拯救這一對荒唐的戀人，弗蘭克不知如何是好。貝絲躲在喬的身後，而格雷絲已經睡著了。

「那麼這個可憐的騎士就繼續卡在樹籬裡頭了，是吧？」布魯克先生問。他依舊凝望河面，手指撥弄著扣眼上的野玫瑰。

「我猜，過了一會兒，公主給了他一枝花，把大門打開了。」勞里暗自微笑著說，朝他的老師丟了一把橡果。

「我們真是胡說八道了一通呀！多玩幾次，搞不好能接出更妙的故事來。你們知道『真心話』嗎？」在大家為自己編的故事笑過一陣後，莎莉問道。

「我希望能知道。」瑪格認真地說。

「我是說，知道『真心話』遊戲嗎？」

「是怎樣的遊戲？」弗雷德說。

「哦，大家手疊手，選定一個數字，一一抽出手，抽到那個數字的人，其他人無論問他什麼問題，都得如實回答。很好玩的。」

「我們玩玩看吧。」喜歡嘗試新東西的喬說。

凱特小姐、布魯克先生、瑪格和內德謝絕了，弗雷德、莎莉、喬和勞里疊起手來抽籤，抽中了勞里。

「你崇拜的人是誰？」喬問。

「爺爺和拿破崙。」

「你覺得在場的女士哪一位最漂亮？」莎莉說。

「瑪格麗特。」

「你最喜歡哪一位？」弗雷德問。

「當然是喬。」

「你問的問題真無聊！」喬不屑地聳了聳肩，因為其他人聽了勞里理所當然的口吻都笑了起來。

「再玩一輪。『真心話』這遊戲還不賴。」弗雷德說。

「對你倒是很有益處的。」喬低聲還擊。

接著輪到她。

「你最大的缺點是什麼？」弗雷德考驗她是否會說真話，而這一美德正是他所欠缺的。

「壞脾氣。」

「你最想要的東西是什麼？」勞里說。

「一雙靴帶。」喬猜到他的用意，不想讓他得逞。

「答得不真心，一定要說自己真正最想要的。」

「天賦。你是不是想給我這個呀，勞里？」她見他一臉失望，俏皮地笑了。

「你最欣賞男性有哪些美德？」莎莉問。

「勇敢和誠實。」

「輪到我了。」弗雷德說。這回抽到的是他。

「我們懲罰他一下。」勞里對喬耳語。喬點點頭，立刻問道：「打槌球時你是不是作弊了？」

「嗯……是的，有一點點。」

「很好！你講的故事是不是從《海獅》裡看來的？」

「沒錯。」

「你是不是認為英國人完美無缺？」莎莉問。

「要是不這麼認為，我就愧為英國人了。」

「他是實實在在的約翰牛[52]呢。好了，莎莉小姐，不用等抽籤了，你總要輪一次的吧。我先得罪了，我問你，你是不是覺得自己很風騷？」勞里說。這時喬向弗雷德點點頭，以示和議。

「你這無禮的傢伙！當然不是。」莎莉驚呼，可是她那副神氣恰是反證。

「你最討厭什麼東西？」弗雷德問。

「蜘蛛和米布丁。」

「你最喜歡什麼？」喬問。

「跳舞和法國手套。」

「哎，我覺得『真心話』這遊戲很無聊。我們來玩一局益智的『作家』牌，提神醒腦一下。」喬提議說。

內德、弗蘭克和兩個小妹妹加入牌局，年紀較長的三位則坐到一邊聊天。凱特小姐又掏出寫生簿，瑪格看著她畫，布魯克先生躺在草地上，手捧一本書，卻沒有拿起來讀。

「你畫得多美啊！真希望我也會畫畫。」瑪格的聲音裡夾雜著羨慕和遺憾。

「你為什麼不學呢？我想你的審美能力和繪畫天分都不錯的。」凱特小姐和氣地回答。

「我沒有時間。」

「我猜，你媽媽更喜歡讓你學些別的才藝吧。我媽媽也是，不過我私下上了幾課，向她證明我有天分，然後她就很願意讓我學下去了。你能和家庭教師照我的法子試試嗎？」

---

52 約翰牛：源於英國作家約翰．阿布希諾特（一六六七—一七三五）所著的《約翰牛的歷史》，是英國或英國人的綽號。

「我沒有家庭教師。」

「我倒忘了，美國的年輕女士和我們不一樣，大多去學校上課。爸爸說過，那些學校也都是很好的。你上的是私立學校吧？」

「我根本沒上學。我自己就是個家庭教師。」

「噢，原來如此！」凱特小姐說。她盡可以直接說「天啊，真可怕！」因為她的語調裡有這意思，她露出的表情也令瑪格臉紅，瑪格後悔自己不該那麼坦白。

布魯克先生抬頭一望，立即說道：「美國的年輕女士像她們的祖先一樣愛好獨立，她們自食其力，因而受人欣賞、受人尊重。」

「噢，是啊，她們這樣做當然很好、很正確。我們有很多優秀而可敬的年輕女性也是如此，受雇於名門貴族，因為她們出身紳士人家，教養很好，又有才藝，你們也知道的。」凱特小姐屈尊就卑的口氣傷了瑪格的自尊心，使她的工作顯得更加討厭，而且有失體面。

「馬奇小姐，那首德語歌你還喜歡嗎？」布魯克先生這樣一問，打破了難堪的沉默。

「噢，喜歡！那首歌很優美，我非常感謝為我翻譯的那個人。」瑪格說這話時，低垂的臉上又有了光彩。

「你不會德語嗎？」凱特小姐訝然問道。

「不大會。原本是我父親教我德語的，現在他出遠門了。我自學進步不快，沒人來糾正我的發音。」

「讀幾句試試吧，這裡有一本席勒[53]的《瑪麗．斯圖亞特》，還有一個樂於教學的老師。」布魯克先生帶著動人的笑容，將書攤在她的膝上。

「太難了，我不敢試。」瑪格固然感激，當著身旁那位多才多藝小姐的面，終歸是忸怩的。

「我讀一段來壯壯你的膽吧。」凱特小姐讀了十分精彩的一段，讀得字正腔圓，但毫無感情。

布魯克先生不作評論，看她把書還給瑪格，瑪格單純地說：「我還以為這是詩呢。」

「有些段落是詩。讀讀看這段。」布魯克先生把書翻到可憐的瑪麗的輓歌，嘴角浮出一抹奇妙的微笑。

瑪格的新老師手拿一枝長長的草葉在書頁上指點，瑪格順從地跟著讀。她怯生生、慢吞吞地讀著，不知不覺中，那悅耳的嗓音、柔和的腔調將艱澀的字詞化成了詩。那支綠色教鞭一路指引，瑪格很快便忘了聽眾，沉浸在劇本哀婉的場景中，她旁若無人地讀下去，語帶悲歎，念出不幸的女王所說的話。假如她當時望見那雙褐色的眼睛，一定會驟然停住。然而她並未抬頭，這堂課才沒有中止。

「讀得真好！」布魯克先生待她讀完一個段落，便如此說道，也不在乎她念錯了不少詞，真

---

53 弗里德里希．席勒（一七五九—一八〇五）：德國詩人、哲學家、歷史學家、劇作家，德國啟蒙文學代表人物之一，代表作有《華倫斯坦》三部曲、《瑪麗．斯圖亞特》等。

正是「樂於教她」的樣子。

凱特小姐戴起眼鏡，將眼前的景象打量了一番，然後合上寫生簿，以居高臨下的語氣說：「你的口音不錯，假以時日，一定會讀得很流暢的。我建議你學一學，德語對老師來說是很有用的技能。我得去照顧格雷絲了，她在亂跑呢。」凱特小姐悠悠地走開去，一面聳了聳肩自語道：「我可不是來監護一個家庭教師的，雖然她的確年輕貌美。這些美國佬真夠怪的，勞里和他們在一起，怕是要給帶壞了。」

「我忘了英國人很瞧不起女家庭教師，對她們的態度也不如我們。」瑪格說著，一臉氣惱地望著那個遠去的背影。

「很遺憾，據我所知，男家庭教師在那裡日子也不怎麼好過。對於我們這些自力更生的人，沒有別的地方比得上美國了，瑪格麗特小姐。」布魯克先生看起來如此滿足而又樂觀，瑪格便也羞於自怨命苦了。

「那我真高興自己生活在這裡啊。我不喜歡我這份工作，但還是從中得到許多滿足，所以沒什麼好抱怨的了，只是希望自己能像你一樣喜歡教書。」

「如果有勞里做學生，我想你也會喜歡教書的。明年我就不教他了，想來很失落呢。」布魯克先生不停地在草皮上戳著洞。

「他要去上大學了吧？」瑪格嘴上這樣說，雙眼卻分明還在接著問「那你會去哪裡呢？」

「對啊，時候到了，他已經準備好了。等他一離開，我就去從軍。我有義務去。」

「很高興聽你這麼說！」瑪格高呼，「我覺得所有青年男子都嚮往從軍，雖然家中的母親和姊妹會不好受。」她憂傷地補上一句。

「我沒有母親和姊妹，朋友也很少，沒什麼人會關心我生死的。」布魯克先生說得有些酸楚，一邊下意識地將一朵枯萎的玫瑰埋進剛才戳出的洞裡，又覆上泥土，像一座小小的墳墓。

「勞里和他爺爺就很關心你，萬一你受了什麼傷，我們大家都會非常難過的。」瑪格由衷地說。

「謝謝，這話聽了很欣慰。」布魯克先生重現明朗的神情，他尚未把話說完，內德騎著那匹老馬搖搖晃晃地過來了，他想在小姐面前一展馬術，這一天後來再無安靜時刻。

「你喜不喜歡騎馬？」格雷絲問艾美。她們由內德領著，繞草地賽跑一圈後，正駐足歇息。

「我太喜歡了。以前爸爸有錢的時候，我姊姊瑪格常常騎馬，現在我們不養馬了，只剩那匹艾倫樹。」艾美說著啞然失笑。

「說給我聽聽，艾倫樹是一頭驢子嗎？」格雷絲好奇地問。

「咳，知道嗎，喬很迷騎馬，我也是，可是我們沒有馬，只有一副舊側鞍。我們花園裡有一棵蘋果樹，長著一根低矮粗壯的樹枝。於是喬就把馬鞍放上去，在向上彎的地方縛了韁繩，我們想騎馬的時候就騎上艾倫樹搖一搖。」

「真好玩！」格雷絲笑道，「我家有一匹小馬，我差不多每天都和弗雷德、凱特去公園騎馬，很開心，我的朋友也會去，羅頓道[54]上滿是淑女和紳士。」

「啊，太吸引人了！希望有一天我能出國看看，不過與其去羅頓道，我更想去羅馬呢。」艾美說。羅頓道是什麼，她一無所知，也根本不願求教。

弗蘭克恰巧坐在兩個小妹妹背後，他聽見她們的對話，又看著活躍的少年歡蹦亂跳，煩躁地將枴杖一把推開。貝絲正在收拾散亂的「作家」牌，抬頭一看，便以她那害羞而友善的態度說道：「我想你是累了吧。我能為你做些什麼嗎？」

「拜託跟我講講話吧。我一個人坐著很悶。」弗蘭克回答。他顯然在家嬌生慣養。對靦腆的貝絲而言，哪怕請她以拉丁語發表演講，也未必比這請求更難。然而她現在無處可逃，無法躲去喬的身後，這可憐的男孩又眼巴巴地望著她，她決定勇敢一試。

「你喜歡講點什麼呢？」她笨手笨腳地理牌，想把牌束起來，卻撒落了一半。

「嗯……我想聽聽板球、划船和打獵的事。」弗蘭克還不懂得量力而行，不知如何選擇適合自己的娛樂。

「天啊！我該怎麼辦？這些事我一竅不通啊。」貝絲暗想。她心慌意亂，竟忘了這男孩的不幸，希望引他先開話頭，便說：「我從沒看過人打獵，我想你應該很瞭解。」

「以前是。但是我再也不能打獵了，有一次跨越一道該死的五道橫桿柵門時摔傷了，從此和馬與獵犬無緣。」弗蘭克歎了一口氣，貝絲直恨自己犯了這無心之過。

「你們的鹿比起我們那些醜醜的水牛，要好看多了。」情急之下，她轉而聊起大草原，慶幸自己讀過一本喬喜歡的男孩讀物。

水牛果然是個適當而輕鬆的話題。貝絲急於哄對方高興，一時忘我，全然不覺姊妹在旁又驚又喜，她們見貝絲異乎尋常地和一個「可怕的男孩子」聊個不停，而她之前還為此央求姊妹保護她。

「哎！她同情他，因而善待他。」喬在槌球場上笑瞇瞇地望向貝絲。

「我一直說她是個小聖人。」瑪格接著說，似乎在說一件毋庸置疑之事。

「我很久很久沒聽過弗蘭克笑得這麼開心了。」格雷絲對艾美說。她們倆正坐在那裡討論洋娃娃，還用橡殼做著茶具。

「我姊姊貝絲可是很有魄力的女孩呢，只要她願意。」艾美看到貝絲的表現相當高興。她想說的是「魅力」。反正格雷絲也不清楚這兩個詞的確切意思，「魄力」聽起來不錯，倒也留下了好印象。

他們像馬戲團遊行隊伍般跑起來，又玩了一局「狐入鵝群」，最後打了一場友善而愉快的槌球賽，消磨了這天下午。日暮時分，一行人撤了帳篷，收好籃子，拔起球門，乘船逐流而下，一路上放聲高歌。內德觸景傷情，用顫音唱起一首小夜曲，副歌如此憂愁——

54 羅頓道：英國倫敦海德公園中的騎馬道。

孤獨啊孤獨！唉，孤獨！

我們正年輕，都有一顆心，

噢，為何不相近，孤影伶仃？

接著，又唱到——

這時，他黯然神傷地望著瑪格，瑪格見狀哈哈大笑，把他的歌也打斷了。

「你怎麼對我這麼冷酷？」他趁著眾人熱鬧合唱時，低聲說道，「你一整天都和那個正經八百的英國女人黏在一起，現在又如此怠慢我。」

「我不是故意的，你的樣子太有趣，我才忍不住笑了。」瑪格對他的前一句責備置若罔聞，因為她確實刻意躲避他，她猶記得莫法特家的舞會以及會後的談話。

內德大為不快，去向莎莉求安慰，賭氣說：「那女孩根本不解風情，對吧？」

「的的確確，不過她是個可人兒。」莎莉雖承認朋友的缺點，仍為她辯護。

「苛刻之人吧。」內德想說點俏皮話，說得差強人意，和一般的毛頭小子差不多。

在來時集合的草坪上，這一小群人誠摯地互道晚安與再見，沃恩姊弟接著要去加拿大。四姊妹穿過花園回家，凱特小姐望著她們的背影，不帶一絲屈尊就卑的口氣說道：「美國女孩雖然喜怒形於色，但熟悉之後，倒都是很好的女孩。」

「我十分同意你的話。」布魯克先生說。

13 空中樓閣

九月裡一個和煦的下午，勞里適意地躺在吊床上搖來蕩去，想知道芳鄰在做些什麼，卻懶得過去探個究竟。他正在鬧脾氣，這一天過得不充實且不如意，他真想從頭來過。暖熱的天氣令他慵懶，他拋開了書本，將布魯克先生的耐心消磨殆盡，彈了半個下午的琴，惹得爺爺不高興；他淘氣地說他的一隻狗發狂了，把女僕嚇得半死，接著又沒來由地怪馬夫疏於職守，對他惡言相加。然後他便跳上吊床，憤憤然埋怨著周遭惱人的一切，直到這晴好祥和的天氣使他不由得靜下心來。凝望頭頂那棵七葉樹鬱鬱的綠蔭，他浮想聯翩，正想像自己在環球航行中隨浪起伏之時，一陣說話聲轉瞬將他捲回岸邊。他從吊床的網眼中窺視出去，只見馬奇家姊妹走出家門，像是要去遠足。

「幾個女生到底要做什麼去呢？」勞里暗忖，一面張開惺忪的雙眼細細端詳，今天這幾位芳鄰的打扮有些特別。她們都頭戴寬簷大帽子，肩掛棕色麻布袋，手拄長杖。瑪格拿著一張坐墊，喬拎著一本書，貝絲提著一支長柄勺，艾美則挾著畫冊。四姊妹靜悄悄地走過花園，出了園後的小門，登上橫亙於家與河流之間的丘陵。

「唔，這麼不近人情啊！」勞里自言自語道，「去野餐也不叫上我。她們沒法划船去啊，她們沒鑰匙，也許是忘了。我幫她們送去，也看看是怎麼一回事。」

他明明有五、六頂帽子，但是翻了半天才翻出一頂，接著又四處找鑰匙，到頭來發現就在口袋裡。等他躍過柵欄追去時，幾個女孩早已沒了蹤影。他抄捷徑趕到船庫等候她們，卻不見一個人來，只得跑上山去瞭望。山坡上有一片松林，這片綠林深處傳來一陣清脆的聲音，蓋過了松葉柔聲的吁歎和蟋蟀催眠的鳴吟。

「這裡風景獨好！」勞里透過灌木叢探視，心中想道。此時他已神清氣爽。

眼前的確是一幅如畫美景。四姊妹同坐在樹蔭一角，光影婆娑，芬芳的清風吹拂著她們的頭髮，也吹涼了她們的臉頰，林中的小住民生活如常，彷彿此處並無外人，只有舊友。瑪格坐在墊上，一雙素手靈巧地飛針走線，一襲粉紅色衣裙，恰似萬綠叢中的玫瑰般嬌豔欲滴。貝絲揀取近旁鐵杉樹下堆積如山的毬果，用來做漂亮的小物件。艾美正對著一簇蕨草寫生，喬一面織著東西，一面朗讀她的書。男孩望著她們，臉上掠過一道陰影，他覺得自己不速而至，應該走開，然而又流連不捨，因為家裡似乎很寂寥，林中這嫻靜的一行人深深吸引著他躁動的心。他一動不動地站在那裡，一隻忙於覓食的松鼠從他身旁的松樹上跑下來，猛然看到他，又溜了回去，尖聲斥責他。貝絲聞聲抬頭望去，發現了樺樹後那張渴望的面孔，會心一笑向他致意。

「請問我可以加入嗎？會打擾到你們嗎？」他緩步走向前問道。

瑪格揚起眉毛，喬責備地瞪了她一眼，立刻說：「當然可以。我們先前就該邀你的，只是擔心你不屑於這種女孩子的遊戲。」

「我一向很喜歡你們的遊戲，如果瑪格不希望我加入，我就離開吧。」

「我不反對你來，只是你得有事做。無所事事不合這裡的規矩。」瑪格答得嚴肅而和氣。

「多謝。如果你們肯讓我多留一會兒，我什麼都願意做的，山下悶得跟撒哈拉沙漠一樣。我該縫紉、讀書、撿毬果、畫畫，還是全部都做？我準備好了，悉聽尊便。」勞里席地而坐，那副俯首貼耳的神氣叫人看了很歡喜。

「讀完這個故事吧，讓我織好這隻襪跟。」喬說著把書遞給他。

「遵命，小姐。」他溫順地答話，極力表達自己對於受「勤蜂社」接納的感恩之情。

故事不長，他讀完後，大膽提了幾個問題，慰勞一下自己。

「可否請教小姐，這個頗具教育意義的可愛組織是新近成立的嗎？」

「你們願意告訴他嗎？」瑪格問三個妹妹。

「他會笑我們的。」艾美提醒道。

「誰在乎呀！」喬說。

「我想他會喜歡的。」貝絲接著說。

「我一定會喜歡的！保證不笑你們。說出來吧，喬，別怕。」

「我哪會怕你，異想天開！好吧，是這樣的，我們以前常常根據《天路歷程》扮著玩，現在我們又認認真真做起這件事來，從冬天到夏天。」

「是的，我知道。」勞里若有所悟地點點頭。
「誰告訴你的？」喬忙問。
「精靈。」
「不，是我說的。有天晚上，你們都不在家，他心情低落，我想為他解悶。他真的很喜歡這件事，別責怪我啊，喬。」貝絲溫順地說。
「你就是守不住祕密。不要緊，倒是省得多費口舌了。」
「請講下去吧。」勞里見喬略顯不悅地埋首編織，便說道。
「噢，她沒有把我們這個新計畫告訴你嗎？嗯……我們不想荒廢了假日，便讓每個人選一項任務，並且堅定地執行。這個假期快過完了，該做的工作已經完成，我們非常高興大家沒有虛度光陰。」
「是的，我想也是。」勞里想起自己懶散度過的時日，很覺後悔。
「媽媽希望我們多出門走走，所以我們把任務帶到這裡來做，做得也開心。為了好玩，我們把東西裝進這些袋子，戴上舊帽子，拄著棍子爬山，扮演『朝聖者』，像多年前那樣。我們把這座山叫作『快樂山』，我們可以在山上縱目遠眺，望見將來想住的地方。」
喬伸手一指，勞里坐直了身子細細望去，透過林中空隙，只見一條寬廣蔚藍的河流，對岸有一片草地，再遠處是大城市的郊野，青山環繞，拔地倚天。夕陽低垂，天際閃耀著秋日餘暉，金黃姹紫的彩霞繚繞山巔，銀白色山峰聳入紅光裡，宛若天國縹緲的尖塔熠熠生輝。

「真美啊！」勞里輕聲說。他總能敏銳地發現美、感受美。

「時常如此。我們喜歡觀賞那邊的景色，每次都不盡相同，但永遠美不勝收。」艾美答道。她恨不能將美景盡收筆下。

「喬總說起將來想住的地方——喬指的是鄉村，可以養豬養雞，晾曬乾草。那當然很好，但我希望那美麗的地方是真實存在的，而且我們也能去。」貝絲若有所思地說。

「還有一個比那裡更美麗的地方，那地方我們總有一天會去的，只要我們變得夠好就能去。」瑪格用她最甜美的聲音回答。

「等待的時間似乎太久了，過程又太辛苦。我想馬上就飛走，像那些燕子一樣，從那扇華麗的大門飛進去。」

「貝絲，你遲早都會到的，不用擔心。」喬說，「我才是那個必須努力奮鬥、往上爬，並且等待的人，而且搞不好永遠也進不去。」

「如果有我作伴能給你一點安慰的話，我就陪你吧。我還得經歷漫長的旅程才能看到你的天國。如果我晚到了，你會幫我說句好話的，對吧，貝絲？」

勞里臉上的表情讓他的朋友有些不安，然而她只是靜靜地望著不斷變幻的雲朵，開心地說：「如果有人真的想去，並且願意用盡一生去努力，我想他們就一定進得去，因為我相信那扇門上沒有鎖，也沒有守衛會守在門口。我總是想像那裡就像畫裡畫的那樣，當可憐的基督徒從河裡爬上來時，那些閃閃發光的天使就會伸出雙手來迎接。」

道。

「要是我們的『空中樓閣』都能成真，能住到裡面去，那該多有趣呀！」沉默片刻後，喬說

「我的『空中樓閣』多到數不清，很難決定哪一個更好。」勞里平躺在地上，拾起幾顆毬果，向那隻出賣他的松鼠擲去。

「你得選個最喜歡的。是哪一個呢？」瑪格問。

「如果我說出來，你也願意說說你的嗎？」

「好啊，如果妹妹她們也都願意的話。」

「我們願意。勞里，你先講吧。」

「等我把全世界想看的地方都遊歷過後，我想在德國定居，盡情地享受音樂。我要成為出色的音樂家，讓天地萬物都跑來聽我演奏。我絕不去關心金錢或生意，只管自得其樂，為喜歡的事物而活。這就是我最喜歡的『空中樓閣』。瑪格，你的呢？」

瑪格似乎有些難於啟齒，她拿一根鳳尾草在面前搖晃著，好像驅趕蚊蚋似的，一面慢吞吞地開了口：「我希望有一棟漂亮房子，裡面滿是各式各樣的奢華之物——珍饈華服、精緻家具，還有可愛的人和大堆的錢。我是房子的女主人，隨心所欲地安排一切，婢僕成群，什麼家事都不用我操心。那樣我就可以享福了！但我也不會無所事事，我會行善，讓所有人都很喜歡我。」

「你的『空中樓閣』不要個男主人嗎？」勞里俏皮地問。

「我說了『可愛的人』，你知道的。」瑪格說著，俯身仔細地綁鞋帶，叫人看不到她的臉。

「你為什麼不說，你要一個聰明善良、稱心如意的丈夫和幾個天使般的小孩？你也知道，沒有這些人，你的房子就不完美。」喬直言不諱，她未曾有過柔情的幻想，對浪漫之事不屑一顧，除非是寫進書裡的。

「你的房子裡只要有馬兒、墨水臺和小說就夠了。」瑪格使性子回嘴。

「這難道不好嗎？我要一個養滿阿拉伯駿馬的馬廄和幾個堆滿書的房間，用那個神奇的墨水臺蘸墨寫作，我的作品會和勞里的音樂一樣出色。我想做一番壯舉，再去『空中樓閣』——做些英勇或偉大的事情，做些我死後也不會被人遺忘的事。我還不知道究竟要做什麼，但我會留心著，總有一天要讓你們驚訝。我想我會寫書，成名致富，這最適合我，也是我最喜歡的夢想。」

「我的夢想是和爸爸媽媽安穩地待在家裡，幫忙照料全家人。」貝絲知足地說。

「你沒有別的願望了嗎？」勞里問。

「自從有了小鋼琴，我就已心滿意足了。但願我們大家平安健康，待在一起，沒別的了。」

「我有許許多多的願望，最想要的是當一個畫家，到羅馬去，創作優美的作品，成為全世界最好的畫家。」這是艾美的小小心願。

「我們真是野心勃勃的一幫人呢，對嗎？除了貝絲，我們每一個都想名利雙收，事事志得意滿。我真想知道，有沒有誰會如願以償。」勞里口中嚼著草，好像一隻沉思的小牛。

「我已經得到那把『空中樓閣』的鑰匙了，不過能不能打開門還不知道。」喬神祕兮兮地說。

「我也有我的鑰匙了，但是他們不准我去嘗試。可惡的大學！」勞里咕噥著，不耐煩地歎了一口氣。

「我的在這裡！」艾美揮了揮手中的鉛筆。

「我沒有鑰匙。」瑪格黯然說道。

「不，你有。」勞里立刻說。

「在哪裡？」

「在你臉上。」

「胡說，這沒有用的。」

「等著看吧，看它會不會為你帶來有價值的東西。」男孩回答，他認為自己知道一個小祕密，想到這裡不禁失笑。

瑪格躲在蕨葉後羞紅了臉，她不再追問，只是遙望著河流，那期盼的神情與布魯克先生講騎士故事時一模一樣。

「如果十年後我們都健在，大家再相聚，看看有幾個人實現了願望，或是離願望近了多少。」喬總是樂於訂計畫。

「天啊！那時我都多大了——二十七歲！」瑪格驚呼。她剛滿十七，卻覺得自己已長大成人。

「泰迪[55]，我和你是二十六歲，貝絲二十四，艾美二十二，我們都成了一群長者了！」喬說。

「希望到時我已經做出足以自豪的事了，但我是一隻小懶蟲，真怕自己會虛度光陰呀，喬。」

「你需要動力，媽媽常這樣說。她說有了動力，你就一定會奮發圖強。」

「真的嗎？對天發誓，只要有機會，我一定會的！」勞里突然精神抖擻地坐起身喊道，「能讓爺爺高興，我就應該知足，我也確實努力了，但你們知道，這有違我的天性，很難做到。他想讓我和他以前一樣，做個印度貿易商，我寧死也不願意。我討厭他那些破船運來的茶葉、絲綢、香料和各種廢物，要是那些船歸我了，就算它們一下子沉到海底我也不在乎。上大學應該能讓他滿意，我給他四年時間，他也應該不會用做買賣的事來煩我。但是他心意已決，我是一定得走他的老路了，除非任性地離家出走，像我爸爸那樣。假如家裡還有人陪著這位老先生的話，我明天就走。」

勞里說得很激動，似乎稍有不如意，就會將這威脅付諸行動。他正快速成長，雖然常行事懶散，總也有年輕人不甘屈從的心，以及摩拳擦掌闖蕩天下的渴望。

「我看你不如乘船遠行，闖一闖自己的路再回家。」喬說。她想到如此大膽的冒險，不免又燃起了想像，也因她對所謂的「泰迪的冤屈」心生憐憫。

「這麼做不對，喬，你不應該說這樣的話，勞里也不應該聽從你的餿主意。好孩子，你應當遵照祖父的期望去做。」瑪格的口吻像極了一位母親，「上了大學要好好讀書，他看到你努力讓他高興，一定不會為難你、委屈你的。你也說了，家裡沒有別人陪他愛他，要是擅自離他而去，你永遠都不能原諒自己的。別沮喪也別煩躁，只管盡你的本分，你會得到回報、受人敬愛的，就像善良的布魯克先生那樣。」

「你對他瞭解多少呀？」勞里問道。他感激善意的忠告，但是對這番說教不以為然，他剛才罕見地發了一通脾氣，現在樂得將話題從自己身上轉開。

「只瞭解你爺爺告訴我們的那些——他悉心照料母親，直到她過世，曾因不願離開母親拒絕去國外為一戶好人家當家庭教師。如今他又在贍養當初看護他母親的一位老太太。他向來為善不欲人知，只顧做一個慷慨、有耐心的好人。」

「的確如此，他是個大好人！」勞里由衷地說道。瑪格講到一半正歇口氣，臉色緋紅，滿是懇切。「這就是爺爺的脾氣，暗地裡探聽他的一切，再把他的美德告訴別人，讓大家都喜歡他。布魯克先生不明白為什麼你們的媽媽對他那麼親切，邀他和我一起去做客，友善周到地款待他。他只以為她人特別好，日復一日念叨這件事，接著又熱血沸騰地聊你們大家。如果我真的實現了願望，你們看看我會為布魯克先生盡點什麼心吧。」

---

55 泰迪：Teddy，「希歐多爾」（Theodore）的暱稱。

「現在就盡點心吧，別整天折磨他。」瑪格嚴厲地說。

「你怎麼知道這事的，小姐？」

「每回他離開時，我從他的臉色就看出來了。如果你表現好，他會很滿意，走路輕快；如果你令他煩惱了，他就板著面孔，步伐也沉重了，彷彿想掉頭去把工作做得更好些。」

「呵，我會那樣？所以你照著布魯克先生的臉色記下了我的功與過，是吧？我看他走過你的窗前時，只是微笑鞠躬，沒想到還能傳情達意啊。」

「我們沒有。別生氣，噢，對了，別告訴他我說了什麼！我只為表示關心你的情況，這裡說的話都得保密，你知道的。」瑪格叫道。她想到自己的無心之言可能生出什麼後果，心中十分驚慌。

「我從不搬弄是非。」勞里回答，一副「神氣活現」的樣子——喬這麼形容他偶爾流露的表情，「只是布魯克先生要真是個溫度計，我一定記得要讓他有好天氣可以報告。」

「請不要動氣。我並不是要教訓你，也不是搬弄是非或說蠢話，只是覺得若喬煽動起了你的情緒，你早晚要為此後悔的。你對我們這麼好，我們把你視同兄弟，想到什麼便說什麼。原諒我吧，我是一片好意。」瑪格羞怯而誠意十足地伸出她的手。

勞里為自己一時惱怒感到慚愧，他握住那隻友善的小手，坦率地說：「我才要請你原諒，我太暴躁了，今天一整天都心情不好。我喜歡你們把我的缺點告訴我，像姊妹一般待我。我有時候脾氣很壞，還請不要見怪啊。還是很感謝你。」

他一心想表示自己沒有動氣，殷勤地討她們的喜歡——替瑪格纏棉線，背詩哄喬高興，為貝絲搖落毬果，幫艾美找蕨草畫畫，以此證明自己是「勤蜂社」的合格社員。正當他們熱烈討論著烏龜的生活習性時（有一隻可愛的烏龜從河中踱上岸來），隱約飄來的鈴聲提醒他們漢娜已經把沏好的茶「悶上」了，下山回家剛好能準時吃到晚餐。

「下次我還可以來嗎？」勞里問。

「可以，只要你表現好，愛念書，就像啟蒙書裡對小孩子的教導那樣。」瑪格微笑著說。

「我會努力的。」

「那你就可以來，我會教你像蘇格蘭人一樣打毛線，軍隊裡正需要襪子呢。」喬接著說，一面搖旗似的揮了揮她織的藍色大毛線襪。隨後他們在大門口道別。

那天晚上，貝絲在暮色中為勞倫斯老先生彈琴。勞里站在窗帷遮蔽處聆聽，她單純的音樂總能安撫他鬱鬱不樂的心。勞里望著老先生，只見他坐在那裡，一手撐著白髮蒼蒼的腦袋，溫柔地追憶他深愛的已逝孫女。想起下午的談話，男孩決定心甘情願犧牲，他自語道：「讓我的『空中樓閣』遠去吧，只要這位親愛的老先生需要我，我就陪著他，因為我是他的唯一。」

14 祕密

喬正在閣樓忙碌，十月天氣轉涼，下午也變短了。太陽在高窗上暖洋洋地躺了兩三個小時，照見喬坐在舊沙發上奮筆疾書，稿紙鋪在她面前的皮箱上。愛鼠爪爪在房梁上散步，陪同的是其長子——一隻小巧的幼鼠，顯然頗以自己的鬍鬚為傲。喬埋首振筆疾書，直至寫完最後一頁，大筆一揮簽上名字，隨後丟下筆高喊：「好了，我盡力了！如果這篇還不行，就得等到我能寫得更好的時候了。」

她向後往沙發上一靠，仔細地將手稿通讀一遍，在這裡那裡加上破折號，又像畫小氣球似的添上許多感嘆號，讀完後用一條漂亮的紅絲帶束起手稿，帶著肅穆而神往的表情朝它凝視了一會兒，顯見她寫得多麼熱忱啊。喬閣樓上的書桌，原本是一個靠牆掛著的舊錫皮櫃。她在裡面存放著文稿和一些書，使之安然與爪爪隔絕。爪爪同樣富有書卷氣，愛好啃書，喜歡將目光所及的書本變成「流動圖書館」中的一員。喬從這個錫皮櫃裡取出另一疊手稿，把兩份稿子都放進口袋，躡足走下樓去，留下那兩位朋友嘗她的筆、品她的墨。

她悄無聲息地戴上帽子，換好衣服，鑽出後窗，踩著下層門廊的廊頂縱身蕩下，落到草埂上，隨後繞行至馬路邊。她這才定了定神，搭上一輛過路的公共馬車往城裡去了，臉上滿是歡愉與神祕。

假如有人一路上觀察她，必定覺得她的舉止怪異得很。她一下車便大步流星走開去，直走到一條熙攘街道的某個門牌前。好不容易才找對地方，鑽進門口，抬眼只見一道髒兮兮的樓梯，她怔怔地呆立片刻，突然衝回街上，像來時那樣疾步走開。她這樣來而又去了兩三趟，使對面大樓憑窗觀望的一位黑眼睛年輕先生看得好生有趣。第三次返回時，喬鼓起勇氣，把帽簷拉低遮住眼睛，走上樓梯，好像要進去拔光牙齒似的。

那棟房子門口掛著幾塊招牌，其中一塊是牙醫的，上有一副緩緩開合的假顎，吸引行人注意那一口皓齒。那位年輕先生盯著招牌看了一會兒，便穿上外套，拿起帽子，下樓來到對面的門口，打了個冷顫，微笑道：「這確實是她的脾氣，自己就跑來了，可是如果她受了罪，總需要有人陪她回家的。」

不出十分鐘，喬就滿面通紅地跑下樓來，一副剛剛歷經磨難的模樣。她見了年輕先生，臉上並沒有半點喜色，點了點頭便從他旁邊走過去。他跟在後面，以憐惜的語氣問道：「是不是不好？」

「還好。」

「倒還滿快的。」

「是啊，謝天謝地！」

「你為什麼一個人來？」

「不想讓人知道。」

「我從沒見過你這麼古怪的傢伙。取出了幾個？」

喬看著她的朋友，似乎一時不明所以，然後像是被什麼事逗得樂不可支，大笑了起來。

「我想要兩個都出來，不過還得等一星期。」

「你在笑什麼呀？又在淘氣了吧，喬。」勞里一頭霧水。

「你也一樣啊。你剛才在對面樓上的撞球室裡做什麼，先生？」

「抱歉，小姐，那間不是撞球室，是體育館，我在上擊劍課呢。」

「那我就開心了。」

「為什麼？」

「你可以教我，以後我們演《哈姆雷特》，你就可以當雷歐提斯，擊劍那場戲[56]我們會演得很精彩。」

勞里孩子氣地放聲大笑，引得幾個過路人也禁不住微笑。

「不管我們演不演《哈姆雷特》，我都會教你的。擊劍非常好玩，還能端正體態。不過我想，你說『那我就開心了』說得那麼堅決，不只是為了這個理由，對不對？」

「對，我很高興你沒去撞球室，因為我希望你永遠不要到那種地方去。你平時會去嗎？」

「不常去。」

「但願你別去。」

「這沒什麼壞處的，喬。我家也有撞球，但是缺了好對手就一點也不好玩了。我喜歡撞球，有時候也會來和內德．莫法特或其他朋友打上一場。」

「天啊，真為你難過，你會越來越入迷，浪費時間和金錢，變得像那些可怕的男孩一樣。我總希望你保持體面，讓你的朋友高興。」喬說著搖了搖頭。

「難道一個人偶爾找些無傷大雅的娛樂，就有失體面嗎？」勞里似乎有些氣惱。

「那要看娛樂的地點和情形。我不喜歡內德和他那群朋友，希望你別和他們走得太近。媽媽不讓我們請他到家裡來，雖然他很想來。要是你變得像他一樣，她一定不肯讓我們像現在這樣一起玩樂了。」

「是嗎？」勞里焦慮地問。

「是啊，她看不慣那些紈絝子弟，寧可把我們關進硬紙盒，也不希望我們和他們來往。」

「哦，她還不需要把盒子拿出來。我不是紈絝子弟，也不想做那種人，但我還是喜歡偶爾玩些沒害處的遊戲，你不喜歡嗎？」

「喜歡啊，誰都不會反對這些的，你盡可以去玩，只是別玩過頭了，好嗎？不然我們歡樂的

56 擊劍那場戲：指《哈姆雷特》第五幕第二場中哈姆雷特與雷歐提斯兩人比劍的戲。

日子就要沒了。」

「我會做個徹頭徹尾的聖人。」

「我受不了聖人。就做個單純、誠實又正派的男孩吧，我們絕不會丟下你的。假如你的行為像金先生的兒子那樣，我可不知道如何是好了。他有的是錢，卻不懂怎麼善用，只曉得酗酒、賭博，後來離家出走，好像還偽造他爸爸的簽名，實在太糟糕了。」

「你認為我也會做出這種事情嗎？多謝了。」

「不，不是的──哎呀，不是的！不過我聽人說金錢是極大的誘惑，因而有時候寧願你窮一點，那樣我就不用擔心了。」

「你常為我擔心嗎，喬？」

「你偶爾會鬧脾氣、不高興，我多少會有點擔心。你個性固執，一旦走錯了路，恐怕我也攔不住你。」

勞里默默無言走了幾分鐘，喬望望他，恨自己不該多嘴。他雖然嘴角帶笑，似乎接受告誡，眼神卻分明透著惱怒。

「你打算一路教訓我到家門口嗎？」不一會兒他問道。

「當然不是啊，怎麼了？」

「如果你這麼打算，我就要去坐公共馬車了。如果不是的話，我想和你一起散步回家，跟你講一件很有趣的事情。」

「我不會再說教了。有什麼新鮮事嗎？我很想聽聽。」

「那好，走吧。不過，這是祕密，我告訴了你，你也要把你的祕密講一個給我聽。」

「我沒有祕密。」喬正開口，又忽然打住了，想起自己確實有祕密。

「你知道你有——你藏不住事情的，快從實招來，否則我也不告訴你。」勞里喊道。

「你的祕密很稀奇嗎？」

「噢，那當然了！和你認識的人有關，真是太有趣了！你應該聽聽，我早就想告訴你了。來，你先說你的。」

「你回家後什麼也不能說，好嗎？」

「一個字也不說。」

「私底下也不會戲弄我吧？」

「我從不戲弄人。」

「不，你會的。你想知道的事，總能從別人那裡挖出來。我不知道你是怎麼做到的，你就是天生會花言巧語。」

「謝謝。你說吧。」

「嗯……我剛才把兩篇小說交給了一位報社編輯，他說他下週會答覆我。」喬對她的知己耳語道。

「恭喜美國著名女作家馬奇小姐！」勞里歡呼著，將帽子拋起又接住，此時他們已出了城，一旁的兩隻鴨子、四隻貓咪、五隻母雞和六個愛爾蘭小孩看得樂不可支。

「噓！這想必不會有結果的。但是我不試一下總不甘心，這件事我從沒提起過，因為不想讓別人失望。」

「不會失敗的。哎，喬，每天發表的那些文章半數是垃圾，相較之下，你的小說簡直是莎士比亞的大作。看它們印成鉛字多開心呀？我們不該為你這位女作家感到驕傲嗎？」

喬雙眼發亮，受人信任總是快樂的，一位友人的讚美也總是比一打報紙的吹捧更為悅耳。

「你的祕密呢？公平點，泰迪，不然我再也不相信你了。」她試圖熄滅由一句鼓勵煽起的燦爛希望。

「說出來我恐怕會惹上麻煩，不過我也沒向誰保證過要守口如瓶，所以我會告訴你的，但凡有一丁點好消息，總要告訴你我才心安——我知道瑪格的手套在哪裡。」

「就這些？」喬看起來很失望，勞里點點頭，眨眨眼，臉上滿是神祕與機敏。

「目前知道這些就夠了——要是我告訴你那隻手套在哪裡，你也會贊同的。」

「那就說吧。」

勞里俯身，在喬耳邊低語了幾個字，便使喬起了滑稽的變化。她止步盯著他看了一會兒，神色詫異而不悅，接著又向前走，厲聲道：「你怎麼知道的？」

「看見的。」

「在哪裡？」

「口袋裡。」

「一直都在？」

「是啊，是不是很浪漫？」

「不，很可怕。」

「你不喜歡這事？」

「我當然不喜歡。這很荒謬，不可容許。天啊！瑪格知道了會怎麼說？」

「你不能告訴任何人，記住啊。」

「我沒答應過。」

「這是你我心照不宣的，我相信你。」

「好吧，反正，我暫時不說。可是我覺得討厭，真希望你沒跟我講過。」

「我以為你會高興呢。」

「高興有人要來把瑪格帶走？才不呢，謝謝。」

「等有人來把你帶走的時候，你或許會好受些的。」

「我倒想看看誰敢來試試。」喬凶巴巴地叫道。

「我也想看看！」勞里因這個念頭竊笑起來。

「我覺得我不適合聽祕密。聽你講完祕密，我心裡七上八下的。」喬並無感謝之意。

「和我比賽跑下山去，你就會沒事了。」勞里提議。

四下無人，喬眼前是一條誘人奔跑的平坦下坡路，她難抵誘惑，飛奔而下，沒多久帽子和髮飾便掉在身後，束髮夾也紛紛散落。勞里率先抵達終點，見自己的辦法成功了，頗感滿意。他的亞特蘭塔[57]喘著氣跑來，頭髮飄揚，眼睛閃亮，雙頰緋紅，臉上已無不滿之色。

「我真想變成一匹馬，那樣我在這宜人的微風中跑上幾英里也不會氣喘吁吁了。跑步很棒，但是瞧瞧我都變成什麼德行了。快去，像你這小天使平素的樣子，替我把東西撿回來。」喬說著，一屁股坐到一棵楓樹底下，絳紅的楓葉鋪滿了山埂。

勞里不慌不忙地上山去拾掉落的東西，喬編著髮辮，指望整理好儀容之前沒有人經過這裡。偏偏就有一個人經過，不是別人，正是瑪格，她剛拜訪朋友回來，身著出客的正裝，顯得格外嫻雅。

「你們究竟在這裡做什麼？」她問道，驚訝卻不失矜莊地注視著披頭散髮的妹妹。

「撿楓葉。」喬溫順地回答，一面在剛剛掬起的一把紅葉中挑選。

「還有束髮夾。」勞里接上話頭，將五、六枚束髮夾拋進喬的裙子上，「都是從這條路上長出來的，瑪格，還長著髮飾和棕色草帽。」

「你跑下來的？喬，怎麼又跑呢？你何時才能不這樣跑跑跳跳的？」瑪格責備道，她捋平袖口，又順了順被風吹亂的頭髮。

「到年老腿僵、走路得拄枴杖之前，絕不可能。別想叫我提早長大，瑪格。看你一下子變了個樣已經夠難受了，就讓我在能做女孩時盡可能多做一陣子吧。」

喬說話時低頭看著楓葉，以掩飾嘴角的顫抖。最近她感到瑪格正迅速長成一個大人，聽了勞里的祕密，又擔心分離必然將至，且看來已為時不遠。勞里看出她面露憂色，忙發問引開瑪格的注意：「你打扮得這麼光鮮，去哪裡做客了？」

「加德納家。莎莉跟我好好講了講貝兒．莫法特的婚禮。婚禮辦得很隆重，他們已經去巴黎過冬了。想想這有多快樂呀！」

「你羨慕她嗎，瑪格？」勞里說。

「我想是吧。」

「這真讓我高興！」喬喃喃道，猛地繫緊了帽子。

「為什麼？」瑪格訝然問道。

「因為如果你重視財富，就絕不會跑去嫁給窮人了。」喬說著，對勞里皺了皺眉頭，因為勞里正悄悄提醒她說話要謹慎。

「我永遠不會『跑去嫁給』誰的。」瑪格說罷，昂首闊步向前走去。喬和勞里跟在後面，低語說笑，扔石子打水漂。「像小孩子似的」——瑪格這麼自言自語，其實要不是她穿著最好的衣裝，或許也會忍不住去和他們一起玩鬧呢。

---

57 亞特蘭塔：希臘神話中捷足善奔的女獵手，向她求婚者需與其賽跑，勝者方能娶其為妻，敗者處死。希波墨涅斯與她比賽時，扔出三顆金蘋果引誘她撿起，因而取勝。

之後的一兩個星期裡，喬舉止反常，姊妹見了都莫名其妙。郵差一按門鈴，她就衝到門口；遇上布魯克先生，她總不以禮相待；她常愁雲滿面地坐望瑪格，時而跳起來抓著她搖晃，再親吻她，神情詭異；勞里和喬總是互打暗號，談論著什麼「展翼鷹」。最終姊妹斷言這兩人都失去理智了。在喬越窗而出後的第二個星期六，瑪格坐在窗前縫紉，只見勞里追著喬滿園子跑，最後在艾美的花棚下把她捉住，這一幕令瑪格心生不悅。之後發生了什麼，瑪格看不到了，只聽得尖聲的歡笑，而後是一陣呢喃和嘩啦啦揮動報紙的聲音。

「我們對這個女孩如何是好呢?她永遠不會有個淑女樣。」瑪格望見這場追逐，一臉不讚許地歎道。

「我倒希望她不會變，她現在這樣多有趣、多可愛呀。」貝絲說。喬和別人而不是和她說祕密，她有點傷心，不過絲毫沒有流露出來。

「難得很，我們怎麼都沒法讓她得意（得宜）[58]的。」艾美接著說。她正坐在一旁替自己做幾條新的花邊，她的一頭鬈髮漂漂亮亮地束起——這兩件事都令她很愉快，感覺自己格外優雅賢淑。

過了一會兒，喬蹦進來，往沙發上一躺，假裝看起報紙來。

「你在報上讀到什麼有趣的東西嗎？」瑪格不以為然地問道。

「只是一篇小說，我看沒什麼大不了的。」喬回答，小心地掩起報紙名字不給人看見。

「你還是念出來吧，我們聽了高興，你也能別再去淘氣了。」艾美用她最老成的口吻說道。

「標題是什麼？」貝絲問，納悶喬為什麼拿報紙遮住臉。

「〈畫家爭鋒〉。」

「聽起來不錯，念一念吧。」瑪格說。

喬高聲清了清嗓子，深吸一口氣，便快速地念了起來。姊妹都興趣盎然地聽著，這則故事情節浪漫，又有些悲傷，大半人物最後都死了。

「我喜歡對那幅優美畫作的描寫。」喬停下時，艾美稱讚道。

「我更愛談感情的部分。『薇奧拉』和『安傑洛』是兩個我們特別喜歡的名字，是不是很奇妙？」瑪格說著擦了擦眼睛，因為「談感情的部分」寫得很悽楚。

「是誰寫的？」貝絲問時，瞥見了喬的臉。

讀報人突然坐起身，拋開報紙，現出一張漲紅的面孔，神情頗有趣，莊嚴中摻雜著興奮，她響亮地答道：「你的姊姊。」

「你？」瑪格大叫一聲，丟下手裡的東西。

「很不錯。」艾美評論道。

「我就知道！我就知道！我的喬啊，我真為你驕傲！」貝絲跑上前去抱住姊姊，為她了不起

---

58 得意（得宜）：原文為法文。

的成就雀躍不已。

天啊，姊妹幾個真是快樂無比！瑪格直到看見報上白紙黑字印著「喬瑟芬．馬奇小姐」這幾個字，才確實相信此事。艾美殷勤地對有關美術的段落加以評論，並為小說續篇提供建議，可惜故事難以為繼，因為男女主角都已死去。貝絲十分興奮，連蹦帶跳地唱起歌來。漢娜也進屋來大喊：「好傢伙，難以置信啊！」「喬這傢伙的作為」使她大為驚奇。馬奇太太聽了消息也相當自豪。喬笑得泛出眼淚來，說自己好不容易當一回小孔雀，炫耀個夠也無妨。報紙在一隻隻手中傳閱，《展翼鷹》得意地在馬奇家振翅翻飛。

「跟我們說說事情經過。」「什麼時候的事？」「你拿到多少稿酬？」「爸爸知道了會說什麼呀？」「勞里會不會笑你？」一家人簇擁著喬，七嘴八舌地叫喊。家中每一樁小小的喜事，這些憨厚又深情的人兒都要為之歡慶一場。

「別吵了，大家，我一五一十告訴你們。」喬說。她想知道伯尼[59]小姐出版《依芙萊娜》時，是否比自己發表〈畫家爭鋒〉更加喜悅。喬講完兩篇故事的投稿情形，接著說：「那天我去問回音，報社的人說他兩篇都很中意，不過對新的投稿者不支付稿酬，只把故事登報，加以評點。他說，這是練筆的好機會，等新手進步了，誰都樂意付稿酬的。所以我就把兩篇小說交由他處置，今天他們寄來這張報紙，勞里碰巧見我拿著報紙，非要看一看，我就給他看了。他說寫得不錯，我該繼續寫，他會想辦法讓下一篇有稿酬可領。我太高興了，搞不好我以後就能自食其力，還能幫助姊姊妹妹呢。」

喬一口氣說到這裡，用報紙蒙住臉，幾滴滑落的眼淚沾溼了她的小故事。自力更生、贏得所愛之人的讚美，是她心頭最深切的願望。今天這一步似乎是走向美滿終點的第一步。

59 范妮·伯尼（一七五二—一八四〇）：英國諷刺小說家、日記作家和劇作家，長篇小說《依芙萊娜》為其處女作。

15 一封電報

「十一月是一年裡最討人厭的月分。」瑪格說。這個陰沉沉的下午，她站在窗前，望著飽受霜害的花園。

「這就是我生在十一月的緣故啊。」喬若有所思地說，沒有覺察鼻頭染了一道墨漬。

「如果現在有什麼大好事發生，我們就會覺得這是一個快樂的月分了吧。」貝絲凡事都抱持樂觀態度，就連對十一月也不例外。

「很可能。但是這個家裡從沒有好事發生呀。」瑪格心情不好，她又說，「我們日復一日做著苦工，生活一成不變，沒什麼樂趣，真讓人受不了。」

「天啊，我們真是憂鬱！」喬叫道，「倒也不奇怪，可憐的好姊姊，你眼見別人家的女兒過得舒舒服服，你卻苦苦勞動，一年又一年。噢，我恨不得像為小說主角做的一樣，為你安排一切！你已經夠漂亮、夠善良了，我想安排一個富有的親戚留給你一筆意外之財，你以繼承人之姿亮相，凡是以前瞧不起你的，你盡可以對他們嗤之以鼻。然後你可以出國，成為某某夫人，最後衣錦還鄉，風風光光。」

「如今沒有人用這種方式得到財產了，想有錢，男人得工作，女人得嫁人。這是個極不公平的世界。」瑪格酸楚地說。

「我和喬會為你們大家去賺錢，只要再過十年，等著看吧。」艾美說。她正坐在角落裡做「泥土派」——漢娜這麼稱呼她那些鳥兒、水果和人臉的小泥塑。

「等不及了，我對墨水和泥土怕是沒多少信心，不過很感謝你們的美意。」

瑪格歎了口氣，又回過頭去看結霜的花園。喬也吁了一聲，雙肘支在桌上，神情頹喪。艾美倒是勁頭十足地繼續拍打著黏土。貝絲坐在另一扇窗前，微笑著說：「有兩件好事快要發生了：媽媽從街那頭走來了，勞里也穿過花園，好像是來報什麼喜訊的。」

這兩人先後走進屋，馬奇太太照常問道：「你們幾個，有爸爸的信嗎？」勞里則勸誘說：「你們有誰想來坐馬車嗎？我念數學念得腦袋一塌糊塗了，打算輕鬆地跑一圈，清醒一下。今天雖是陰天，空氣倒還不錯，我要送布魯克先生回家，所以就算外面沉悶，車裡還是熱鬧的。來吧，喬，你們和貝絲都來，好嗎？」

「當然好。」

「多謝，可是我沒有空。」瑪格唰地取過針線籃。她已和媽媽說定，至少對她而言，不要常和這位年輕先生坐車出遊才好。

「我們三個馬上就準備好。」艾美叫著，趕緊跑去洗手。

「有什麼事能為你效勞嗎，伯母？」勞里在馬奇太太椅邊傾身，以對她一貫的親暱眼神和語氣問道。

「沒什麼，謝謝，只是如果你願意的話，麻煩繞到郵局看看，親愛的。今天照理該有一封信的，郵差卻沒來。她們爸爸的信總像太陽一樣準時，也許是在路上耽擱了。」

一陣急促的門鈴聲打斷了她的話，不一會兒漢娜拿了一封信進來。

「是可怕的電報呀，太太。」她說著將電報遞上前，一副擔心它會爆炸傷人的樣子。

聽到「電報」二字，馬奇太太一把接了過來，讀完裡面的兩行字，便朝後倒坐在椅子上，面色慘白，彷彿這張小紙片射了一枚子彈，直穿她的心臟。勞里見狀馬上衝下樓去取水，瑪格和漢娜將她扶住，喬聲音驚惶地讀出電文——

馬奇太太：

尊夫病重。速來。

S．黑爾

華盛頓布蘭克醫院

大家屏息聽著，屋裡寂靜無聲，窗外天色莫名地暗下來，轉瞬間整個世界都變了樣。女孩圍在母親四周，隱約感到所有的幸福和生活支柱即將被剝奪。馬奇太太隨即回過神來，把電報又看了一次，然後向女兒張開雙臂，用一種她們永生難忘的語調說道：「我得立刻趕去，說不定已經太遲了。你們幾個孩子啊，幫我度過難關吧。」

一時間屋裡只聽得啜泣的聲音，間或一兩聲斷續的慰語，互相幫助的柔聲應許，還有消散在涕淚中的樂觀耳語。可憐的漢娜首先恢復鎮定，無意間的明智之舉為其他人做了表率。對她來說，工作是能治多數苦痛的萬靈丹。

「老天保佑這好人！我不浪費時間哭哭啼啼了，這就去幫你收拾行李，太太。」她由衷地說著，用圍裙把臉一抹，伸出她粗糲的手，深情地握了握女主人的手，而後轉身離開，一人抵三人地收拾去了。

「她說得對，現在沒時間掉眼淚。冷靜，你們幾個，讓我想想。」

可憐的孩子，她們竭力冷靜。媽媽坐直身子，仍是一臉蒼白，但神色堅定。她收起悲傷，為一家人思索對策。

「勞里呢？」她理了理思緒，決定好先做哪些事之後立刻問道。

「在這裡，伯母。噢，讓我出點力吧！」男孩連忙從隔壁房跑來喊道。他剛才退到隔壁，是覺得她們最初的哀傷不容干涉，哪怕是他友善的雙眼也窺視不得。

「拍一封電報說我即刻就來。下一班火車明天一早發車，我就搭那班。」

「還有呢？馬匹已備好了，我可以去任何地方做任何事情。」他像是準備奔赴天涯海角。

「送一張字條到馬奇姑婆家。喬，把那邊的紙筆給我。」

喬從剛剛謄寫好的手稿中撕下一塊空白的頁邊，把桌子拉到母親面前。她很明白為了這趟傷心的長途旅程，必定要向人借旅費，她覺得只要能為父親盡綿薄之力，她什麼都肯做。

「去吧，親愛的。可別跑得太快摔到自己，用不著那樣。」

馬奇太太這句提醒顯然被勞里置之腦後，五分鐘後，他拚了命似的騎著快馬，從窗邊飛奔而過。

「喬，去援助會那邊，告訴金太太我去不了了。路上帶些東西回來，我寫給你，都用得到的，去護理我得配備齊全。醫院準備的東西不一定好。貝絲，去向勞倫斯老先生討兩瓶老酒。為了你們的爸爸，我也顧不得顏面了，樣樣都要給他最好的。艾美，請漢娜把那個黑皮箱提下來。瑪格，來幫我找東西，我有些昏頭昏腦了。」

邊寫，邊想，邊指揮，不免使這可憐的女士昏了頭。瑪格懇請她回房稍事歇息，事情交給她們做。眾人像狂風吹落葉般四散而去。那張紙片猶如一道魔咒，頃刻間打破了這個家庭的寧靜與幸福。

勞倫斯老先生隨著貝絲匆匆趕來，這位好心的老先生為病人帶來了他能想到的一切慰問品，還極盡友善地答應馬奇太太，在她出門期間會照看幾個女孩，這讓她安心不少。老先生的關心無微不至，連自己的睡袍都送來了，還提出願意親自護送。親自護送是不可能的。馬奇太太不願老先生長途跋涉，不過聽他這樣說，臉上露出寬解的神情，畢竟憂心如焚地上路也不好。老先生見了她的神情，濃眉一皺，搓了搓雙手，突然大步離開，說是去去就來。大家正忙碌，也不以為意。後來瑪格一手提著一雙橡膠鞋，一手端著一杯茶走過門廊，驀地碰見了布魯克先生。

「馬奇小姐，聽到消息我很難過。」他的語調仁慈而平靜，在心神不寧的瑪格聽來十分悅耳，「我是來護送令堂的。勞倫斯老先生正好要我到華盛頓去辦點事情。能為令堂效勞，愉快之至。」

橡膠鞋撲通落地，那杯茶也險些灑了，瑪格伸出一隻手，臉上滿是感激之情。布魯克先生見狀，只覺得該做出更大的犧牲，而不僅僅像現在這樣，付出微不足道的時間和安慰。

「你們真是太好了！我想媽媽一定會答應的。有個人照應她，我們也好放心。非常、非常感謝你！」

瑪格說得懇切，全然忘我，直到俯視著她的那雙褐色眼睛，使她想起手中變涼的茶水，這才把布魯克先生帶到客廳，說去叫母親過來。

一切安排就緒後，勞里也回來了。他從馬奇姑婆那裡帶回一封短信，內附馬奇太太求借的路費。信上幾行字仍是她以前嘮叨的話——她常告訴他們馬奇先生去從軍很荒唐，常預言這不會有好結果，她希望他們下次要聽她的勸。馬奇太太把信丟進火爐，把錢收進錢包裡。她緊抿雙唇，繼續打點行裝。喬要是在場，一定明白她的心情。

一下午很快便過去了，其他差事都已辦妥，瑪格和媽媽還在忙著做一些必要的縫紉工作，貝絲和艾美沏了茶，漢娜如她所說「乒乒乓乓」俐落地熨好了衣物，只剩喬還沒有回來。大家著急起來，勞里出去找她，沒人知道喬的腦袋裡會冒出什麼怪念頭。但勞里沒遇見她，她自己走進家門，神色十分怪異，既開心又擔心，滿足中夾雜著懊悔，正當家人不解之時，她把一捲鈔票放到母親面前，大家更搞不清楚了。她帶著一絲哽咽說道：「我也貢獻一些，希望爸爸好起來，平安回家！」

「天啊，你從哪裡弄來的錢？二十五塊！喬，你可沒做什麼衝動事吧？」

「沒有，這錢確確實實是我的。我沒討，沒借，也沒偷。是我賺來的，我覺得你不會責備我的，我只是把自己的東西賣掉了。」

喬一面說，一面摘下軟帽，屋裡一片譁然，因為她剪去了那頭如雲的長髮。

「你的頭髮！你美麗的頭髮！」「噢，喬，你怎麼能這樣？你的一頭秀髮呀。」「好孩子，用不著這麼做啊。」「這模樣不像我的喬了，卻叫我更愛她了！」

在眾人的驚呼中，貝絲溫柔地摟住了那顆頭髮短短的腦袋。喬裝出一副滿不在乎的神情，然而絲毫騙不了人。她抬手揉了揉棕色的短髮，竭力顯得喜歡這髮型：「這又不會影響國運，別哇哇大哭了，貝絲。這倒可以殺殺我的虛榮心，我對自己的頭髮太得意了些。剪掉那頭亂髮，對我的頭腦有好處，現在我感覺特別清爽涼快，理髮師說我很快就能有一頭捲捲的短髮，男孩子氣，好看又好打理。我高興得很，請收好這些錢，我們吃晚飯吧。」

「喬，把事情經過告訴我。我可不怎麼高興，但是我沒法責備你，我知道你因為愛爸爸，心甘情願犧牲你所謂的虛榮心。不過，親愛的，用不著這樣，我怕你過不了多久就會後悔的。」馬奇太太說。

「我才不會呢！」喬堅決地答道。媽媽沒有一味地怪罪她胡鬧，她如釋重負。

「你怎麼下決心去剪的？」艾美問。假如要她剪掉秀髮，那和要了她的命沒兩樣。

「嗯……我太想為爸爸做些什麼了。」喬回答。她們已圍坐在桌邊，健康的年輕人雖則遇到困難，飯總是吃得下的。「我和媽媽一樣，不喜歡向人家借錢。我又知道馬奇姑婆會囉唆，她向來如此，哪怕你只要一個銅板。瑪格一季的薪水都拿來付房租了，而我卻用薪水添置衣服，我覺得自己罪過很大，就算要賣掉自己的鼻子，也一定得籌些錢來。」

「你不用這麼覺得，孩子。你沒有冬天的衣服，用辛苦賺來的錢買了些最簡樸的東西而已。」馬奇太太的眼神溫暖了喬的心。

「起先我根本沒想過要賣頭髮，邊走邊不停地想著自己能做什麼，恨不得鑽進琳琅滿目的商店，拿取所需。後來我路過一家理髮店的櫥窗，看見標了價的髮辮，其中有一束黑色的，還不及我的辮子粗，標價四十元。我突然想到自己也有一樣生財之物，於是不假思索走進店裡，問他們買不買頭髮，能出多少錢買我的頭髮。」

「真不懂你哪來的膽量。」貝絲語帶敬畏。

「噢，那人是個小個子，彷彿把頭髮抹得油亮就是他人生唯一要務。他一開始瞪大了眼睛，像是很少碰到女孩衝進店裡，要他買頭髮。他原先說對我的頭髮沒興趣，顏色不流行，他不會出高價，這頭髮要經過加工才賣得出價錢什麼的。天色漸漸晚了，我擔心不速戰速決，這件事就辦不成了，你也知道我做事一旦開了頭，就不願半途而廢。於是我求他買下頭髮，告訴他為什麼我這麼急。這麼做是很傻，但是改變了他的心意。我當時越說越激動，把事情說得顛三倒四的，他太太聽了，很好心地說：『買了吧，湯瑪斯，成全這位小姐吧。要是我有一把能賣錢的頭髮，我也會隨時為我們的吉米這麼做的。』」

「吉米是誰？」艾美問。她聽人講話喜歡一有不懂就發問。

「她的兒子——也在軍中。這種事情讓陌生人一見如故啊，對吧？她先生幫我剪頭髮的時候，她一直聊個不停，好轉移我的注意力。」

「第一刀剪下去時，你不難受嗎？」瑪格打了個寒噤問道。

「那人去拿工具的時候，我朝自己的頭髮看了最後一眼，事情就是這樣。我從不為這種小事哭泣。不過我要承認，看到寶貝頭髮攤在桌上，摸摸那粗糙的髮梢，感覺暈暈的，簡直像缺了一隻手或少了一條腿。那位太太見我望著頭髮，就撿起一束長髮給我保存。媽媽，我把它交給你，紀念過往的風采吧。短髮舒服極了，我想我再也不會留長髮了。」

馬奇太太折起那束微捲的栗色頭髮，收進書桌，和一綹灰白的短髮擺在一起。她只說了一句「謝謝你，寶貝」，但臉上的神情卻使幾個女兒轉換了話題。她們盡量樂觀地談論布魯克先生的善良，預測明天是好天氣，想像把爸爸接回家照顧後，她們會快樂地過日子。

到了晚上十點，大家仍不願去睡。馬奇太太放下最後做完的東西，說道：「來吧，你們幾個。」貝絲坐到鋼琴前，彈起爸爸最愛的歌曲。大家苦中作樂唱了起來，卻一個接一個泣不成聲，最後只剩貝絲縱情唱著，對她來說，音樂永遠是甜蜜的安慰。

「去睡吧，別聊天，我們明天得早起，一定要睡飽了。我的寶貝，晚安。」讚美詩結束後，馬奇太太說。誰也沒心情再唱一曲了。

孩子輕輕地吻了她，靜悄悄地回房就寢，彷彿那位親愛的病人已安睡在隔壁房間。儘管有深深的煩惱，貝絲和艾美很快就進入了夢鄉。瑪格卻睡不著，思考著她年輕的人生迄今最重大的心事。喬一動不動地躺著，姊姊原以為她睡熟了，卻碰到她淚溼的臉頰，一聲悶悶的嗚咽令姊姊驚叫起來：「喬，親愛的，怎麼了？你為了爸爸在哭嗎？」

「不是，現在不是。」

「那是為什麼？」

「我的——我的頭髮！」可憐的喬脫口說道。她試圖用枕頭壓抑情緒，卻只是徒勞。

瑪格聽了，絲毫不覺得好笑，她極其溫柔地親吻、撫摸著這位受苦的英雄。

「我不後悔。」喬聲音哽咽地辯解，「假如明天可以再剪一次的話，我還是會剪。是虛榮心和自私心叫我這樣傻頭傻腦地掉眼淚。不要告訴別人，現在沒事了。我以為你睡了，才偷偷為自己的秀髮歎一口氣。你怎麼也醒著？」

「我睡不著，很擔心。」瑪格說。

「想點高興的事吧，不一會兒就睡著了。」

「我試過了，結果越想越清醒。」

「你想了什麼？」

「俊美的面孔——特別是眼睛。」瑪格答道，在黑暗中顧自微笑。

「你最喜歡什麼顏色的眼睛？」

「褐色的——有時候喜歡。藍色也很漂亮。」

喬笑出聲來。瑪格嚴厲地要她別多話了，又和和氣氣地保證會幫她捲頭髮，然後便漸漸入夢，住進了「空中樓閣」。

午夜鐘響，房內闃然無聲。此時有一個人影悄悄地從一張床走到另一張床，撫平這裡的床罩，墊好那裡的枕頭，慈愛地駐足，對每一張睡臉凝視許久，親吻她們，送去無聲的祝福，以母親獨有的熱忱為她們祈禱。當她掀開窗簾望向淒清夜空，明月倏然破雲而出照耀著她，宛若一張皎潔而仁慈的臉龐，在寂靜中對她低語：「親愛的人兒，安心些吧！雲後總有光。」

16 信

陰冷灰暗的黎明，姊妹點亮燈，提起前所未有的認真態度閱讀她們的小書。此刻，一道大難的陰雲臨頭，書中的篇章充滿幫助與安慰。她們起身穿衣，彼此說定要高高興興、滿懷希望地和媽媽道別，送行時不流淚、不訴苦，不讓她本已焦慮的旅程徒增憂愁。她們來到樓下，一切都顯得非常陌生——屋外那麼昏暗岑寂，屋內卻燈火通明，喧鬧忙亂。天剛亮就吃早餐似乎很怪，就連漢娜看起來也有些反常，她正戴著睡帽，在廚房忙得團團轉。那個大皮箱已經立在門廳裡，媽媽的斗篷和軟帽則擺在沙發上。媽媽坐在桌邊，想多少吃點東西，一張臉卻蒼白憔悴，布滿失眠與焦慮之色。幾個女孩見了，真覺得難以守住剛才的約定。瑪格眼中不由得噙滿淚水。喬只好一再把臉埋進廚房的毛巾裡。兩個妹妹愁眉不展，表情凝重，彷彿初次經歷哀傷。

大家坐著等候馬車，都不怎麼說話。送別的時刻迫近。幾個女孩為媽媽忙了起來，一個替她折披肩，一個整理帽帶，一個幫她穿上套鞋，另一個束緊了她的旅行袋。馬奇太太對她們說：

「孩子，我把你們交給漢娜照看，託勞倫斯老先生保護你們。漢娜忠心耿耿，我們的好鄰居也會視如己出地照顧你們。我一點也不擔心，只是迫切希望你們正確地應對這次困難。我離開後，你們不要傷心、不要發愁，也不要以為偷閒或暫時忘記就可以得到安慰。一如平日繼續工作吧，因為工作是幸福的慰藉。心懷盼望，保持忙碌。無論發生什麼，要記住你們絕不會失去爸爸的。」

「好的，媽媽。」

「瑪格，親愛的，小心些，照看好妹妹，有事就請教漢娜，如果遇上什麼難題，可以向勞倫斯老先生求助。喬，耐心些，別氣餒，行事別衝動，多寫信給我，做個勇敢的孩子，隨時幫助和鼓勵大家。貝絲，用你的音樂安慰自己吧，為家中的小事盡責。還有你，艾美，盡你的能力幫忙，要聽話，放心快樂地等在家裡。」

「我們會的，媽媽！我們會的！」

馬車轆轆地駛近，大家驚起傾聽。這是艱難的一刻，然而幾個女孩撐住了：沒有人哭泣或是跑開，也沒有人發出一聲悲歎。雖然請母親代為問候父親的時候，她們的心情很沉重，只怕這問候或許已太遲了。她們靜靜地親吻母親，依戀地緊抱著她，想要在她乘車離去時強顏歡笑揮手作別。

勞里和他爺爺也過來送行。而同行的布魯克先生看起來是那麼強壯、聰敏又和善，幾個女孩當下便稱他為「大無畏先生」。

「寶貝，再見！願上天保佑守護我們所有人！」馬奇太太低聲說著，吻過一張又一張心愛的小臉蛋，匆匆上了馬車。

馬車駛離時，太陽出來了。她回首望去，陽光灑在門口這一群人身上，像是吉兆。他們也意識到了，紛紛微笑著向她揮手。她轉過街角前所見的最後一幕，是四張明媚的臉，還有她們身後，如護衛一般的勞倫斯老先生、忠心的漢娜和赤誠的勞里。

「大家對我們真好啊！」她說著轉頭看向年輕人，他臉上謙恭的神色印證了她的話。

「我看誰都免不了對你們好啊。」布魯克先生笑著答道。他的笑聲富有感染力，使得馬奇太太也不禁微笑。陽光、微笑、開心的話語，這趟漫漫旅途便伴隨著這些好兆頭展開了。

「我覺得好像經歷了一場地震。」喬說。兩位鄰居已回去吃早餐，讓她們在家休整一下。

「屋子看起來好像空了一半。」瑪格黯然說道。

貝絲張口想說話，卻只能抬手指向媽媽放在桌上的一疊襪子，每一雙都補得齊齊整整，看得出媽媽在臨行的匆忙時刻，還在為她們著想、為她們操勞。這只是一件小事，卻深深觸動了她們的心。她們雖然勇敢地下過決心，還是忍不住失聲痛哭。

漢娜知趣地任憑她們發洩情緒，待到這場淚雨快要停歇時，她才端著一壺咖啡前來援助。

「好了，各位親愛的小姐，記住你們媽媽說過的話，不要發愁。都過來喝杯咖啡，喝完就動手工作，給這個家增光。」

咖啡是好東西，漢娜這天早上煮咖啡實在機智。她頻頻相邀，沒人抵抗得了她的勸誘和從咖啡壺口飄出的誘惑香氣。她們圍攏到桌邊，放下手帕，拿起餐巾，十分鐘後，心情便平復下來。

「『心懷盼望，保持忙碌』，這是我們的座右銘，我們來看看誰把這句話記得最牢。我要和平常一樣去陪馬奇姑婆了。唉，她又該說教了！」喬啜著咖啡，恢復了精神。

「我也要去金家了，雖然我巴不得留在這裡料理家事。」瑪格有些後悔把眼睛哭得這樣通紅。

「用不著啊，我和貝絲能把家顧得好好的。」艾美鄭重其事地接道。

「漢娜會告訴我們該做些什麼。等你們回家時，一切都會妥妥帖帖的。」貝絲二話不說，拿出洗碗的刷子和盆子來。

「我倒覺得焦慮是很有趣的事啊。」艾美吃著糖，若有所思地說道。

幾個女孩忍不住笑了起來，心裡也好受些，不過瑪格對著這位從糖缽裡尋獲寬慰的小姐搖了搖頭。

見酥餅上桌，喬又收起了笑容。她和瑪格出門工作，憂傷地回望，因為她們每天總習慣回頭看看母親的臉，如今窗臺卻空空蕩蕩。幸好貝絲記得家中這一小小儀式，她來到窗前點頭相送，好像一隻臉蛋紅撲撲的瓷娃娃。

「真是我的好貝絲！」喬揮了揮帽子，一臉感激之情。「再見，瑪格。希望金家孩子今天別頑皮。不要為爸爸發愁，親愛的。」兩人臨別時，喬說。

「我也希望馬奇姑婆別囉唆。你的頭髮確實很配你，英氣又好看。」瑪格答道。她努力忍住笑意，妹妹高䠷的身材頂著那頭短短的鬈髮，腦袋顯得小而滑稽。

「這是我唯一的安慰了。」喬學勞里那樣觸帽行禮後便走了，感覺自己像寒冷冬日裡被剪了毛的羊。

從父親那裡傳來的消息讓幾個女孩安心不少。父親雖然病勢危重，但兩位最溫柔體貼的看護到來後，他已漸有起色。布魯克先生每天寄一封病情報告來。瑪格現在是一家之主，她堅持要宣讀這些急件。一星期過去，消息越來越振奮人心。起初，姊妹都熱烈地寫回信，再由其中一人小心地將厚厚的信封塞進郵筒。她們覺得與華盛頓人通訊，是不得了的事情。這些信件各人有各人的寫法，現在假想我們攔下一個郵袋，拆信來讀一讀——

我最親愛的媽媽：

你上次的來信使我們快樂得無以復加，我們讀了大好消息，禁不住又哭又笑。布魯克先生真是好心，勞倫斯老先生囑他所辦的事讓他得以在你們身邊逗留這麼久，這實在是我們的幸運，因為他幫了你和爸爸的大忙。妹妹都乖乖的。喬幫我做針線，還執意擔下各種苦差。我知道她是「一時熱心」，否則倒怕她過於操勞。貝絲按部就班地工作，從不忘記你吩咐她的話。她為爸爸憂心，不苟言笑，只有坐在她的小鋼琴前才釋然些。艾美很聽話，我也悉心照顧她。她現在能自己梳頭髮，我正在教她開扣眼和補襪子。她很努力，等你回來看到她的進步，一定會很高興的。用喬的話來說，勞倫斯老先生「像老母雞似的」照看著我們。勞里也十分親切友善。你離家如此遙遠，我們有時難免憂鬱，覺得自己像孤兒，勞里和喬兩人能使我們歡欣。漢娜真是個十足的聖人，從不訓斥我們，總是叫我「瑪格麗特」小姐，你知道這稱呼很正式，對我很尊重。我們大家都很好，也很忙碌，只是日夜渴盼你們早日歸來。請將我最熱忱的問候轉致爸爸。

你們永遠的

瑪格

這封信以娟秀的字寫在香箋上，與第二封信恰成鮮明對照。第二封信字跡潦草，寫在一大張薄洋紙上，墨跡斑斑，遍布各種花體字和捲尾字——

寶貝媽媽：

為親愛的爸爸歡呼！布魯克先生是大好人，他一見爸爸的病況有起色就馬上電告我們。讀了信，我便衝上閣樓，本想感謝上天如此善待我們，卻只是哭著說：「我很開心，很開心！」因為我心中感觸良多。我們在家裡很快樂，我能享受這些快樂，因為每個人都非常好，彷彿住在一群斑鳩的溫暖小巢裡。你如果看到瑪格坐在上座、竭力擺出母親的樣子，一定會笑出來的。她一天比一天漂亮，有時候連我都愛上她了。兩個妹妹是不折不扣的天使，而我呢——好吧，我還是喬，永遠不會變樣。噢，我得告訴你，我差點和勞里吵架。為了一件無聊的小事，我冒昧了些，惹他生氣了。我沒有錯，只是說話不得體，他掉頭回家，說要我去道歉，否則再也不到我們家來。我表明自己不願意，也大發脾氣。我們僵持了一整天，我心情不好，很希望你在身邊。我和勞里自尊心都很強，要主動道歉可不容易。我以為他會過來賠不是，因為有理的是我。結果他沒有來，到了晚上，我想起艾美掉進河裡那天你所說的話。我又讀了讀小書，覺得好受些了，決定不讓自己含怒到日落，便跑去找勞里說對不起。剛到大門口，我就碰上了他，他也是來請我原諒的。我們倆都笑了，彼此道歉，和好如初。

我昨天幫漢娜一起洗衣服時，作了一首「打油詩」。爸爸愛看我這些傻乎乎的小詩，隨信附上，逗他高興。代我向他致上最深情的擁抱，並熱烈地親吻你。

迷迷糊糊的喬

肥皂泡之歌

洗衣女王，歡快歌唱，
潔白泡沫，高高飛揚；
卯足幹勁，洗洗汰汰，
件件絞乾，掛衣晾曬；
飄飄蕩蕩，清新風中，
豔陽高照，萬里晴空。

唯願我們全心全意
洗淨一週種種汙跡，
淨水清風施展魔力
滌蕩心靈，純潔如斯；
從早到晚辛勤洗衣，
卻是世間美好一日！

有為人生漫漫路上，
堇花常在，靜靜綻放；
千頭萬緒，碌碌忙忙
無暇愁苦，無暇悲傷；
揮起掃帚，勇敢堅強，
心頭憂思一掃而光。

肩負使命，榮幸之至，
奮力勞動，日復一日；
身強力壯，滿懷希冀，

快快樂樂懂得道理：
「頭腦心靈傷春悲秋，
雙手定要工作不休！」

親愛的媽媽：

箋短意長，僅獻上我的愛，並附上幾朵三色堇押花。花是從我在家精心培植的盆栽上摘下的，原想等爸爸回來觀賞。我每天早晨讀書，一整天都努力做個好孩子，晚上唱著爸爸喜愛的歌入睡。現在我唱不了〈天堂〉這首歌，一唱就哭。大家相親相愛，雖然你不在家，我們也盡量過得高高與與的。艾美要我把信箋下半張留給她，所以我得停筆了。我沒忘記把瓶瓶罐罐蓋好，也記著每天給時鐘上發條、開窗通風。

親愛的爸爸說過他有一面臉頰是屬於我的，請替我親親他的臉頰。噢，趕快回到我身邊來吧。

愛你的小貝絲

親愛的媽媽[60]：

我們都很好我功課沒間斷過也從不和姊姊鬧矛頭——瑪格說我應該講「矛頓（盾）」所以我

60 親愛的媽媽：原文為法文。

把兩個詞都寫上，你挑個合適的讀吧。瑪格給了我很大的安慰，每天晚上喝茶時，她都讓我吃果凍喬說這對我有好處能使我脾氣溫順。勞里現在沒有了他該有的工（恭）敬樣我都快十三歲了，他還叫我「小丫頭」，我像哈蒂．金那樣說「謝謝[61]」或「你好[62]」的時候，他又故意語速飛快地對我講法語，真傷感情。我藍色洋裝的袖子全磨破了，瑪格替我換了一雙新的，但是前片顏色不對，比裙子的藍色更深。我心裡不舒服但並不因此煩惱我能承受困難不過真希望漢娜給我的圍裙多上點漿還有每天做蕎麥鬆餅。可以嗎？我這個問號表（標）得好嗎？瑪格說我的表（標）點符號和錯字有些丟臉，我都無地自溶（容）了天啊我還有許多事情要做，不能休息了。再會，向爸爸獻上我滿滿的愛。

愛你的女兒

艾美．柯帝士．馬奇

親愛的馬奇太太：

我就簡單寫幾句，告訴您我們都好得很。幾個女孩都很伶俐，忙個不停。瑪格小姐將來一定是個很能幹的主婦，她喜歡持家，學東西快得驚人。喬比誰都有衝勁，但她做事不先計畫一下，所以別人猜不到她會把事情做成什麼樣。星期一她洗了一桶衣服，沒有絞乾就拿去上漿，把一條粉紅印花布裙子弄成藍色的了，我一想到真要笑死了。貝絲是幾個小把戲裡最乖的，又是我的好幫手，特別周全可靠。樣樣事情她都學著做，小小年紀就會上市集買東西，很不簡單；她還會記帳，由我幫著，記得一清二楚。我們這些日子都過得很節儉，照您的意思，我每週只讓她們喝一次咖啡，並且給她們吃簡單但健康的飯菜。艾美穿穿漂亮衣服，吃吃甜食，倒不怎麼煩惱。勞里和往常一樣愛淘氣，三不五時把屋子鬧得亂七八糟；但他能讓幾個女孩打起精神，所以我就隨他們去了。老先生送來一大堆東西，滿累人的，但他是好意，我也不好說什麼。我的麵包發好了，這回就寫到這裡吧。代我致候馬奇先生，希望他的肺炎痊癒。

漢娜・馬利特敬上

二號病房護士長：

拉帕漢諾克河[63]畔平安無事，各隊伍人強馬壯，軍需處協調有方，泰迪上校麾下的家庭警衛隊時刻戒備，總司令勞倫斯上將每日視察部隊，軍需官馬利特維持營中秩序，獅子少校夜間站崗放哨。收到華盛頓發來的捷報，營地鳴禮炮二十四響，並於司令部舉行閱兵典禮。總司令與我謹致良好祝福。

泰迪上校

61 謝謝：原文為法文。
62 你好：原文為法文。
63 拉帕漢諾克河：位於美國維吉尼亞州東部的河流，南北戰爭的重要戰場。

敬愛的女士：

令嬡均安。貝絲與小孫每天來報告情況。漢娜是模範忠僕，如龍似虎地護衛著美麗的瑪格。近來天氣晴好，令人欣慰；需要布魯克時請勿客氣，若花費超出預算，儘管向我開口，使尊夫所需無虞匱乏。感謝上蒼令其病情好轉。

誠摯的朋友與僕人

詹姆斯．勞倫斯

17 小信徒

在母親離家後的一星期中，這座老房子裡美德洋溢，幾乎瀰漫至四鄰。這實在令人稱奇，幾個女孩個個宅心仁厚，克己自律蔚然成風。聽聞父親好轉，她們焦急的心情漸漸和緩，不知不覺中，那值得稱道的勤奮也鬆懈了一些，又恢復往日的老樣子。

她們並沒有忘記自己的座右銘，不過「心懷盼望，保持忙碌」似乎已不難做到，更何況經受過了這段時間的艱難困苦，她們覺得也該給自己休個假，結果一休便休了許多日子。

喬剪了頭髮，腦袋沒有留意遮護保暖，得了重感冒。馬奇姑婆不喜歡聽鼻塞的人讀書給她聽，便要喬待在家，等好一點再去。喬對此求之不得，她從閣樓到地下室一路翻箱倒櫃，捧了藥和幾本書，躺進沙發裡養起病來。艾美發現家務與藝術不能兩全，又回頭去做她的「泥土派」了。瑪格仍舊每天去金家，回到家則心不在焉地縫縫補補，但許多時間消磨於寫長信給母親，或是把華盛頓的來信一讀再讀。貝絲努力不懈，只偶爾閒散或悲傷。她每天盡本分完成所有瑣碎的工作，還攬下不少姊妹的工作，一來是因為她們健忘，再來這個家如今好像一個停擺的時鐘。每當渴念母親、擔憂父親而心情沉重的時候，她就獨自躲進一間儲藏室，把臉藏在某條舊裙子的褶裥裡，細細嗚咽一番，悄悄祈禱幾句。沒有人曉得她在一陣肅靜之後，是如何重新打起精神的。大家只覺得貝絲體貼入微，樂於助人，有什麼小事都習慣求她的安慰，聽她的建議。

誰也沒有意識到這次經歷是品格的試金石。最初的激動過後，她們覺得自己做得不錯，應受嘉許。確實如此，但是她們錯在止步不前，後來在諸多焦慮與悔恨中才學到這種教訓。

「瑪格，我希望你能去看看赫梅爾一家人。你也知道媽媽叫我們不要忘記他們。」馬奇太太離家十天後，貝絲這樣說。

「我今天下午太累了，去不了。」瑪格愜意地搖著搖椅，縫著東西。

「喬，你能去嗎？」貝絲問。

「我還在感冒，外頭風大雨大的。」

「我以為你差不多好了呢。」

「要我出去和勞里走走還可以，要去赫梅爾家，那還不行。」喬說著笑了出來，為自己前言不對後語，泛出一絲羞慚之色。

「你為什麼不自己去呢？」瑪格問。

「我天天都去的，但是小嬰兒病了，我不知道怎麼辦才好。赫梅爾太太出門工作，洛特在照顧小嬰兒，但是那孩子的病越來越重了，我覺得應該要讓你們或者漢娜過去看一下。」

貝絲說得很懇切，瑪格答應第二天去看他們。

「向漢娜要些好吃的帶去，貝絲。出去透透氣對你也好。」喬帶著歉意說道，「我肯去的，只是想先寫完我的東西。」

「我頭痛，又很累，原以為你們總有人願意去的。」貝絲說。

「艾美馬上要過來了，她會替我們跑一趟的。」瑪格提議說。

「好吧，我休息一下，等她來了再說。」

於是貝絲在沙發上躺下，兩個姊姊又去各忙各的，將赫梅爾一家拋到了腦後。一個鐘頭過去，艾美還沒過來。瑪格回自己房裡去試一條新裙子，喬沉浸在自己的小說裡，漢娜在廚房爐火邊熟睡。貝絲靜悄悄地戴上風帽，為那些可憐的孩子裝了一籃子零碎東西，便推門走進屋外的寒風裡，腦袋還昏沉沉的，隱忍的雙眼透著憂傷之情。她回家時天色已晚，沒有人看到她躡足上樓，把自己關在母親的房間裡。半小時後，喬去「媽媽的小房間」拿東西，才發現貝絲坐在藥箱上，一臉凝重，雙眼通紅，手裡握著一個小藥瓶。

「老天爺啊！發生什麼事了？」喬叫了起來。這時貝絲伸手示意，像是警告喬不要上前，她急急地問道：「你得過猩紅熱，對嗎？」

「好幾年前，瑪格得的時候。怎麼了？」

「那我跟你說吧。唉，喬，那個小嬰兒死了！」

「哪個娃娃？」

「赫梅爾太太的，當時她還沒回家，那孩子就死在我的懷裡。」貝絲大聲哭訴。

「可憐的好妹妹，把你嚇壞了吧！我應該要去的。」喬在母親的大椅子上坐下，雙手摟住妹妹，臉上滿是自責的神情。

「不嚇人，喬，只是太淒慘了！我剛到就看出那孩子病重了，洛特說她媽媽去請大夫了，於是我把孩子抱過來，讓洛蒂[64]休息。孩子好像睡著了，但是突然哭了幾聲，身子發抖，後來就一動不動，十分安靜。我想辦法幫他暖腳，洛蒂想給他餵點牛奶，但他始終沒有反應，我就知道他死了。」

「別哭，親愛的！後來你怎麼辦？」

「我就那麼坐著，輕輕抱著他，等到赫梅爾太太帶了大夫來。大夫說孩子已經死了，他又為海因里希和明娜作了檢查，他們兩個也喉嚨發痛。『是猩紅熱，夫人。應該早些找我來的。』他生氣地說。赫梅爾太太告訴大夫，她很窮，本想自己把娃娃治好的，現在太遲了，她只得請大夫幫幫其他的孩子，相信能從善心人那裡籌來診金的。大夫微微一笑，比之前和藹了些。但是當下的情形很淒慘，我和他們一起哭著，突然間，大夫轉過身來，要我立刻回家服用顛茄，否則我也會發熱的。」

「不，不會的！」喬臉色驚惶，抱緊妹妹大叫，「噢，貝絲，要是你得了病，我永遠都不能原諒自己了！我們該怎麼做才好呀？」

「別害怕，我想我不會病得多厲害的。我查了媽媽的書，書上說這個病剛發作時會像現在這樣頭痛、喉嚨痛，暈暈的，所以我吃了一點顛茄，現在感覺好些了。」貝絲將冰涼的雙手放到發燙的額頭上，想做出舒服的樣子。

「要是媽媽在家就好了！」喬高喊著，一把抓過那本書來，她覺得此刻與華盛頓隔著千山萬水。她讀了一頁，為貝絲檢查，摸了摸她的額頭，又探看她的喉嚨，接著正色說道：「最近一個多星期，你每天去看望那娃娃，又和那幾個快要發病的孩子在一起。我怕你也要發病了，貝絲。我去找漢娜來，生病的事情，她什麼都懂。」

「不要讓艾美過來。她從沒得過這個病，我可不想傳染給她。你和瑪格不會再被傳染了吧？」貝絲著急地問。

「我想不會的。就算被傳染了也無所謂，是我活該，我這個自私鬼，放你一個人去，自己卻在家寫些鬼東西！」喬咕噥著，跑去找漢娜商量。

漢娜一下子從睡夢中清醒過來，帶頭就走，一面向喬保證不用擔心，誰都會得猩紅熱，只要醫治得當，沒人會死的——喬很信她說的話，如釋重負，兩人上樓去找瑪格。

「我來告訴你們該怎麼做。」漢娜對貝絲查看了一番，問了些話，如此說道，「我們去請班斯大夫來，讓他幫你看一看，親愛的，好確保我們的方向沒錯。然後我們把艾美送到馬奇姑婆那裡去住一陣子，免得她遭殃，你們姊妹倆留一個在家，陪貝絲一兩天。」

「當然是我該留下，我是大姊啊。」瑪格說道，臉色焦急又自責。

---

64 洛蒂：「洛特」的暱稱。

「我留下才對，因為是我害她生病的。我還對媽媽說過，我會包下出門跑腿的事，結果沒有做到。」喬說得很堅決。

「貝絲，你想挑誰呢？用不著留兩個的。」漢娜說。

「喬吧。」貝絲把頭靠在二姊身上，露出滿意的神色，問題迎刃而解。

「我去跟艾美說。」瑪格有點傷心，但整體而言覺得輕鬆不少，她不喜歡看護別人，而喬喜歡。

艾美極力反對，氣急敗壞地表示自己寧可染病發熱，也不願到馬奇姑婆那裡去。瑪格動之以情，曉之以理，甚至嚴詞下令——依然徒勞無功。艾美表明自己絕對不去，瑪格悻悻然離她而去，又找漢娜問如何是好。沒等她回來，勞里走進客廳，見艾美把腦袋埋在沙發靠墊上抽泣著。她講出原委，指望得幾句安慰。但勞里只是雙手插在口袋裡，在房間裡踱來踱去，他輕聲吹著口哨，緊鎖眉頭，沉思著什麼。

不一會兒，勞里在艾美身旁坐下，連哄帶騙地說：「要做位通情達理的小婦人，就照她們說的辦吧。好了，別哭，我有一個好玩的計畫，你聽聽。你先到馬奇姑婆那裡去，我會每天去把你帶出來，坐坐馬車，散散步，我們會開開心心的。不比在這裡發悶要好嗎？」

「我不願意被送走，好像我是個累贅。」艾美語帶委屈。

「哎呀，孩子，這是為了保護你啊。你也不想生病，不是嗎？」

「是的，一定不想啊。但是我想我免不了，因為我整天和貝絲在一起。」

「就是為了這個，你更應該立刻離開，這樣才可能躲過一劫。我看，換換空氣、換人照顧，才能保證你健康。就算沒能倖免，至少會病得輕一些。我勸你盡早動身，猩紅熱可不是鬧著玩的，小姐。」

「但是馬奇姑婆那裡很無聊，而且她脾氣又那麼不好。」艾美露出相當懼怕的神色。

「有我天天跑去告訴你貝絲的狀況、帶你出門遊玩，不會無聊的。老太太很喜歡我，我也會盡力討好她，那樣無論我們做什麼，她都不會找碴。」

「你會駕著『迫克』拉的小馬車來接我出去嗎？」

「我以紳士的名譽擔保。」

「每一天都來？」

「我說話算話。」

「等貝絲病一好，就帶我回來？」

「一刻也不耽擱。」

「真的會去看戲？」

「可以的話，看十幾次都行。」

「好吧——那我想——我願意去。」艾美慢慢吐出這句話。

「好孩子！叫瑪格來，說你讓步了。」勞里讚許地拍了拍艾美，這個舉動比「讓步」二字更叫她不快。

瑪格和喬跑下樓來，見證勞里創造的奇蹟。艾美覺得自己富有犧牲精神、難能可貴，她答應如果醫生說貝絲要生病了，她就走。

「小可愛怎樣了？」勞里問。他特別寵愛貝絲，內心很為她憂慮，只是盡量不露聲色。

「她在媽媽的床上躺著，覺得好些了。那孩子的死讓她很難受，不過我猜她只是得了感冒。漢娜就是這麼說的，但是她愁容滿面，我見了也難以心安。」瑪格答道。

「世事艱難啊！」喬說著，焦躁地揉亂了自己的頭髮，「一波未平，一波又起。媽媽不在，家裡好像沒了支柱，叫我不知所措啊。」

「哎呀，別把自己弄得像箭豬似的，真不好看。把頭髮順一順，喬，你說我是去拍一封電報給你媽媽，還是做點別的什麼？」勞里問。他的朋友失去一頭秀髮，他始終無法釋懷。

「這正是我苦惱的事。」瑪格說，「我想，貝絲如果真的病了，我們應該告訴媽媽。但是漢娜說不可以講，因為媽媽現在不能離開爸爸，講了只會讓他們乾著急。貝絲病也病不久的，該怎麼應付，漢娜都知道，媽媽說過要我們聽她的話，所以一定得聽，只是我總覺得不妥。」

「嗯……這個，我也不知道。等大夫來過以後，你們再問問我爺爺吧。」

「會問的。喬，快去把班斯大夫請來。」瑪格吩咐道，「他來之前，我們什麼都決定不了。」

「你待著別動，喬。我才是這個家裡幫忙跑腿的。」勞里說著拿起了帽子。

「我怕你忙不過來。」瑪格說。

「不會，今天的功課我已經做好了。」

「你在假期裡也要讀書嗎？」喬問。

「我是追隨鄰居樹立的好榜樣呢。」勞里答罷，一轉身出了房間。

「這傢伙做事，我放心。」喬望著勞里躍過柵欄，含笑讚許道。

「他做得很不錯——以一個孩子來說。」瑪格的回答有些冷淡，她對這個話題提不起興趣。

班斯大夫來了，說貝絲有猩紅熱的症狀，不過依他看並無大礙，雖然他聽了赫梅爾家的事之後，神情很嚴肅。艾美即刻被遣走了，隨身帶了些藥物以防萬一，她離去時威風凜凜，由喬和勞里在側護送。

馬奇姑婆以她平日的待客之道招呼他們。

「你們又怎麼了？」她問道，從眼鏡上緣投出銳利的目光。站在她椅背上的那隻鸚鵡叫起來：「走開。男孩不准入內。」

勞里退到窗邊，喬道出事情經過。

「這不出我所料，大人老讓你們去窮苦人家閒逛。艾美可以留在這裡，要是沒生病，還能幫點忙，不過我敢斷定她也要生病了——看樣子不妙。不要哭，孩子，聽人哭我心煩。」

艾美正要哭出來，勞里靈機一動，上前拉了拉鸚鵡波利的尾巴。波利發出一聲驚叫，高聲喊道：「乖乖！」這一句喊得如此滑稽，逗得艾美破涕為笑。

「你們媽媽那裡有什麼消息？」老太太粗聲粗氣地說。

「爸爸好多了。」喬竭力忍住笑意。

「哦，是嗎？我想，恐怕也好不長久的。馬奇向來沒什麼精氣神。」這回答有些幸災樂禍。

「哈，哈！千萬別說死，吸一撮鼻煙吧，再見，再見！」波利嚷嚷著，在椅背上跳來跳去。勞里擰了一下波利的屁股，害他用爪子亂抓老太太的帽子。

「閉嘴，你這無禮的老傢伙！我說，喬，你最好趕緊回去。這麼晚還在外面遊蕩太不像話了，做伴的又是腦袋空空的男孩，像這個——」

「閉嘴，你這無禮的老傢伙！」波利大喊，從椅子上一躍而下，跑去啄那個「腦袋空空」的男孩，那男孩聽了前一句話，正笑得渾身打戰。

「我覺得我沒法忍受的，不過我會試試。」艾美獨自留下和馬奇姑婆在一起，心裡暗暗想道。

「滾開，你這醜八怪！」波利尖叫。艾美一聽這粗言粗語，還是禁不住啜泣起來。

18 黯淡時日

貝絲果真得了猩紅熱，病況之重，除了漢娜和醫生，誰也沒料想到。兩個姊姊對疾病一竅不通，她們又攔著不讓勞倫斯老先生過來探望，所以一切事務仍由漢娜主持。忙碌的班斯大夫盡力診治，大量護理工作則留給出色的看護。瑪格唯恐把病傳染給金家孩子，便留在家中料理家務。她當然十分焦慮，但在寫給母親的信裡對貝絲生病的事隻字不提，為此又心生些許內疚。她認為瞞著媽媽不對，而媽媽囑咐過要聽漢娜的話，漢娜又不同意「讓馬奇太太知道這點小事，不得安寧」。喬日夜守著貝絲，這不算苦差事，因為貝絲很能耐苦，只要按捺得住，她便忍著病痛，不吭一聲。但是有一陣子她發起熱來，開始用粗啞的聲音講話，手指在被單上按著，彷彿在彈她的小鋼琴，喉嚨腫脹，想唱歌卻唱不成調。當時她已認不得身邊那幾張熟悉的面孔，竟把她們的名字叫錯，還哀哀呼喚著母親。這下喬驚慌失措，瑪格懇請漢娜准許她將實情寫信告訴媽媽，連漢娜都說她會「考慮考慮，儘管眼下沒有危險」。華盛頓來了一封信，更增她們的憂慮，因為馬奇先生的病勢又反覆了，一時回家無望。

如今的日子多麼黯淡，這間屋子又多麼悲淒寂寥。姊姊和妹妹一邊工作一邊等待，而死亡的陰影卻籠罩著這個曾經幸福的家庭，她們的心是多麼沉重啊！瑪格常獨坐垂淚，淚珠時不時滴落在手中縫著的東西上，她感到自己以前何其富足，所擁有的比金錢能換得的任何寶物都更加珍貴——愛、保護、平安和健康，這些是生命真正的福祉。喬呢，住在昏暗的房間裡，受罪的妹妹躺在眼前，可憐的呻吟縈繞耳邊，喬更深地領會貝絲天性的美善，感受到大家心中的她是何等重要而溫柔，明瞭她心無私欲的價值，她為別人而活，踐行單純的美德使家人幸福。這些美德人人都可具備，都應珍視——比天賦、財富和美貌更值得珍視。至於寄人籬下的艾美，一心盼著回家，好為貝絲做些事，如今無論什麼差事她都不嫌難、不嫌煩了，她悲悔地記起有多少荒廢的工作是那雙任勞任怨的手代她完成的。勞里像一個不得安寧的幽靈在屋裡進進出出，勞倫斯老先生鎖上了那架平臺鋼琴，因為他不忍想到常在暮色中為他帶來愉悅的小芳鄰。所有人都想念貝絲。送奶工、麵包師、肉販和雜貨鋪老闆都探問她的病情；可憐的赫梅爾太太為自己的粗心前來求恕，並為明娜取了塊裹屍布。左鄰右舍送來各種慰問品和祝福，害羞的小貝絲竟交了這麼多朋友，連她最親近的人都頗感詫異。

此時的貝絲身臥病榻，旁邊躺著親愛的瓊安娜，縱使神志恍惚，她也沒忘記這個收養的棄兒。她記掛那幾隻貓，只是不願讓人帶牠們進屋，生怕牠們染病。病情穩定的時候，她又為喬擔心不已。她向艾美捎去問候，請姊妹轉告媽媽她很快就會寫信，也常常央求她們給她紙筆，設法寫上幾個字，免得爸爸以為自己忽略了他。然而不久後，這些偶爾清醒的時刻也消失了，她躺了一個又一個小時，翻來覆去，語無倫次地呢喃著，有時則陷入沉睡，無法恢復精神。班斯大夫一天來兩次，漢娜值夜，瑪格擬了一封電報，收在書桌裡，預備一有不測便發出，而喬寸步不離地守在貝絲身邊。

十二月一日對她們來說確實是淒冷的一天，寒風呼嘯，大雪紛飛，這一年似乎正準備逝去。這天早上，班斯大夫過來，對貝絲細細診察了一番，將她發燙的手握住片刻，然後輕輕放下，低聲對漢娜說：「如果馬奇太太走得開的話，最好是請她回來。」

漢娜點了點頭，沒有作聲，嘴唇緊張地抽動著。瑪格跌坐在椅子上，彷彿聽了大夫的話，手腳頓時失去力氣。喬面色慘白，呆立了一會兒，隨後跑進客廳，抓起那封電報，披上衣服，便衝入門外的風雪中。沒過多久，她走了回來，悄無聲響地脫下斗篷。勞里拿著一封信緊隨其後，信上說馬奇先生又好起來了。喬心懷感激地讀了信，心頭的大石卻沒有卸下，臉上滿是悲涼。勞里見狀忙問道：「怎麼了？貝絲病重了？」

「我已經拍電報請媽媽回來了。」喬拔著腳上的橡膠靴，神色慘澹。

「這麼做很好，喬！這是你自己的主意嗎？」勞里問。他扶喬到門廳的椅子上坐下，見她雙手直抖，便替她將卡在腳上的靴子脫下。

「不是，是大夫吩咐的。」

「噢，喬，情況不至於這麼糟吧？」勞里大驚失色地叫起來。

「是很糟。她認不得我們了，也不再談起那群『翠翼鳩』——就是牆上的藤葉。她的樣子不像我的貝絲了，沒有人能幫我們承擔這件事，爸爸媽媽都不在家，神又好像遙不可及。」

可憐的喬，眼淚簌簌滑落，她無助地伸出一隻手，彷彿在黑暗中摸索。勞里接住這隻手，他的喉嚨哽住了，極力發出聲音：「有我在。喬，親愛的，抓著我吧！」

她說不出話來，只緊緊抓住他。友誼之手溫暖地握著她，撫慰了她痛楚的心靈，似乎也引領她走近神的臂膀，而單單這隻臂膀，就能在患難中扶持她。勞里很想說幾句體貼的話來寬慰她，卻找不出合適的言辭，於是他默然站著，像她母親那樣輕撫她垂下的腦袋。這是他所能做的最好的事了，比甜言蜜語更令人寬心，喬感受著這無聲的同情，在沉默之中，體會到關愛能給傷心人帶來溫柔的安慰。她很快便擦乾了宣洩情緒的眼淚，滿臉感激地舉目仰視。

「泰迪，謝謝，我好些了。我覺得不那麼孤單了，萬一真有什麼事，我會努力承擔的。」

「抱持最大的希望，那才對你有幫助，喬。你媽媽就快回來了，到時一切都會好的。」

「爸爸的病情好轉，我很欣慰。這樣媽媽離開他身邊，也不至於太放心不下。天啊！看來真是禍不單行，而我肩上擔著最重的責任。」喬歎著氣，將淚溼的手帕攤開晾在膝蓋上。

「瑪格不能分擔嗎？」勞里問道，神色有些憤憤不平。

「噢，不是，她很盡力，但是她沒法像我一樣愛貝絲，也不會像我一樣惦念她。貝絲是我的心肝，我絕不能失去她。我不能！不能！」

喬又把臉埋進那條溼漉漉的手帕裡，絕望地哭了起來。剛才她強作鎮定地忍著，沒有掉一滴淚。勞里抬手抹了抹眼角，一時語塞，直到他咽下哽在喉間的情緒，止住雙唇的顫抖。男兒有淚不輕彈，但是他沒忍住，我為此高興。過了一會兒，喬的啜泣平息下來，他才滿懷希望地說：

「我想她不會有事的。她這麼善良，我們都這麼愛她，我相信上天還不會帶走她的。」

「善良可愛的人往往不長命。」喬歎道。但她不哭了，雖然心有疑懼，朋友的話語仍鼓勵了她。

「可憐的女孩，你累壞了。這樣悵然若失，都不像你了。休息一下吧，我馬上就讓你振作起來。」

勞里一步兩級地跑上樓去，喬俯下疲乏的腦袋，貼著貝絲的棕色小風帽，這頂帽子是那天貝絲回家放在桌上的，誰也沒想過將它移開。它一定有某種魔力，它那文靜小主人的溫順氣息似乎融入喬的心裡。當勞里端著一杯葡萄酒跑下樓時，她微微一笑接過酒來，苦中作樂說：「舉杯——祝我的貝絲早日康復！泰迪，你是個好醫生，又是很會安慰人的朋友，叫我怎樣報答你呢？」這杯酒掃去了她身體的疲累，如同那些親切的話語掃去她心中的憂煩。

「晚些時候我再向你討債。今天晚上我要送你一樣東西，暖暖你的心坎，比多少酒都管用。」勞里難掩得意之色，笑瞇瞇地看著她。

「什麼東西？」喬叫道，好奇心起，暫時忘卻了苦悶。

「昨天我已經拍電報給你媽媽了，布魯克先生回電說她將立刻動身，今晚她就能到家了，到時一切都會沒事的。我這麼做，你高不高興？」

勞里說得飛快，一瞬間激動得漲紅了臉，此前他把這計畫當祕密守著，唯恐令幾個女孩失落，或傷害了貝絲。喬聽得臉色刷白，從椅子上一躍而起。勞里話音剛落，她便用雙臂環住他的脖子，嚇了他一跳。她喜不自勝地大喊：「噢，勞里！噢，媽媽！我實在太高興了！」她不再哭泣，而是放聲大笑起來，隨後顫抖著緊緊抱住她的朋友，這突如其來的消息似乎使她有點暈頭轉向。勞里顯然很詫異，不過仍鎮定自若。他拍了拍她的背為她順氣，見她漸漸回過神來，又害羞地吻了她一兩下，喬頓時清醒了。她抓著樓梯欄杆，輕輕將他推開，上氣不接下氣地說：「噢，不要這樣！我不是故意的，我真不應該。你背著漢娜代我們去發電報，真是好心，所以我忍不住朝你撲過去了。跟我說說事情經過吧，別再給我酒了，我就是喝了酒才亂來的。」

「我不介意啊。」勞里笑道，一面整了整領帶，「你瞧，我一直心神不寧，爺爺也是。我們都覺得漢娜過於專斷，不應該瞞著你媽媽。要知道，萬一貝絲——嗯……萬一出了什麼事，你媽媽永遠都不會原諒我們的。所以我讓爺爺鬆口說該採取行動了，我昨天就奔去了郵局。當時大夫表情嚴肅，而我建議拍電報的時候，漢娜又把我教訓了一頓。我向來受不了別人對我指手畫腳，所以打定主意就這麼做了。你媽媽一定會趕來的，夜班車凌晨兩點到站。我去接她，你收斂起興奮的情緒就行，別吵到貝絲了，靜候那位有福的夫人到來吧。」

「勞里，你真是天使！我該怎麼感謝你才好？」

「再朝我撲過來吧，那樣我滿高興的。」勞里一臉調皮地說。他已經兩個星期沒有過這種表情了。

「不了，謝謝。等你爺爺來的時候，讓他代我撲向你吧。別鬧了，回家休息一下吧，你今天得熬夜呢。謝謝你，泰迪，謝謝你！」

喬此時已退到角落，一說完話便閃入廚房，在碗櫃上坐下。她告訴聚攏來的貓咪她「很快樂，噢，太快樂了！」勞里便離去了，他感到自己真是做了好事一樁。

「我可從沒見過這麼多管閒事的傢伙。不過我不怪他，我也希望馬奇太太立馬回來。」漢娜聽喬講了這好消息之後，如釋重負地說道。

瑪格暗自欣喜，捧著那封信沉思。喬把病房整理了一番。漢娜「弄了幾個派，給意外來客備著」。屋裡彷彿有一股清風掠過，還有一種比陽光更明亮的光，照亮了一個個沉寂的房間。一切似乎正在向好。貝絲的小鳥又啁啾起來，艾美種在窗前的玫瑰叢中露出一朵半開的花蕾；爐火異常雀躍；兩姊妹一相遇就互相擁抱，蒼白的臉兒笑逐顏開，輕聲勉勵道：「媽媽要回來了，親愛的！媽媽要回來了！」家裡只剩貝絲高興不起來，病榻上的她昏迷不醒，希望與喜悅、疑慮與危險，她都已渾然不覺。她的情況叫人哀憐——曾經紅潤的面龐枯槁失神，曾經勤勞的雙手虛弱乏力，曾經笑盈盈的嘴唇啞然無聲，曾經細心整理的秀髮在枕頭上散亂糾纏。她一整天都這麼躺著，只偶爾醒來咕噥一聲：「水……」她口乾舌燥，只能勉強擠出這一個字來。喬和瑪格則一整天守候在側，照看，等待，盼望。雪也下了一整天，狂風肆虐，時間一秒一秒地往前走。夜幕終於降臨，姊妹倆依然分坐在病榻兩邊，每當時鐘敲響，她們便目光炯炯地相望，因為每過一小時，援助就更近一步。醫生來看過，說約莫半夜病勢可能生變，或好或壞，到時他會再過來。

漢娜已筋疲力竭，倒在床尾的沙發上沉沉地睡著了。勞倫斯老先生在客廳來回踱步，他寧可面對叛軍的炮火，也不願見到馬奇太太進門時的焦急面容。勞里躺在地毯上佯作休息，卻凝視著爐火若有所思，那雙黑眼睛分外溫潤澄澈。

姊妹倆永遠不會忘記這個夜晚，她們照護著病人，全無睡意，懊喪地感到無能為力，在類似的時刻誰都有同感。

「如果上天饒過貝絲，我就永遠不再發怨言。」瑪格懇切地低語。

「希望上天饒過貝絲。」喬以同樣的誠意答道。

「我的心好痛，恨不得自己沒有心。」瑪格停頓片刻，歎息道。

「如果日子總是這麼難，真不曉得我們該怎樣熬下去。」妹妹又灰心地接著說。

鐘敲了十二下，姊妹兩人忘我地盯著貝絲，期盼她毫無血色的臉上掠過些許變化。屋子裡死一般沉寂，只有風的哀號打破這深深的靜默。疲憊的漢娜還睡著，兩姊妹似乎看見一個慘白的陰影降臨在那張小小的病榻上。一小時過去了，勞里悄悄動身去車站，除此之外無事發生。又過了一小時——仍舊無人回來。不知是被風雪耽誤了行程、是途中出了意外，還是最糟的——華盛頓有噩耗，種種擔憂縈繞在可憐的姊妹心頭。

時間已過兩點，喬站在窗前，心想這世界包覆在裹屍布般的白雪中，看起來多麼淒涼。這時她聽到床邊有動靜，連忙回頭望去，只見瑪格掩著臉，跪在媽媽的安樂椅前。一陣可怖的恐懼陰森森地襲上喬的心頭，她心想：貝絲死了，瑪格不敢告訴我。

她即刻跑回床邊，眼前的景象似乎發生了巨變。高燒的潮紅和痛苦的表情已退去，那張親愛的小臉安然入眠，顯得如此蒼白而平靜，喬見了，全無想要掉淚或慟哭的感覺。她朝最心愛的妹妹俯身，以赤誠的雙唇親吻她微溼的額頭，輕輕耳語：「再見了，我的貝絲，再見！」

或許是聽到了響動，漢娜從睡夢中驚醒，匆匆趕到病榻邊。她看著貝絲，摸了摸她的雙手，湊到她嘴邊聽聽聲息，接著，把圍裙朝頭頂一拋，在椅子上坐下前後搖晃，壓低了嗓門驚呼道：「燒退了！她只是睡著了，汗涔涔的，呼吸也順暢了。噢，我的天啊！」

姊妹倆聽了還不大相信，醫生恰巧進來，證實了這個喜訊。此刻在她們眼中，這位相貌平平的醫生面目俊美，帶著慈父般的神情望著她們，微笑說：「是的，親愛的，我想小妹妹這次會化險為夷的。家裡頭保持安靜，讓她好好睡，等她醒了，給她——」

要給她什麼，已經聽不到了，姊妹兩人躡足走進昏暗的走廊，在樓梯口坐下，緊緊擁抱彼此，滿心歡喜無以言表。當她們回屋，給忠誠的漢娜又親又抱時，見貝絲躺在那裡，一如往常，臉頰枕在一隻手上，不再面若死灰，她平和地呼吸著，似乎剛剛睡熟。

「要是媽媽現在回來就好了！」喬說。此時冬日的夜色逐漸消退。

「看，」瑪格手舉一枝半開的白玫瑰走來說，「我原以為它明天還開不了，來不及放在貝絲手上，假如她——離開我們的話。但是它在夜裡開花了，現在我要把它插進這個花瓶裡，這樣等我們的小寶貝醒過來，她第一眼看到的就會是這朵小玫瑰，還有媽媽的臉。」

清晨，瑪格和喬守完了這漫長悲淒的一夜，睜著迷濛的雙眼朝窗外望去，旭日初升，從不曾像今天這般美麗，世界也不曾像今天這般可愛。

「真像個童話世界。」瑪格站在窗簾後看著這一片燦爛景色，暗自微笑說。

「聽！」喬驀地跳起來喊道。

聽，樓下門前傳來一串鈴聲，夾雜著漢娜的一聲歡呼，隨即是勞里的聲音快樂地低語道：

「大家，她回來了！她回來了！」

19 艾美的遺囑

家中遭逢這些事情的時候，艾美正在馬奇姑婆那裡艱難度日。飽嘗寄人籬下的滋味後，生平頭一次意識到她在家裡真是集萬千寵愛於一身。

馬奇姑婆從來不寵著誰，她不贊成寵孩子；不過她有心善待這個小女生，這小女生乖乖巧巧的，很討她喜歡。對侄兒的幾個孩子，年邁的馬奇姑婆心中蘊著慈愛，只是她認為不宜明說。她確實盡力使艾美高興，唉，可是卻不得其法！

有些老人家雖然鶴髮雞皮，卻不失赤子之心，能夠體會孩子小小的煩惱與喜悅，寓教於樂，讓孩子感到無拘無束，和他們高高興興地結為忘年之交。可惜馬奇姑婆沒有這種天分，她的規矩、命令、古板的作風和乏味的長談，都令艾美煩擾不已。老太太見這孩子比她的姊姊更溫順可人，便覺得有責任盡己所能，設法矯正她因嬌生慣養而形成的壞習氣。於是她便管教起艾美來，以自己六十年前受教的方式來管教她——在這種方式之下，艾美惶惶不安，覺得自己像一隻落入細密蛛網的蒼蠅。

艾美每天早晨都得刷洗杯子，還要把那些老式茶匙、銀製圓腹茶壺和玻璃杯擦得晶亮剔透。接著她得打掃房間——這可是個費勁的差事！任何灰塵都逃不過馬奇姑婆的眼睛，每一樣家具又有獸爪腿和繁複的雕花，怎麼打掃都合不了姑婆的心意。再來她得餵波利，替寵物狗梳毛還得樓上樓下跑十多趟，為姑婆取東西、傳指示，因為老太太不良於行，很少從大椅子上起身。

這些麻煩事做完之後，艾美還得做功課，這是磨煉她所有品性的日常任務。然後她才獲准活動或遊戲一個小時，怎能不盡情玩樂？勞里每天都過來，來時總去討好馬奇姑婆，直到她允許艾美和他一起出門，兩人散步、騎馬，好不快活。午餐後，艾美又得讀書給老太太聽，通常她沒聽完一頁就打起盹來，睡上一個鐘頭，艾美坐在一旁也不好離開。姑婆醒來後便拿出要縫補的東西給艾美，艾美縫著東西，外表看似柔順，內心卻在抗拒，拼拼縫縫到黃昏時分，便可以娛樂一下，直至茶點時間。晚上是最苦的，馬奇姑婆開始滔滔不絕地細述她的青春往事，這些故事枯燥至極，艾美恨不得即刻撲到床上，為自己坎坷的命運大哭一場，不過常常還沒擠出一兩滴淚來，就已昏然入夢了。

要不是有勞里和女僕老艾絲特，艾美覺得自己絕對度不過這個難關。光是那隻鸚鵡就足以使她心煩意亂，因為他沒過多久便發現艾美不喜歡自己，於是拚命搗蛋來報復。艾美一靠近，他就抓她的頭髮。艾美剛把鳥籠擦乾淨，他又打翻自己碗裡的麵包和牛奶，給她添亂。主人打瞌睡時，他會去啄寵物狗莫普，惹得莫普汪汪直叫。他還在客人面前奚落她，一舉一動都像個討罵的老傢伙。那隻狗也讓她受不了。那是一隻野蠻的胖狗，艾美替他梳洗時，他總對著她又吼又吠。他想吃東西時，會四腳朝天躺在地上，擺出一副呆頭呆腦的表情，一天總要這樣躺上十幾次。廚子脾氣不好，老車夫耳聾，家中只有艾絲特一人會關心這位寄住的小姐。

艾絲特是法國人，她和「夫人」（她這樣稱呼女主人）已同住多年，對老太太頗為霸道，畢竟老太太的生活離不了她。她的本名是艾絲特勒，馬奇姑婆要求她改名，她便遵行，前提是絕不能要她改變宗教信仰。她很中意這位小姐，和艾美坐在一起給夫人的衣物緄花邊的時候，會講些自己在法國時的特別經歷，令艾美聽得津津有味。她還允許艾美在大宅子裡四處遊逛，賞玩存放在大衣櫥和舊箱子中的許多稀奇又漂亮的玩意，馬奇姑婆像喜鵲一樣愛收集東西。

艾美特別喜歡一個印度儲藏櫃，裡面滿是巧妙的抽屜、小分類架和暗格，裝著各種各樣的首飾，有的很貴重，有的只是樣式別致，每一件都有些年頭。

賞玩和整理這些東西使艾美欣喜不已，尤其是那些珠寶盒，躺在絲絨內墊上的飾物在四十年前裝點過一位美人。其中有馬奇姑婆外出時佩戴的一副石榴石首飾，有她結婚那天父親給的珍珠，有情人送的鑽石，有紀念故人的黑玉戒指和胸針，有一些古怪的吊墜——裡面裝著亡友的肖像和髮絲編成的垂柳畫，有她小女兒戴過的兒童手鐲，還有馬奇姑婆丈的大懷錶——掛在錶鏈上的紅印章曾被不少孩童的小手把玩過。還有一個盒子單獨珍藏著馬奇姑婆的婚戒，如今她粗胖的手指已戴不進去，但她將戒指小心收著，當作所有飾物中最珍貴的寶貝。

「如果小姐可以選的話，會選哪一樣？」艾絲特問。她總是坐在近旁看管著這些貴重物品，之後再把它們鎖上。

「我最喜歡鑽石！可惜裡頭沒有項鍊。我喜歡項鍊，戴上多好看啊。如果可以，我會選這個。」艾美不勝羨慕地看著一串黃金黑檀木珠鍊。

「我也覬覦這一樣，不過不把它當項鍊。嗯，不！在我看來，這是一串念珠。」艾絲特滿眼嚮往地端詳這串漂亮珠鍊。

「這是說，和掛在你鏡子上那串好聞的木珠用法一樣嗎？」艾美問。

「是的，沒錯，祈禱時用。這麼一串精緻的念珠，如果不當作虛榮的首飾佩戴，而用它來祈禱，上天會很高興的。」

「艾絲特，你好像能從祈禱中得到不少安慰，下樓時總是平靜又欣慰。真希望我也能這樣。」

「小姐您不妨每天獨處一陣子，默想、祈禱，就像我在夫人之前服侍過的那位虔誠的女主人一樣。她有一間小祈禱室，不管遇到多少難事，她都能在祈禱室裡找到慰藉。」

「我也這麼做的話，好不好呢？」艾美問。她孤零零的，感到需要某種幫助。沒有貝絲在身邊提醒，她發現自己時常忘了那本小書。

「那就太好、太叫人開心了。如果你喜歡，我很樂意將那個小化妝間安排給你。對夫人什麼也別說，她睡覺時，你就去房間裡自己坐一會兒，心想善念，祈求上天保佑你姊姊。」

艾絲特當真很虔誠，也真心相勸，她生性溫柔，十分同情這幾個憂愁的姊妹。艾美喜歡這個主意，便同意她將自己小屋隔壁那個明亮的小屋子整理一番，希望這麼做對自己有益處。

「真想知道馬奇姑婆百年之後，所有這些漂亮東西會到哪裡去。」她將那串亮晶晶的念珠慢慢放回原處，一一關上了珠寶盒。

「留給你和你幾個姊姊。我知道這事。夫人對我推心置腹，讓我為她的遺囑簽名做證，遺囑上就是這麼寫的。」艾絲特微笑著低聲說道。

「真好！但我希望她現在就給我們。拖拖拉拉的不爽快。」艾美說著，朝鑽石首飾看了最後一眼。

「幾位小姐年紀輕輕，戴這些東西還太早。誰最先訂婚，那些珍珠就歸誰——夫人說過。我猜等你回家時，夫人會把那個綠松石小戒指給你的，因為夫人稱許你舉止規矩、令人喜愛。」

「是這樣嗎？噢，只要能得到那個美麗的戒指，我會乖得像隻小羊兒！那個戒指比姬蒂・布萊恩特的還要漂亮。無論如何，我還是很喜歡馬奇姑婆的。」艾美滿臉歡喜地試戴那顆綠松石戒指，下定決心要獲得它。

打從這一天起，她簡直百依百順，老太太以為自己訓導有成，頗覺得意。艾絲特在小屋子裡擺上一張小桌子，桌前放一個腳凳，上方掛了一幅從鎖著的房間裡取來的圖畫。她認為這幅畫沒多大價值，不過掛著很合適，便借來一用，心知夫人絕不會發現，即使發現也不會介意的。

然而，這卻是一幅世界名畫珍貴的摹本，艾美那雙善於審美的眼睛仰望畫中的慈顏，從不厭倦，內心柔情湧動。她在桌上放了她的小書和讚美詩集，一個花瓶裡永遠插滿了為她帶來的嬌豔鮮花，她每天進屋獨自坐一會兒，心想善念，祈求上天保佑姊姊。艾絲特給了她一串帶銀色吊墜的黑色念珠，艾美把它掛起來，並未使用。

小女生做這一切十分誠心。孤身在外，艾美肩上的擔子尤顯沉重。她想念有母親在身邊，幫助她瞭解自己和約束自己。不過既然有人為她指明了方向，她就盡力找尋道路，滿懷信心地走下去。她設法遺忘自我，保持喜悅，為善而樂，縱使沒有人看見她的作為而讚許她。為了做到盡善盡美，她最先的嘗試是決定像馬奇姑婆一樣立下遺囑，這樣萬一她真的染病身亡，她的財產就可以公正而慷慨地分配給別人。想到要放棄自己的小小寶物，她便一陣心痛，那些東西在她眼中如同老太太的首飾一般珍貴。

在一次娛樂的時間裡，她竭盡所能，又請教了艾絲特一些法律術語，才把這份重要文件寫好，請這位溫厚的法國人簽上名字。艾美放下心來，將遺囑收好，等著給勞里過目，想請他做第二證人。

那天下著雨，她上樓到一個大房間裡玩，還帶上波利做伴。房裡有一個裝滿老式服裝的衣櫥，艾絲特允許她穿這些衣服玩。她最愛的消遣，就是穿上褪了色的錦緞衣服，在全身鏡前來回招搖，煞有介事地行禮，讓裙裾曳地，發出悅耳的沙沙聲。她這一天忙得不亦樂乎，連勞里按門鈴都沒有聽到，也沒有看到他朝屋內窺探，她正昂起頭，搖著扇子，儀態莊重地踱來踱去。她腦袋上綁著一條粉紅色大頭巾，搭配藍色錦緞衣服和黃色絎縫裙子，相映成趣。她走路必須小心翼翼，因為腳上蹬著高跟鞋。

勞里後來告訴喬，當時那一幕很滑稽——她身穿那套豔麗的服裝踩著小碎步，波利悄悄地跟在她身後，昂首闊步，盡力模仿著她的一舉一動，偶爾駐足大笑，或呼喊：「我們美嗎？滾開，你這醜八怪！閉嘴！吻我，親愛的！哈！哈！」

勞里唯恐觸犯她的尊嚴，好容易忍住不笑出來，他輕輕敲門，隨即被熱情地請入房間。

「你坐下休息一會兒，等我把這些東西放好，我有一件很重要的事要和你商量。」艾美將自己的風采展示一番，又把波利趕到角落。「這隻鳥整天折騰我。」她接著說，一面移走她頭上的粉紅色山丘。勞里跨坐在一張椅子上聽著。「昨天，姑婆睡著了，我盡量像小老鼠一樣靜悄悄的，波利卻聒噪起來，還滿籠子飛。於是我過去放他出來，發現籠子裡有一隻大蜘蛛。我把牠撥出來，牠溜到了書櫃底下。波利緊追在後，側身朝書櫃下面張望，眼睛一瞟，用他的怪腔怪調說：『出來走走吧，親愛的。』我禁不住大笑，惹得波利破口大罵，姑婆也醒了過來，把我們倆訓斥了一頓。」

「蜘蛛有沒有接受這位老兄的邀請？」勞里打著哈欠問道。

「接受了。蜘蛛爬了出來，波利卻嚇得要死，拔腿就跑。我去追蜘蛛，波利躥上姑婆的椅子大叫：『捉住她！捉住她！捉住她！』」

「騙人！老天啊！」鸚鵡嚷嚷著，跑去啄勞里的腳趾。

「你要是我養的，我非擰斷你的脖子不可，你這磨人的老傢伙。」勞里喊道，朝這隻鳥揮了揮拳頭。鳥兒歪著頭，用粗嘎的聲音陰沉地說：「祝你好運，親愛的！」

「好了。」艾美關上衣櫥，從口袋裡掏出一張紙，說道，「我想請你看看這個，再告訴我寫得對不對、合不合法律。我覺得我應該寫一寫，人生無常，我可不想躺進墳墓後還遭人怨恨。」

勞里欲言又止，面對這語帶憂思的人兒，他稍稍別過身子，讀起手中這份文件來。他神情莊重，值得嘉許，畢竟文中錯字不少——

我的遺囑

本人艾美．柯帝士．馬奇，在神志清醒之時，將全部個人財產遺增（贈）如下——即，即是——也就是——

給父親：我最好的彩色畫作、素描、地圖和藝術品，包含畫框；還有我的一百美元，任其支配。

給母親：我所有的衣物——那條有口袋的藍色圍裙除外，還有我的相片和獎章，並獻上深深愛意。

給親愛的姊姊瑪格麗特：我的綠宋（松）石戒指（如果我能得到的話），畫著鴿子的綠色盒子，可以給她做頸飾的那條手工蕾絲花邊，還有我為她畫的素描——當作「小妹妹」的紀念物。

給喬：用封蠟補過的那枚胸針，青銅墨水臺——她弄丟了蓋子的那個，我最寶貝的石膏兔子——很抱歉之前燒了她的小說。

給貝絲（如果她活得比我久）：我所有的洋娃娃和那個小衣櫃，我的扇子、亞麻領子和新拖鞋——如果她康復後變瘦了，穿得下的話。我曾取笑親愛的瓊安娜，謹此致歉。

給我的朋友兼鄰居希歐多爾・勞倫斯：我的混寧（凝）紙作品，我的泥塑馬──雖然他說那匹馬沒有脖子。為報答他在我憂患時給予諸多關照，他可隨意挑選我的藝術作品，〈聖母〉是其中最好的。

給可敬的恩人勞倫斯老先生：盒蓋上鑲鏡子的紫色盒子，很適合用來裝他的筆，也能使他回想起這個已故的女孩，感謝他給女孩一家──尤其是貝絲──的恩惠。

給我最好的玩伴姬蒂・布萊恩特：那條藍色絲綢圍裙和我的金珠戒指，並獻上一吻。

給漢娜：那個她喜歡的帽盒，以及我所有的拼布物件，希望她「睹物思人」。

我最貴重的財產已處分完畢，望各位皆大歡喜，切勿怪罪死者。我寬恕所有人，相信當末日的號角吹響時，我們終會相聚。

本人立此遺囑，簽名並封緘於共圓（公元）一八六一年十一月二十日。

艾美・柯帝士・馬奇

證人：艾絲特・瓦爾諾

希歐多爾・勞倫斯

最後一個名字是用鉛筆寫的，艾美解釋說，是準備請他用墨水重新簽過，再替她妥善封緘。

「你怎會想到這種事的？是不是有人告訴你，貝絲把她的東西給分配了？」勞里正色問道。

此時艾美在他面前放下一段紅帶子、封蠟、小蠟燭和墨水臺。

她說明原委，又著急地問：「貝絲怎麼樣了？」

「我實在不該提起的，既然提了，就告訴你吧。有一天她覺得病情很嚴重，就對喬說，希望把她的鋼琴給瑪格，貓咪給你，可憐的洋娃娃給喬，喬會代她愛護那個娃娃的。她只有這麼一點東西能送人，心裡過意不去，所以要把頭髮分給我們其餘的人，把深情厚意獻給我的爺爺。她完全沒想過要寫遺囑。」

勞里邊說邊簽名、封緘，始終沒有抬頭，直到一顆豆大的淚珠滴落紙上。艾美神色大亂，卻只是說：「遺囑上有時候會寫附言嗎？」

「會的，那叫作『附錄』。」

「那我的也要寫——希望把我的頭髮都剪下來，分送給朋友。我忘了，我是想要這麼做的，雖然有損我的樣貌。」

勞里加上附錄，看艾美願做這最後與最大的犧牲，不免微笑。隨後他陪了她一小時，傾聽她的各種苦惱。他臨走時，艾美叫住他，雙唇顫抖著小聲問道：「貝絲真的有危險嗎？」

「恐怕是有的。但我們得抱最大的希望，不要哭，親愛的。」勞里以兄長的姿態一手攬住她，令她感到很安心。

他離開後，她走進小祈禱室，坐在暮色中為貝絲祈禱，淚如雨下，心如刀割。她覺得，要是失去了溫柔的小姊姊，縱有千百萬顆綠松石戒指也安慰不了她。

20 悄悄話

母女團圓，此情此景難於訴諸筆端，其美好唯有親身經歷方能體會，且留待讀者諸君想像。我只能說，這座房子洋溢著由衷的快樂，瑪格那溫柔的願望實現了，貝絲從漫長的睡眠中病癒醒來，第一眼望見的正是那朵小玫瑰和媽媽的臉。她仍很虛弱，無力發出驚歎，只是微微一笑，緊偎在環抱著她的深情臂彎中，感到得償所願。然後她又睡去了，另外兩個女孩便來服侍母親，因為母親不願放開那隻纖瘦的小手，即使在睡夢中，她依然緊握著母親的手。

漢娜已為風塵僕僕的太太端上一席豐美的早餐，她找不到別的方法來表達興奮之情。瑪格和喬像小鸛一般餵母親吃飯，一面聽她低聲訴說父親的情況，說布魯克先生答應留下照顧他，回家路上風雪交加，耽誤了行程，火車到站時，她已勞頓、寒冷、焦慮至極，還好有勞里充滿希望的臉龐帶給她莫名的慰藉。

這是多麼奇妙而愉快的一天！窗外光明燦爛，街坊四鄰都走出家門，迎接這場初雪。窗內清幽安恬，大家熬夜看護，累得酣睡如泥，屋子籠罩在一種靜謐中，漢娜打著瞌睡守在門邊。瑪格和喬感到如釋重負，合上了倦眼，安然入眠，好像一對歷經風吹雨打的小船，平安地停泊在寧靜的港灣。馬奇太太不忍離開貝絲身邊，便坐在大椅子上小憩，不時醒來，看一看、摸一摸她的孩子，沉思片刻，彷彿一個守財奴守著失而復得的珍寶。

此時勞里已匆匆趕去安慰艾美，他把事情經過講得那麼動人，竟使馬奇姑婆也「抽鼻子」了，而且沒說一句「我早就告訴你了」這樣的話。艾美這回倒顯得很堅強，我想，小祈禱室中的善念真的開花結果了。她很快擦乾了眼淚，壓抑住想見媽媽的渴盼，絲毫沒記起那顆綠松石戒指，儘管勞里說她表現得「像個絕佳的小婦人」，老太太也連連贊同。連波利似乎都感動了，叫她「好女孩」，祝她好運，還以最謙和的語氣懇請她「出來走走吧，親愛的」。她非常樂意去冬日的豔陽下享受，卻發現勞里雖強打精神，仍脫不了懨懨欲睡的倦容，於是勸他在沙發上休息，自己去寫一張字條給母親。她寫了很久，回來時，只見他直直地躺著，雙臂枕在頭下，睡熟了。馬奇姑婆已放下窗簾，閒坐在一邊，渾身散發出罕見的慈祥氣息。

不一會兒，她們便以為勞里這一睡得到夜裡才會醒了——要不是艾美見母親到來，一聲歡呼將他驚起，說不定他是不會醒的。這天，城裡城外或許有不少快樂的小女孩，但是依我看啊，艾美就是最最快樂那一個了。她坐在媽媽懷裡，講述自己的苦惱，媽媽會心的微笑和慈愛的撫摩使她得到安慰與補償。母女倆單獨待在祈禱室裡，艾美解釋這個房間的用途，母親聽後並不反對。

「我反而很贊成呢，親愛的。」她的視線從蒙了灰的念珠移到磨舊的小書和飾有常青樹花環的美麗圖畫上，「當我們遇上煩心或傷心的事，能有個地方去靜一靜，實在很好。人這一生會有許多難關，只要我們心懷正念，總能熬過去的。我想我的小女兒漸漸懂得這道理了吧？」

「是的，媽媽。等回家後，我打算在大儲藏室裡騰出一個角落，放上我的書，還有我盡力臨摹的這幅畫。」

艾美伸手指了指那幅畫。馬奇太太看到抬起的那隻手上戴著一樣東西，不覺微微一笑。她什麼也沒說，然而艾美看懂了她的表情，停頓片刻後，艾美鄭重地繼續說道：「本來想跟你說的。我卻忘了。這個戒指是姑婆今天給我的；她叫我到她跟前去，親了親我，把戒指套在我的手指上，說我給她增光了，樂意留我在這裡長住。她還給我這個好玩的護圈扣住戒指，因為戒指太大了。媽媽，我想要把戒指戴著，可以嗎？」

「是很漂亮，不過我覺得你戴這種首飾還太早，艾美。」馬奇太太看了看那隻肉嘟嘟的小手，食指上戴著一圈天藍色寶石和那個古雅的護圈，護圈樣式是兩隻互握的金色小手。

「我會努力做到不虛榮的。」艾美說，「我想，我並不是單為戒指很好看而喜歡它，我想要戴著它，像故事裡的女孩戴著手鐲那樣，好提醒自己一些事情。」

「你是說，提醒你想著馬奇姑婆嗎？」媽媽大笑著問。

「不是，提醒自己不自私自利。」艾美的神情十分真摯，媽媽收住了笑，恭聽她的小小計畫。

「最近我對自己『缺點的包袱』想了很多，自私是其中最大的缺點；我要努力改正，如果辦得到的話。貝絲從不自私，這就是為什麼大家都愛她，一想到可能失去她就很難過。如果是我生了病，別人的難過不會有現在的一半，我也不配讓他們為我難過。可是我希望有很多朋友愛我、想念我，所以我要盡全力向貝絲學習。我很容易忘了自己的決心，要是有一樣東西隨身帶著提醒自己，我想一定會好些。我可以這樣試一試嗎？」

「可以，不過我對大儲藏室騰出的那個角落更有信心。戒指就戴著吧，親愛的，盡力而為；我想你會成功的，誠心矢願向善，就已勝利一半。我得回去照顧貝絲了。打起精神來，我的小女兒，我們很快就來接你回家了。」

這天晚上，瑪格正寫信給父親，報告母親已平安抵家。喬悄悄上樓，鑽進貝絲所在的房間，見母親還在老地方。喬呆立了一會兒，手指繞著頭髮，局促不安，神情躊躇。

「怎麼了，寶貝？」馬奇太太問。她伸出一隻手，臉上的神色叫人心安。

「我有事想跟你說，媽媽。」

「瑪格的事？」

「你一下子就猜中了呀！對，是她的事情，雖然只是小事，但放在心裡很煩躁。」

「貝絲睡著了。小聲點，把事情都告訴我吧。那個莫法特可沒有來家裡吧？」馬奇太太問得很嚴厲。

「沒有，他要是來了，我一定請他吃閉門羹。」喬說著，在母親腳邊的地板上坐下，「去年夏天，瑪格在勞倫斯家掉了一副手套，後來只有一隻送回來。這事我們原本全忘了，之後泰迪告訴我，另一隻在布魯克先生那裡。他把手套放在西裝背心的口袋裡，有一次掉了出來，被泰迪笑了。布魯克先生承認自己喜歡瑪格，只是不敢說出口，瑪格年紀那麼輕，而他又那麼窮。這樣的情形不是很可怕嗎？」

「你覺得瑪格對他有意思嗎？」馬奇太太不覺有些焦慮。

「天啊！我對情情愛愛的無聊事可是一無所知！」喬叫道，語調既好奇又鄙夷，很是滑稽，「在小說裡，女孩對這種事的反應是臉紅心跳，失魂落魄，日漸消瘦，傻頭傻腦。而瑪格沒有半點跡象，她飲食睡覺一切如常。我和她談起那個人，她也都正眼看我，只有泰迪拿戀愛的事開玩笑時，她才紅一紅臉。我不准泰迪這麼做，但他不聽我的。」

「那你覺得瑪格對約翰真沒什麼興趣嗎？」

「對誰？」喬瞪大眼睛叫起來。

「布魯克先生。我現在叫他『約翰』。我們在醫院開始直呼其名，他也喜歡這樣。」

「哎呀！我就知道你會護著他！他對爸爸這麼好，你不會趕他走的，如果瑪格願意，你就會讓瑪格嫁給他。卑鄙之徒！精心看護爸爸、幫你的忙，只為了騙得你們的歡心。」喬又扯起自己的頭髮來，這一回怒氣沖沖，帶著力道。

「親愛的，別生氣，我告訴你這件事的原委吧。約翰陪我去，是應了勞倫斯老先生的要求。他對你們可憐的爸爸盡心盡力，讓人沒法不喜歡他。對於瑪格的事，他光明磊落，告訴我們他愛她，不過先要賺到一點錢，待能夠維持一個安適的家庭，再向她求婚。他只希望我們允許他愛她，為她奉獻，如果可以，他希望能有權向她求愛。他實在是個很好的年輕人，我們不能拒絕他的請求，不過我不會同意瑪格這麼年輕就訂婚的。」

「當然不行，那樣太蠢了！我就知道事有蹊蹺，我察覺到了，結果比我想像的還要糟。我真希望自己能和瑪格結婚，把她安穩地留在家裡。」

這異想天開的安排使馬奇太太不禁發笑，她正色道：「喬，我對你推心置腹，希望你暫時不要對瑪格提起這件事。等約翰回來後，我看看他們在一起時的情形，才更能判斷她的心意。」

「在她所說的那雙俊美的眼睛裡，她倒是會看出他的心意，然後她就完了。她天生一副軟心腸，無論什麼人多情地望著她，她的心都會像太陽底下的奶油一樣融化。她讀他寄來的短信次數比讀你的信還要多，我說說她，她反來掐我。她喜歡褐色的眼睛，也覺得約翰這個名字不難聽，她會愛上他，這樣一來，我們的平靜和快樂就終結了，一家人的安逸日子也沒了。我看透了！他們會在門前屋後卿卿我我，我們都得回避。瑪格墜入愛河，不會再對我好了。等布魯克想辦法湊夠一筆錢把她奪走，家裡就缺了一塊。我會心碎的，一切都會苦悶不堪。噢，天啊！我們幾個為什麼不是男孩子，那樣就不用操心了。」

喬把下巴支在膝上，悵悵不樂，對著心裡那個可惡的約翰揮了揮拳頭。馬奇太太歎息一聲，喬鬆了口氣，抬頭望去。

「媽媽，你也不喜歡這件事嗎？我很欣慰。讓我們把他打發走，什麼都不要對瑪格說，一家人快快樂樂地過日子吧，和往常一樣。」

「剛才歎氣是我不對，喬。你們幾個遲早要各自成家的，這是理所當然的事。我當然想把女兒留在身邊，能留多久是多久。這件事來得這麼早，我也不好受，瑪格才十七歲，約翰也要再過幾年才能夠為她建立家庭。我和你爸爸一致認為，她未滿二十歲時，不可以結婚或訂下終身。如果她和約翰彼此相愛，他們等得起，也能用等待來考驗這份愛。瑪格為人耿直，我不擔心她會錯待他。我那柔情似水的漂亮女兒！願她一切順遂。」

「難道你不想把她嫁給有錢人嗎？」喬問。母親話音剛落，最後幾個字說得有些顫抖。

「錢固然是一件有用的好東西，喬。我希望女兒永遠不必為錢所苦，也不因錢受太多誘惑。我要確定約翰在正經的事業上站穩腳跟，有足夠的收入，不致負債，能讓瑪格安舒過活。我不奢望女兒大富大貴，聲名顯赫。如果地位、金錢伴隨愛情和德行而來，我也會感激地接受，為你們的福分感到高興。但我憑經驗知道，在一間簡樸的小屋子裡，真正的幸福何其多，每天勞動賺得溫飽，生活稍清貧些，反使有限的樂趣更顯甜美。瑪格白手起家，我也會很滿意的，如果我沒有看錯，她擁有一個良善男子的心，會很富足，這勝過擁有一大筆財產。」

「我明白，媽媽，也相當贊成。但是瑪格的事令我失望，我原先計畫讓她嫁給泰迪，餘生坐享榮華富貴。這不是很好嗎？」喬仰起頭問，臉色開朗了些。

「他比她年紀小，你是知道的——」馬奇太太還沒說完，喬又插話道：「只小一點。他比實際年齡老成，個子又高。只要他願意，言談舉止都儼然一個大人。況且他有錢、慷慨、心地善良，還喜歡我們大家。我可得說，我的計畫泡湯了，很可惜。」

「恐怕對瑪格來說，勞里還不夠成熟，而且目前他還像個風向標那樣過於搖擺不定，不可靠。別計畫這些，喬，就讓時間和他們自己的心去撮合吧。這種事情我們不能瞎攪和，而且就像你說的，最好不要把『情愛的無聊事』放在心上，免得玷汙了彼此的友誼。」

「嗯，我不會的。我只是不喜歡看到事情紛亂如麻，明明這頭拉一下、那頭剪一刀，就可以理順的。如果壓一把熨斗在頭頂能讓我們不長大就好了。但蓓蕾總要開成玫瑰，小貓也會長成大貓——真是可惜！」

「在聊什麼熨斗啊貓啊的？」瑪格悄悄走進房間問道，手裡拿著一封寫好的信。

「我和平時一樣胡說呢。我要去睡了，來吧，瑪格。」喬如同解開一個活生生的謎題玩具般伸展四肢，站起身來。

「寫得不錯，文筆也優美。請替我加上一筆，向約翰致意。」馬奇太太將信掃了一遍，交還給她說。

「你叫他『約翰』？」瑪格笑著問，天真的目光俯視著母親的雙眼。

「是啊，他近來像兒子一樣對待我們，我們非常喜歡他。」馬奇太太敏銳地回看一眼。

「那我很高興，他太孤獨了。晚安，親愛的媽媽。有你在，真是說不出的安心。」瑪格恬然答道。

母親給了她十分溫柔的一吻。待她離去後，馬奇太太帶著半滿意半惋惜的語氣說：「她還沒愛上約翰，但是不久後會漸漸愛上的。」

21 勞里無事生非，喬平息糾紛

第二天，喬神色異樣，有個這樣的祕密壓在心頭，難免顯得神祕而慎重。瑪格看在眼裡，卻沒有費心去打探，她曉得對付喬，最好的辦法是反其道而行之，如果不去問，喬定會將事情和盤托出。令她頗感意外的是，喬非但對此默然不語，還顯出施恩於人的神氣，這無疑惹惱了瑪格，她也擺出一副威嚴而冷漠的態度來回敬，只顧待在母親身邊幫忙。於是喬只得自尋消遣了。艾美馬奇太太擔下了原本屬於喬的護理工作，吩咐困在家中已久的她休息、活動一下，散散心。艾美不在家，勞里是她唯一可投奔的人，平日她喜歡與他做伴，眼下卻有些怕他，擔心搗蛋成性的勞里勸誘自己說出祕密。

她想得沒錯，這個愛惡作劇的小子一發覺有事瞞著他，便打算一探究竟，令喬不堪其擾。他哄騙、戲謔、威逼利誘，甚至責備她；他佯作漠不關心，想乘其不備套出實情；後來他又宣稱自己已經知道了，不在乎她講不講；憑藉著這股毅力，最後他總算弄清楚是瑪格和布魯克先生的事情。老師沒有把他當成親信，這讓他憤憤不平，他想設法為受到的冷遇好好反擊一下。

此時瑪格顯然已忘了這件事，正專心致志地準備迎接父親歸來。然而突然間，她內心似乎發生了某種變化。這一兩天她失去了常態。有人來對她說話，她會嚇一跳；有人看著她，她便羞紅了臉。她成天不聲不響，坐在一邊縫紉，臉上帶著羞怯而煩惱之色。母親來關心，她總說自己很好，而喬問她，她則默不作答，只請喬不要打擾。

「她嗅到了氣息——戀愛的氣息——而且很快便陷進去了。大多徵兆她都有了——驚悸，焦躁，食不下嚥，夜不成寐，待在角落裡發悶。有一回我撞見她在唱『溪流[65]潺潺似銀鈴』，還有一次她和你們一樣稱呼他『約翰』，話一出口，她臉紅得跟罌粟花似的。我們到底該怎麼辦呀？」喬看似想力挽狂瀾，在所不惜。

「靜靜等待。不要打擾她，體貼一點，有耐心一點，等爸爸回到家，一切都會解決的。」母親回答。

「有一封你的信，瑪格，信口封得很密。真奇怪！泰迪給我的信從來不封口。」第二天，喬分發著從小郵局取來的信件，一面說道。

隨後，馬奇太太和喬各忙各的，忽聽得瑪格叫了一聲，抬頭望去，只見她盯著那封短信，滿臉驚恐。

「孩子，怎麼了？」母親喊道，朝她跑去。喬則伸手去奪那張闖禍的信紙。

「大錯特錯——信不是他寄來的。噢，喬，你怎麼能做這種事？」瑪格雙手掩面，撕心裂肺地哭了起來。

「我?!我什麼也沒做啊！她在說些什麼？」喬茫然大喊。

瑪格素來溫和的眼中燃起怒火，她從口袋裡掏出那張揉皺了的信紙，向喬丟過去，責備說：「這是你寫的，那個壞小子幫了忙。你倆怎能對我們這麼無禮，這麼刻薄冷酷？」

喬沒有留意她說什麼，和母親一起讀起那封信來。信上的筆跡很怪異。

最親愛的瑪格麗特：

我再也無法按捺自己的感情，必須在回去之前知曉自己的命運。我還不敢向你的父母說明，但是我想，他們如果知道我們彼此愛慕，一定會同意的。勞倫斯老先生願意幫我尋個好去處，到時候，我可愛的女孩，你將賜予我幸福。懇求你暫且不要對家人提及此事，只盼你一句回音，由勞里轉達。

你忠誠的約翰

「噢，那個小壞蛋！我對媽媽信守承諾，他就這樣報復我。我要去狠狠罵他一頓，再帶他過來道歉。」喬嚷嚷著，迫不及待要伸張正義。母親攔住她，帶著鮮有的神情說道：「站住，喬，你得先證明自己的清白。你搞的惡作劇可不少，只怕這件事你也有分。」

---

65 溪流：英語中「溪流（brook）」與「布魯克（Brooke）」同音。

「媽媽，我保證，我沒有！我事前從沒見過這封信，根本不知道這回事，絕無半句虛言！」喬如此信誓旦旦，她們便信了。「假如我真的參與了，我會做得比這更好，寫一封合乎情理的信。我能想到，你們知道布魯克先生是不會寫出這種東西來的。」她邊說邊輕蔑地丟開那張信紙。

「這像是他的筆跡。」瑪格拿它和手中另一封信比對著，囁嚅道。

「噢，瑪格，你沒有回信吧？」馬奇太太立刻叫道。

「不，我回了！」瑪格又掩起臉來，愧悔無地。

「這下慘了！就讓我去把那搗蛋的小子叫來吧，讓他說個明白，再教訓他一下。不逮住他，我也不得心安。」喬再次向門口衝去。

「噓！我來處理，這事已經比我想的更嚴重了。瑪格麗特，把來龍去脈告訴我。」馬奇太太命令道。她靠著瑪格坐下，抓著喬的手卻沒鬆開，唯恐她脫逃。

「第一封信是從勞里那裡收來的，他看起來對這事一無所知。」瑪格沒有抬眼，「我起先很為難，打算對你說的；後來我想到你們非常喜歡布魯克先生，覺得就算我把這個小祕密保守幾天，你們應該也不會介意的。我太傻了，自以為沒人知道這件事。想好回信要說什麼之後，我感覺自己就像書裡頭那些遇到同樣事情的女孩。原諒我，媽媽，現在我為自己做的傻事付出了代價。我再也沒法正眼看他了。」

「你對他說了什麼？」馬奇太太問。

「我只是說，我年紀太輕，談這種事還早，還說我不願瞞著你們，要他告訴爸爸。我說十分感謝他的厚意，但希望暫且與他做長期的朋友，不要逾矩。」

馬奇太太笑了，似乎相當滿意。喬拍起手來，大笑著高呼：「你簡直堪比卡洛琳．珀西[66]，她可是謹言慎行的榜樣！接著講，瑪格。他怎麼回應？」

「他的回信是全然不同的語氣，說根本沒有給我寄過情書，很遺憾我那頑皮的妹妹喬竟冒用我們的名字。信寫得客氣又恭敬。想一想，我是多麼難堪啊！」

瑪格倚靠著母親，儼然成了絕望的化身。喬在房間裡徘徊，口中罵著勞里。忽地她停下腳步，抓起那兩封信，細看一番之後，斷然說道：「我想這兩封信布魯克先生連見都沒見過。兩封都是泰迪寫的，你寫的信定是被他藏著，好在我面前沾沾自喜，因為我起初不肯把祕密告訴他。」

「別藏祕密，喬。告訴媽媽，免得遭殃，我也該這麼做才對。」瑪格告誡說。

「哎呀，孩子！是媽媽告訴我的啊。」

「好了，喬。我來安慰瑪格，你去找勞里來。我要把事情徹底查清楚，讓這種惡作劇到此為止。」

---

66 卡洛琳．珀西：瑪莉亞．埃奇沃思長篇小說《援助》中的主要人物。

喬跑出門去，馬奇太太將布魯克先生真實的心意輕聲告訴瑪格。「那麼，親愛的，你自己的意思如何呢？你有多愛他？願意等到他有能力為你建立家庭的那一天嗎？還是暫時保持自由身？」

「我太害怕、太為難了，很長一段時間裡——或是永遠，我都不想談任何關於戀愛的事情了。」瑪格沒好氣地說，「如果約翰真的對這場鬧劇毫不知情，那就別告訴他，讓喬和勞里守口如瓶。我不會再受騙、受苦、受作弄了——真不像話！」

瑪格平日裡性情溫順，這次惡作劇不僅惹惱了她，也傷了她的自尊心，馬奇太太安慰著她，答應她會三緘其口，不再提及此事。門廳裡響起勞里的腳步聲，瑪格一溜煙跑進書房去，留下馬奇太太獨自接見這個罪魁禍首。喬怕他不肯來，沒有告訴他找他所為何事，但他一見馬奇太太的臉色便明白了，他站在她對面，手上轉著自己的帽子，愧疚的神情已即刻認了罪。喬聽命退出去，卻像個哨兵似的留在門廳裡來回踱步，仍有些擔心犯人逃走。客廳內的談話聲忽高忽低持續了半個鐘頭，然而談了些什麼，兩個女孩一無所知。

她們被喚進去時，勞里正站在她們的母親身邊，一臉悔意，喬當下生了寬恕之心，只是她覺得不宜流露。他低聲下氣地道歉，瑪格接受了，也很欣慰他擔保布魯克先生對這場玩笑毫不知情。

「我到死都不會告訴他的——從我嘴裡絕掏不出半個字來。你就原諒我吧，瑪格，為表達十二萬分的歉意，我什麼都願意做。」他一副羞愧難當的樣子。

「我盡量。但這實在非君子所為。想不到你竟會這樣狡猾作惡，勞里。」瑪格嚴詞斥責，想以此掩飾少女困惑的情懷。

「這事的確惡劣極了，你一個月不跟我說話也是我罪有應得。不過你不會不理我的，對嗎？」勞里十指交握，苦苦哀求，動聽的語調叫人狠不了心，儘管他先前行徑可鄙，此刻她們也無法再對他橫眉豎眼了。瑪格原諒了他，馬奇太太仍竭力保持嚴肅，聽他表明自己願將功補過，又見他在傷心的女孩面前低三下四的，她凝重的臉色也寬弛下來。

而喬站得遠遠的，想要對他硬起心腸來，卻只能板起面孔，怫然作色地望著他。勞里看了她一兩次，見她毫無憐憫之意，不由感到委屈，便轉身背對她，直到跟瑪格和馬奇太太說完話，才向她深深鞠躬，一言不發地離去了。

他一走，喬便後悔自己沒有更寬厚些，瑪格和母親上樓後，她更覺孤單，反倒想起勞里來了。遲疑了一會兒，她按捺不住衝動，拿起一本書，藉還書之名，跑到大宅子門前。

「勞倫斯老先生在家嗎？」喬問下樓來應門的女僕。

「在的，小姐。不過我想他現在不方便見客。」

「為什麼?他病了嗎？」

「唉，不是的，小姐，他和勞里先生吵了一架。勞里先生似乎是為了什麼事發脾氣，惹得老先生不高興，所以我不敢走近他。」

「勞里人在哪裡？」

「他把自己關在房間裡，我敲門敲了好久他也不理睬。我不知道午餐要怎麼辦，都做好了，卻沒人吃。」

「我去看看怎麼一回事。他們兩個我都不怕。」

喬上樓走到勞里的小書房前，俐落地敲了敲門。

「別敲了，否則我開門逼你住手！」門裡那位年輕先生語帶威脅地大喊。

喬立刻又重重敲了幾下，房門猛地打開，不等詫異的勞里回過神來，她便閃進房間。見勞里果真大發脾氣，喬懂得如何治他，她作出一副悔恨的表情，戲劇性地雙膝跪地，溫順地說：

「請原諒我剛才那麼生氣。我是來講和的，講不成我就不走。」

「沒事的。起來吧，別像個傻瓜一樣，喬。」喬的請求得到這句輕慢的回答。

「謝謝，聽你的。可以問問發生了什麼事嗎？你看起來心情很糟。」

「他用力搖我，我咽不下這口氣！」勞里憤然吼道。

「誰？」喬追問。

「爺爺。假如是別人，我早就——」這個委屈的少年右臂用力一揮，沒有往下說。

「這又沒什麼，我常常搖你，你也不在意啊。」喬勸慰道。

「嗐！你是女孩子，而且只是鬧著玩。但我不准男的搖我。」

「如果你的老臉上像現在這樣烏雲密布，我看沒人想惹你的。你爺爺為什麼這麼對你？」

「就因為我不肯告訴他你媽媽為了什麼事找我。我答應了不說，當然不能食言。」

「你就不能用別的辦法讓爺爺放心嗎？」

「沒辦法，他要聽『事實，完整的事實，絕不摻假的事實』[67]。如果可以不把瑪格供出來，只講自己做的蠢事，我也就講了。既然行不通，我只好一聲不吭，硬著頭皮挨罵，後來他老人家竟過來揪住我的衣領。這下我可發怒了，趕緊扭頭跑開，生怕壓不住火氣。」

「這樣不好，但是我想他一定後悔了。下樓去講和吧。我來幫你的忙。」

「我死也不會去的！我不願為了區區一個玩笑，去每個人面前挨訓受罰。我對瑪格過意不去，也像男子漢那樣去道了歉。但這回我不會道歉的，又不是我的錯。」

「但他不知道啊。」

「他應該信任我，而不是把我當個小嬰兒。沒用的，喬。他得明白我能顧好自己，不需要牽著誰的裙帶走路。」

「真是牛脾氣！」喬歎了一口氣，「那你準備怎麼解決呢？」

「嗯……他應該來道歉，我說沒法把我們爭論的事情告訴他，他就該相信我。」

「喔唷！他不肯的。」

「那我就不下樓。」

---

67 引自美國法庭證人出庭時的誓詞。

「好了，泰迪，理智點。就讓事情過去吧，我去盡力解釋看看。你總不能一直待在這裡吧，小題大做又有什麼意義呢？」

「我沒打算在這裡久留。我會逃出去，找個地方旅行。等爺爺想我了，他很快就會回心轉意的。」

「我也是這樣想的。不過你不該一走了之，讓他擔心。」

「別說教了。我要到華盛頓去見布魯克先生，那裡很好玩，這一番費力勞心之後，我得去放鬆一下。」

「那該多有趣呀！真希望我也能溜去！」首都軍旅生活的畫面躍然眼前，喬霎時忘了自己是「勸解者」。

「那就去啊！猶豫什麼？你去給你爸爸驚喜，我呢，去嚇嚇親愛的布魯克先生。真是個絕妙的玩笑，走吧，喬！我們留一封信報平安，然後立刻動身。旅費我有。這對你有利無弊，畢竟你可以去看望爸爸。」

一時間喬看起來就要答應了，這個計畫雖然欠考慮，卻正合她的心意。她已厭倦了深居簡出、照護病人，渴望換換環境，想到爸爸，又想到充滿新奇魅力的軍營與醫院，自由而有趣的生活誘惑著她。她滿懷憧憬望向窗外，雙眼閃閃發光，然而視線落在對面那座老房子上時，她帶著悲憂的決心搖了搖頭。

「假如我是男孩，我們就一起逃跑，玩個痛快；但我是個可憐的女孩子，只能安分些，待在家裡。別慫恿我了，泰迪，這個計畫太瘋狂了。」

「這就是樂趣所在啊！」勞里正在興頭上，一心一意想要衝出樊籠。

「別說了！」喬捂住耳朵嚷道，「『循規蹈矩[68]』就是我的命運，我還是認命的好。我是來這裡講道理的，不是來聽一些想想就激動的事情。」

「我知道瑪格一定會對這種提議潑冷水，我還以為你更有膽識呢。」勞里旁敲側擊。

「壞孩子，住嘴吧。坐下來反省你自己的過錯，不要使我罪上加罪了。如果我能請你爺爺來向你道歉，你是不是就不想逃家了？」喬正色問道。

「是啊，但你辦不到的。」勞里回答。他也希望「講和」，又覺得自尊心受損，得先消消氣才行。

「我對付得了小的這位，對付那位老先生也不在話下。」喬喃喃自語著走開去。勞里留在房裡，在一張鐵路圖前面雙手支頤。

「進來！」喬叩門的時候，勞倫斯老先生低沉的嗓音比往常更低。

「是我，先生，來還書的。」她進門，平和地說道。

68 循規蹈矩：原文為「Prunes and prisms」，原意為「梅乾和稜鏡」，出自查爾斯．狄更斯小說《小杜麗》。在《小杜麗》中，傑納勒爾太太以詞語教授小杜麗練習嘴形，如爸爸（papa）、馬鈴薯（potatoes）、家禽（poultry）、梅乾（prunes）和稜鏡（prism）。「梅乾和稜鏡」後引申為「塑造舉止，裝腔作勢」，也可以表「循規蹈矩」。

「還要借別本嗎？」老先生繃著臉，似乎帶著些怒氣，只是竭力不露聲色。

「要，謝謝。我太喜歡老山姆[69]了，想借第二卷讀讀看。」喬希望透過借閱「鮑斯韋爾[70]」所著的《約翰生傳》第二卷，以此奉承老先生，因為這部妙趣橫生的作品正是他推薦的。

老先生粗濃的眉毛稍稍舒展了些，他把書梯推到擺放約翰生文學的那個書架前。喬躍上書梯，在梯頂坐下，佯裝找書，心中卻盤算著如何表明來意才不致火上澆油。勞倫斯老先生似乎察覺出她正醞釀些什麼，他在房間裡快步繞了幾圈之後，突然回頭對她發話，驚得她失手將《拉塞拉斯》[71]面朝下掉落在地。

「那孩子幹了什麼事？哎，別想袒護他！看他回家時那個樣子，我就曉得他一定惹是生非了。我問不出一個字來，後來就搖他，想逼他說出真相，結果他卻奔上樓把自己鎖在房裡了。」

「他確實做錯了事，可是我們原諒他了，也都保證不對任何人洩露一個字。」喬含糊其詞。

「這可不成，你們幾個女孩心腸軟，他不能靠你們的保證蒙混過關。如果他做了什麼不對的事，就該認錯、道歉、受罰。說出來吧，喬！我不想被蒙在鼓裡。」

勞倫斯老先生如此疾言厲色，喬恨不得拔腿就跑，然而她正高高地坐在書梯上，他站在面前，如猛獅當道，她只得勇敢面對。

「真的，先生，我不能說，媽媽不准。勞里已經認過錯、道過歉，也受了不少懲罰。我們不往外說，不是為了袒護他，是為護著另一個人，要是您再追究，只怕會節外生枝。請不要過問了，我也有錯，不過現在沒事了。我們還是忘了它，來聊聊《漫步者》[72]之類高興的事吧。」

「讓《漫步者》見鬼去吧！下來給我個明確的答案，我那冒失的小子沒做什麼忘恩負義或者不禮貌的事吧？要是他做了你們卻寬待他，我可要親手揍他一頓。」

這番威脅的話聽來可怕，但沒有嚇倒喬，她知道這個性情暴躁的老人家無論嘴上如何逞強，也絕不會動他孫子一根毫毛。她順從地走下梯子，把這件惡作劇的事輕描淡寫講了一遍，既沒有提及瑪格，也沒有背離實情。

「嗯嗯……哦，如果那孩子守口如瓶是因為答應了你們，而不是脾氣壞，我就饒了他吧。他是個固執的小子，不好管教。」勞倫斯老先生邊說邊揉亂了自己的頭髮，看起來像是被一陣大風掠過，緊鎖的眉頭也在寬慰中解開了。

「我也一樣，沒人能管住我，除非好言相勸。」喬設法為她的朋友講一句好話，他今天似乎禍不單行。

69 老山姆：此處指英國作家、文學評論家、詩人山繆爾．約翰生（一七〇九－一七八四），因歷時九年編成《英語大辭典》（即《約翰生字典》）而聞名。

70 詹姆斯．鮑斯韋爾（一七四〇－一七九五）：英國作家，現代傳記文學的開創者。《約翰生傳》為其最著名的作品，此書內容翔實，描寫生動，被公認為英語傳記文學經典之作。

71 《拉塞拉斯》：山繆爾．約翰生所著哲理小說，講述主角拉塞拉斯王子在遊歷中追尋幸福的故事。

72 《漫步者》：山繆爾．約翰生在一七五〇－一七五二年間出版的期刊，至少包含其所作散文二〇八篇，涉及宗教、文學、政治等主題。

「你覺得我對他不好，嗯？」老先生答得很犀利。「哎呀，不是的，先生。您有時候對他太好了，只有他做的事考驗您耐心的時候，您的脾氣才急了一點。您說是不是？」

喬決定把話說開，她努力保持鎮定，壯著膽子說完後，還是顫抖了一下。令她大為驚異而又安心的是，老先生只是把眼鏡啪地往桌上一扔，坦然高呼：「你說得對，孩子，的確如此！我愛那孩子，但這回他叫我忍無可忍了，我不知道這樣下去該如何收場。」

「我告訴您吧——他要逃走。」話一出口，喬便後悔了。她本意是想提醒他勞里受不了諸多約束，希望他對那小子更寬宏大量些。

勞倫斯老先生臉上迅即失了血色，他坐下來，憂慮地望了一眼掛在桌子上方的相片。相片上的英俊男子是勞里的父親，他年輕時違背老先生專斷的意願，離家出走結了婚。喬猜想老先生正憶及往事而悔不當初，直恨自己口快了。

「他不會真這麼做的——除非氣極了，他只有讀書讀得厭煩時才偶爾說說這嚇唬人的話。我也常想著逃走，尤其在剪了頭髮之後。所以，如果我們不見了，您可以登兩個男孩的尋人啟事，再到開往印度的輪船上找找。」

她邊說邊笑，勞倫斯老先生如釋重負，顯然把這一切當作玩笑話。

「你這鬼丫頭，怎麼敢說這種話？你對我的尊敬到哪裡去了？你良好的教養到哪裡去了？祝福孩子！孩子真折磨人，但是少了他們又不行。」說著，他愉快地捏了捏她的臉頰。

「去帶那孩子下來吃飯吧，告訴他沒事了，勸他見了爺爺不要哭喪著臉，我可看不下去。」

「他不會來的，先生。他心裡難受，因為他說沒法洩密的時候，您不相信他。我想您的『搖晃』使他傷心了。」

喬盡力裝出可憐樣，想必是沒有裝好，因為勞倫斯老先生笑了起來，她見狀便知大功告成了。

「我也過意不去，我看，還得謝謝他沒有以牙還牙。那小子究竟想要怎麼樣？」老先生像是對自己的急躁有些慚愧。

「先生，換作是我，我會寫封道歉信給他。他說等不到道歉他就不下樓，還提到華盛頓，說了些荒腔走板的話。我想，一封正式的道歉信能讓他明白自己有多傻，然後心平氣和地下樓來。試試吧，他喜歡好玩的事，這種方法比談話更好。我把信送上去，再跟他講講做人的道理。」

勞倫斯老先生敏銳地看了她一眼，戴上眼鏡，悠悠地說道：「你這狡猾的丫頭！我倒是不介意受你和貝絲的擺布。來，給我一張紙，我們把這樁無謂的事了結了吧。」

這封信上的內容，是一位紳士深深冒犯了另一位之後會寫的話。然後喬在勞倫斯老先生謝頂的腦袋上親了一下，跑上樓，把道歉信從勞里房門下的縫隙塞了進去，透過鎖眼對屋裡講話，勸勞里要聽話、要識禮，還講了些別的知易行難的道理。她發現門又反鎖著，便讓那封信去發揮作用，轉身靜靜往樓下去了。誰知不一會兒，這位年輕紳士便沿著樓梯扶手一滑而下，先於她來到樓下，臉上帶著最馴良的表情。「真夠意思，喬！你有沒有挨罵？」他笑著說。

「沒有，總而言之，他滿和氣的。」

「啊！我真是四面受敵！連你都把我晾在那裡……我剛才覺得自己只剩死路一條了。」他語帶歉意。

「泰迪，別這麼說，翻開新的一頁，重新開始吧，孩子。」

「我不斷翻開新的一頁，又糟蹋了它，就像我常常糟蹋抄寫本。我一次次重新開始，從來都是有始無終。」他憂悶地說。

「去吃飯吧，吃飽了會覺得好些的。男人肚子餓的時候總愛發牢騷。」說罷，喬從前門溜之大吉。

「這是對我們男心（性）的折爛（責難）。」勞里一面模仿艾美說話，一面孝順地去和祖父共進午餐，言歸於好。後半天，祖父和藹得像聖人一般，舉止也彬彬有禮。

大家都以為陰雲散去，此事已了。然而禍根已經埋下，縱使其他人把事情忘了，瑪格卻念念不忘。她從不談及那個人，內心卻對他十分惦記，做夢也比以前多了些。有一天，喬在姊姊的書桌裡翻找郵票，偶然發現一張紙條，上面塗滿了潦草的字——約翰・布魯克夫人。她當即慘叫出聲，把紙條扔進了火爐，心知勞里的惡作劇使她的倒楣日子迫近了。

22 可愛的草地

如雨過天青，其後的幾星期祥和無事。兩個病人恢復得很快。馬奇先生開始計畫在新年年頭回家。沒過多久，貝絲也能整天在書房的沙發上坐臥了，起初只逗玩那幾隻心愛的貓，後來又拾起延宕已久的針線，為洋娃娃縫製衣物。她原本靈活的手腳現在僵軟無力，所以喬每天以矯健的雙臂攙扶著她，在家附近走走，透透氣。瑪格不惜弄髒甚或燙傷自己那雙玉手，為「小可愛」烹調美味佳餚。艾美呢，對那個戒指的提醒恪守不渝，捧出自己的寶物分送給姊姊以慶祝還家之喜，還極力勸說她們多收幾樣。

聖誕節將近，家中一如往年為神祕氣氛所籠罩。喬為紀念這個異常快樂的聖誕節，時不時提出一些天馬行空的歡慶儀式，令家人捧腹不已。勞里也是一樣不切實際，照他的意思，還應該生篝火、放煙火、搭幾道凱旋門。興致勃勃的兩人經過多次爭論與冷戰，似乎熱情已熄，走到哪裡總垮著臉，然而兩人湊到一起時，臉上又綻開笑容。

接連幾日天氣格外和煦，正適合迎接聖誕佳節。漢娜「從骨子裡感到這一定是非同尋常的良辰吉日」。她儼然先知，這一天果真人人滿意，事事順利。先是馬奇先生來信說他很快將與她們團聚；然後當天早晨，貝絲感覺神清氣爽，穿著媽媽送的柔軟的深紅色美麗諾羊毛外衣，被神神氣氣地背到窗前，觀賞喬和勞里奉上的禮物。這兩人絕非三分鐘熱度，他們使出渾身解數，像精靈般連夜工作，變出一道滑稽的奇觀來。只見花園中聳立著一尊高大的雪女，頭戴冬青花環，一手提花果籃，一手握新樂譜，冰肌雪膚的肩膀上圍著一條七彩針織毛毯，還有一首寫在粉色紙帶上的聖誕頌歌，在唇間飄揚——

少女[73]致貝絲

祝福你，親愛的貝絲女王！
願你萬事如意，不再哀傷；
值此聖誕之日，衷心希望
你常保平安、幸福與健康。

水果獻給勤勞蜜蜂品嘗，
花朵為她帶去馥郁芬芳；
樂譜化作鋼琴音符流淌，
毛毯覆上腳趾掃盡寒涼。

看啊，這一幅瓊安娜肖像，
由拉斐爾二世[74]揮毫紙上，
精雕細刻費盡許多心腸，
直畫得那娃娃活色生香。

紅紅絲帶一條，懇請笑納，
來裝點喵喵小姐的尾巴。
好瑪格做了冰淇淋一桶——
似小小白朗峰屹立其中。

我的創造者將深情厚意
以白雪糅合，埋入我心底：
請收下高山少女這情意，

---

73 少女：原文為「JUNGFRAU」，亦可指阿爾卑斯山少女峰。

74 拉斐爾二世：此處指艾美，見第四章。

貝絲見了這番景象，笑得合不攏嘴。勞里跑來跑去將禮物送進屋，喬呈上禮物時又說了不少好笑的話。

「我快樂極了，如果爸爸在這裡，就幸福滿溢了。」貝絲心滿意足地歎道。在大家一陣興奮過後，喬把貝絲背到書房休息，讓她吃一些「少女」送的甜美葡萄。

「我也是。」喬說著拍了拍口袋，裡頭塞了那本她渴望許久的《水妖及辛特拉姆》。

「我想我也一樣。」艾美應和道。她正研究著鑲在精美畫框中的「聖母與聖嬰」雕版畫，那是媽媽送給她的。

「我當然也是。」瑪格叫道，一面輕撫她生平第一條絲綢洋裝的銀色褶襉。勞倫斯老先生執意要送這條裙子給她。

「我又何嘗不是？」馬奇太太感激地說著，目光從丈夫的來信移到貝絲的笑臉上，一手摩挲著一枚由灰、金、栗、深棕四色髮絲編成的胸針，幾個女兒剛剛把它別上媽媽的胸口。

偶爾，在這平凡世間，也會發生故事書裡寫的那種喜事，帶給人莫大的安慰。半小時前，大家正說著自己多麼快樂，只差一件事便幸福滿溢，那件事此刻成真了。勞里推開客廳房門，靜悄悄地探頭進來。他倒不如翻一個筋斗，或呼一聲印第安人的戰吼，因為他臉上滿是難掩的興奮，嗓音也透露著歡愉，大家見狀都跳了起來，雖然他只是氣喘吁吁、語調詭異地說了一句：

「還有一份聖誕禮物要送給馬奇家。」

話音未落，勞里已被拉到一邊，剛才站立的地方出現一個高個子男人，全身上下裹得只露出半張臉，另一個高個子男人用手臂扶持著他，想說些什麼又覺語塞。家人自然一擁而上，一時間似乎都忘乎所以，舉止失常，誰都說不出一句話來。馬奇先生淹沒在四對臂膀的熱情擁抱中。喬失了儀態，差點暈倒，被勞里扶進瓷器儲藏室救護。布魯克先生竟吻了瑪格，他語無倫次地解釋說完全是不小心。一向端莊的艾美被凳子絆了一跤，顧不得爬起來，摟住父親的靴子，哭得令人動容。馬奇太太是頭一個鎮定下來的，她抬起手提醒道：「噓！別忘了貝絲！」

話說得太遲了，書房門猛地打開，那件紅色小外衣出現在門口——喜悅為虛弱的四肢注入氣力——貝絲直直奔向父親的懷抱。之後發生了什麼已無關緊要，那一顆顆心洋溢幸福，洗盡了過往的苦楚，獨留今日的甜蜜。

說來一點也不浪漫，是一陣哄堂大笑使眾人回過神來，因為她們發現漢娜站在門後，手捧一隻肥碩的火雞抽抽搭搭，她從廚房衝出來時忘了把火雞放下。笑聲平息後，馬奇太太開始向布魯克先生道謝，感謝他悉心照顧她的丈夫。布魯克先生這才想起馬奇先生需要休息，於是一把拉過勞里，匆促告退。家人便囑咐兩個病人去休養身體，結果他們倆同坐在一張大椅子上，一個勁地聊天。

馬奇先生說著自己渴望給她們驚喜，醫生准許他趁著近日的好天氣回家，布魯克先生為他盡心盡力，實在是個正直而可敬的年輕人。說到此處，馬奇先生停頓片刻，先瞥了瑪格一眼，她正用力撥著爐火。隨後他又挑了挑眉毛，探詢似的望向妻子。馬奇太太輕輕點了點頭，相當突然地問他想不想吃點東西。個中意味，且留待讀者諸君體會。喬看懂了父母的眼色，悻悻然走開去拿葡萄酒和牛肉湯，她砰地關上門，喃喃自語道：「我討厭可敬的褐色眼睛年輕人！」

他們這天的聖誕午餐，真是前所未有的愉快。那隻肥碩的火雞肚內填滿餡料，烤得金黃，裝飾精美，漢娜端上桌時大家歎為觀止。葡萄乾布丁也是色味俱佳，入口即化。果凍同樣美味，艾美大快朵頤，像一隻掉進糖罐的螞蟻。謝天謝地，每道菜都適味可口，漢娜說：「太太，我的腦袋一團亂，能把菜做好還真是奇蹟，沒有把布丁拿去烤，也沒有把葡萄乾塞進火雞包上布端去蒸。」

勞倫斯老先生和孫子與他們共進午餐，布魯克先生也在——喬陰沉沉地瞪著他，勞里在一旁看得樂不可支。餐桌上座並排擺了兩張安樂椅，坐著貝絲和父親，兩人稍許吃了些雞肉和一點點水果。他們舉杯互祝健康，講講故事，唱唱歌，還像老人家說的那樣「話話當年」，相聚甚歡。幾個女孩原先計畫去滑雪橇，因不捨離開父親而作罷，於是幾位客人早早告辭。暮色四合，幸福的一家人圍坐在火爐邊。

大家談天說地許久，停頓了一會兒，喬打破沉默問：「就在一年前，我們還為了等待一個沉悶的聖誕節而發牢騷呢。你們記得嗎？」

「這一年大致上還算愉快！」瑪格含笑看著爐火說道，慶幸自己面對布魯克先生未失體統。

「我覺得這是很不容易的一年。」艾美若有所思，望著手上明晃晃的戒指說。

「我很高興今年過去了，因為我們把你盼回來了。」坐在父親膝上的貝絲輕聲說道。

「你們走過了一條相當崎嶇的路，我的小朝聖者，特別是後半段。但你們仍勇敢前進著。我想那些重擔很快就可以卸下了。」馬奇先生面帶慈父的歡喜之色，看著聚在身旁那四張稚嫩的臉龐。

「你怎麼知道的？媽媽告訴你的嗎？」喬問。

「倒也不是。草動知風向嘛，我今天還發現了幾件事呢。」

「噢，跟我們說說是什麼事！」坐在他身邊的瑪格叫道。

「這裡就有一件！」父親將搭在他椅子扶手上的那隻手托起，指指磨粗了的食指、手背上的一道燙痕，還有掌心兩三處小小的繭，「我記得這隻手以前雪白柔嫩，你最關心的就是如何保護它。那時它很漂亮，然而在我看來，現在漂亮多了——從表面的瑕疵裡，我讀出一點故事來。一次燔祭燒走了虛榮心；長繭的手心得到的不只是水泡；這些被刺傷過的手指縫出來的東西，一定分外耐久牢固，一針一針飽含善意。瑪格，我親愛的，比起一雙纖纖玉手或一些時髦的才藝，我認為能讓家庭幸福的持家本事更加重要。握著這隻勤勞善良的小手，我感到驕傲，希望暫時不會有人要我放開這隻手。」

如果說瑪格日夜辛勞想獲得什麼回報，在父親深情緊握的手中、在他讚許的微笑中，她已得償所願。

「那喬呢？也說她幾句好話吧。她那麼努力，又對我特別特別好。」貝絲附在爸爸耳邊說。

爸爸笑了，向坐在對面那個高挑的女兒望去，她臉上顯出難得的柔情。

「那一頭鬈髮雖然剪得短短的，但一年前我辭別的那個『男孩喬』已經不見了。」馬奇先生說，「我只看見一位小淑女，衣領扣得整整齊齊，靴帶繫得俐俐落落，不吹口哨，不說粗俗的字眼，也不躺在地毯上，和以前的她不一樣了。現在，因為看護病人而憂心忡忡，她的臉蛋消瘦蒼白了些，但是我喜歡看這張臉，它變得更溫潤了，她說話的聲音也更輕柔了。她不再跑跑跳跳，走路安安靜靜的，還像母親那樣照顧著一個小人兒，真叫我高興。我很想念我的野丫頭，可是有一個堅強溫厚、樂於助人的女性取而代之，我也覺得很滿意了。我不知道我們的小黑羊[75]是不是因為剪了毛而變得溫馴，但我知道，走遍華盛頓，也找不到一樣足夠好的東西，值得用我心愛的女兒帶來的二十五塊錢去換。」

喬神采奕奕的雙眼有點模糊了，消瘦的臉孔在火光中泛起紅暈，她接受了父親的稱讚，覺得確實有一部分是自己當得起的。

「接著是貝絲了。」艾美說。她盼著輪到自己，不過她願意等。

「關於貝絲沒什麼要說的，我不敢多說，怕她一溜煙跑走，雖說她已不像以前那麼怕羞了。」父親歡快地說著，想起自己險些失去她，便抱緊她，用臉頰貼著她的臉頰，溫柔地說，「你平安地在我身邊了，我的貝絲，我要讓你永遠平平安安的，老天保佑。」

片刻靜默之後，他低頭看著腳邊矮凳上的艾美，伸手輕撫她光亮的頭髮，說道：「我注意到艾美吃飯時只拿了雞小腿，把肥美的肉讓給別人，一下午都在幫媽媽打雜，晚上把座位讓給瑪格，而且耐心又和氣地服侍大家。我還發現她既沒有愁眉苦臉，也沒有忙著照鏡子，甚至連手上戴著一個很漂亮的戒指也提都沒有提呢。所以我斷定，她已經懂得多為別人著想，少考慮自己，決心像做那些小小泥塑一樣，試著認真塑造自己的品格。對此我感到高興，我當然該為她的優美雕塑作品驕傲，而令我驕傲至極的，是這個可愛女兒有能力讓自己和別人的生活更加美好。」

艾美謝過爸爸，又對他講了這戒指的來歷。此時，喬問：「貝絲，你在想什麼呀？」

「今天我在《天路歷程》裡讀到一段，說大家歷經千難萬險之後，來到一片可愛的草地，草地上百合常年盛開，他們在那裡快樂地安歇，就和我們現在一樣，然後再繼續走向旅途的終點。」貝絲答道。她悄然離開爸爸的懷抱，款款走向鋼琴，接著說：「唱歌時間到了，我想要待在老地方。我試試唱那些人聽到牧童唱的歌。我為爸爸譜了曲，因為他喜歡那段歌詞。」

於是，貝絲在心愛的小鋼琴前坐下，輕觸琴鍵。家人曾以為再也聽不到她甜美的歌聲，此刻隨著她的伴奏，那歌聲唱出一首古雅的讚美詩，一首格外適合她的歌。

75 小黑羊：原文為「black sheep」，英語習語，意指家中的異類。

23 馬奇姑婆解決難題

第二天，如同蜜蜂簇擁著蜂后，母女幾個繞著馬奇先生打轉，萬事不管，只顧看著他，侍奉他，聽他講話，這位新來的病人簡直要被寵壞了。他坐在大椅子上，抵著貝絲坐的沙發，另外三個女兒挨在他身邊，漢娜不時探頭進來「偷看這好人」，他們的快樂似乎無以復加了。但還是缺少些什麼，家中年長一些的都覺察到了，只是無人說破。馬奇夫婦目光緊跟著瑪格，又面帶焦慮彼此對視。喬突然臉色陰沉下來，只見她對著布魯克先生遺留在門廳的雨傘揮了揮拳頭。瑪格則是魂不守舍，羞答答，靜悄悄的，聽到門鈴響便會一震，有人提到約翰的名字她就臉紅。艾美說：「大家好像都在等待著什麼事，靜不下心來，真奇怪，爸爸明明已經平安回家了。」天真的貝絲納悶，為什麼鄰居不像平日那樣來探訪。

下午勞里路過，見瑪格在窗前，頓時戲癮大作，在雪地中單膝跪下，捶胸扯髮，雙手懇切地互握，像是在求什麼恩惠。瑪格叫他知趣些，快走開，他又假裝從手帕裡擰出幾滴淚，步履蹣跚地繞過屋角，一派萬念俱灰的樣子。

「這個傻瓜是什麼意思呀？」瑪格大笑道，一面裝出懵懂的神氣。

「他在演給你看，你的約翰以後會怎麼做。很感人，對吧？」喬輕蔑地回答。

「不要說『我的約翰』，這不像話，也不是事實。」話雖如此，瑪格的聲音卻慢條斯理地說出這四個字，似乎在她聽來很悅耳，「拜託別折騰我了，喬。我已經告訴過你，我對他沒有多少興趣，這事沒什麼可說的，我們大家都很要好，還會和以前一樣繼續做朋友。」

「不可能了，有些話已經說出口了，勞里的惡作劇把我眼裡的你給毀了。我心知肚明，媽媽也是。你一點也不像原來的你了，好像離我非常遙遠。我不想折騰你，也會像男子漢一樣隱忍，但我由衷希望塵埃落定。我討厭等待，如果你有心做決定，事不宜遲，趕快了結了吧。」喬賭氣說。

「他沒開口之前，我可是什麼都不能說、不能做啊。但他不會開口的，因為爸爸說我年紀太輕了。」瑪格低頭縫紉起來，臉上露出一抹奇特的微笑，暗示著在這件事上她不怎麼贊同父親的看法。

「如果他真的開了口，你一定不知道說什麼才好，只會哭哭啼啼或羞紅臉，要不就是聽他擺布，沒辦法毅然決然說一個『不』字。」

「我才不像你想的那麼笨、那麼懦弱哩。我知道自己該說什麼，都計畫好了，以免措手不及。誰都不知道會發生什麼事，我希望做好準備。」

瑪格無意間擺出一副鄭重的神情，楚楚動人，臉頰上升起的兩朵紅暈也煞是好看，喬不禁失笑。

「你願意把打算說的話告訴我嗎？」喬問得恭敬了些。

「當然願意。你已經十六歲，夠當我的知己了，將來你遇到這種事，我的經驗也許有用。」

「我可不想有這種事。看別人風花雪月很有意思，但若換成自己，我會覺得像個傻子的。」

喬看起來被瑪格的話嚇了一跳。

「我想不會的，如果你很喜歡一個人，而他也喜歡你的話。」瑪格像是在說給自己聽。她朝窗外那條小徑望去，夏天的暮色中，小徑上時常能看到雙雙對對散步的情侶。

「你不是要把想對那個人講的話告訴我嗎？」喬無禮地說道，打斷了姊姊短暫的遐想。

「哦，我只會平靜又堅決地說：『布魯克先生，謝謝你一片厚意，不過我同意家父的話，我年紀還太輕，暫時不適合訂下終身。所以請不要再說了，我們還是和以前一樣做朋友吧。』」

「哼！真夠冷酷無情的。我不信你會這麼說，就算說了，他也一定不會善罷甘休。如果他像書裡那些遭拒的情人一樣糾纏，你就會讓步，不願傷他的心了。」

「不，不會的！我會告訴他我心意已決，然後端莊地走出客廳。」

說著，瑪格站起身，正要預演端莊離去的動作，忽聽得門廳裡傳來一陣腳步聲，她立馬折返原位，又縫紉起來，彷彿要趕在限期前拚命縫好那一道縫口。喬見了這突然的轉變，只得憋住笑，等聽到有人輕輕敲門，便拉長了臉把門打開，全無待客之意。

「午安，我是來拿傘的——也來看看你們的父親今天狀況如何。」布魯克先生說著，視線從這一張臉轉到另一張臉上，兩張臉都透露著心事，他心生些許困惑。

「傘很好，爸爸在架子上，我去把他拿來，告訴它你來了。」喬把爸爸和雨傘講混了，答完便匆忙溜出客廳，好讓瑪格說出那段準備好的話，展現她的端莊。然而她前腳剛走，瑪格也悄悄走向門口，低語說：「媽媽見到你會很高興的，請坐，我去叫她。」

「別走。你是怕我嗎，瑪格麗特？」布魯克先生一臉傷心的神色，瑪格自覺非常魯莽。她的臉漲紅到額前一綹鬈髮的髮根，他從不曾直呼過她的名字，她驚訝地發現，聽他這麼稱呼，感覺如此自然而甜蜜。她急於顯出友善坦然的樣子，於是帶著信任的意思伸出手來，感激地說：「你對爸爸這麼好，我怎麼會怕你呢？我只希望能好好謝謝你。」

「我告訴你怎麼謝好嗎？」布魯克先生問，一面把那隻小手緊緊握在他的一雙大手裡，低頭看著瑪格，褐色的眼睛含情脈脈，瑪格的心怦怦直跳，她既想逃走，又想留下來聽個分明。

「噢，不，請不要說——我寧願你不說。」她試圖將手抽回來，雖不願承認，卻顯得很懼怕。

「我不會煩擾你，只想知道你對我是否有一絲好感，瑪格，我是那麼愛你，親愛的。」布魯克先生溫情地說。

此刻正應說出那段平靜而得體的話了，而瑪格沒有說，她一個字都不記得了，只低下頭說：「我不知道。」聲音細若游絲，約翰俯下身來，才聽見這簡短而傻氣的回答。

他似乎覺得費力聽到這句回答很值得，他暗自微笑，彷彿心滿意足，感激地握了握那隻圓潤的小手，以最動人的語氣說：「你能試著想想嗎？我非常想知道你的心意，不弄清楚最終能否如願以償，我工作起來也魂不守舍的。」

「我還太年輕。」瑪格囁嚅道，奇怪自己為什麼如此心旌搖曳，卻又覺得沉醉。

「我願意等。與此同時，你也可以學著喜歡我。這門功課會很難嗎，親愛的？」

「如果我決定學的話就不難，可是——」

「請你決定學吧，瑪格。我很樂意教，而且這功課比德語要簡單。」約翰打斷她的話，又執起她的另一隻手，這樣他傾身看她的臉，她就無法以手掩面。

他的語氣懇懇切切，瑪格羞澀地偷看一眼，只見他的目光歡愉而又溫柔，露出那種勝券在握的滿足笑容。這笑容惹惱了瑪格，安妮．莫法特那一套欲就還推的愚蠢招數浮現在她腦海，沉睡在這個乖巧小婦人心中的控制欲突然甦醒過來，支配著她。她感到激動不安，不知如何是好，一時衝動之下縮回了雙手，使性子說：「我不想決定，請走開吧，別管我！」

可憐的布魯克先生彷彿眼看著迷人的「空中樓閣」轟然坍塌，他不曾見過瑪格這樣大發脾氣，只覺大惑不解。

「你這話當真嗎？」他見她轉身離開，便追上去急切地問。

「是的，當真。我不想為這種事煩惱。爸爸說我不必煩惱，為時過早，我也寧願不去多想。」

「我可以希求你以後改變主意嗎？我願意等，什麼都不說，給你更多時間。不要戲弄我，瑪格。我想你不是這樣的人。」

「什麼都別想，我寧可你不要想到我。」瑪格考驗著戀人的耐心，也控制著局面，得到一種調皮的滿足感。

此時的他臉色凝重蒼白，顯然更像她欣賞的那些小說主角了。不過他沒有和他們一樣用手拍額頭或是在屋中徘徊，只是站在那裡望著她，那麼惆悵，那麼溫柔，竟使她不由自主地心軟下來。要不是馬奇姑婆在這有趣的時刻一瘸一拐地走進來，很難說接下來會發生什麼事。

老太太忍不住想見見侄子。她出門透氣時遇上勞里，聽說馬奇先生已經回家，二話不說就坐了馬車來看他。這一家人都在屋子別處忙碌，她悄無聲息地進門，想要給他們驚喜。她的確驚到了這兩位，瑪格像見到鬼似的嚇了一跳，布魯克先生則往書房躲去。

「天啊！這是怎麼一回事？」老太太喊道。她把手中的枴杖在地上一頓，瞥了一眼那個面色慘白的年輕先生，又望向那個臉泛紅霞的年輕小姐。

「這是爸爸的朋友。見到您真是出乎意料啊！」瑪格結結巴巴地說著，心想挨一頓訓是免不了了。

「看得出來。」馬奇姑婆坐下來，「你爸爸的朋友說了什麼使你臉紅得像朵牡丹呢？這裡一定有什麼把戲，我非得問清楚不可！」枴杖又是一頓。

「我們只是在聊天。布魯克先生是來拿他的雨傘的。」瑪格真希望布魯克先生已連人帶傘從客廳全身而退。

「布魯克？那個男孩的老師？啊！我懂了。我全都明白了。喬先前無意中發現你爸爸一封信裡的餿主意，我要她告訴我了。你可沒答應他吧，孩子？」馬奇姑婆一臉反感地嚷嚷道。

「噓！他會聽見的！我要去叫媽媽來嗎？」瑪格十分為難。

「先不用。我有話要對你說，我得一吐為快。告訴我，你打算嫁給這個庫克[76]嗎？如果是這樣，我的財產一分錢都不會留給你的。記住這句話，做個懂事的女孩。」老太太話說得很重。

馬奇姑婆有一種絕頂的本事，能在文雅的人心中激起反抗精神，她也樂於施展這種本事。再乖巧的人也多少有些拗脾氣，尤其在少不更事、墜入情網的時候。假使馬奇姑婆請求瑪格接受約翰．布魯克，她說不定會聲稱自己無法考慮此事。而現在姑婆專橫地下令不准喜歡他，她反倒立即鐵下心來要喜歡。傾慕之心加上拗脾氣，使得這決定下得很容易，瑪格本就相當激動了，此時便以不尋常的勇氣反抗老太太。

「我想嫁誰就嫁誰，馬奇姑婆，把你的錢留給你喜歡的人吧。」她說著，毅然點了點頭。

「哎喲喂！你就這樣聽我勸的嗎，小姐？日後你住在茅草屋裡考驗愛情，發覺走投無路時，可就要後悔了。」

「那也不會比有些住大房子的人下場更慘。」瑪格頂嘴回去。

馬奇姑婆戴上眼鏡端詳這個女孩——這種脾氣的她，倒是挺新鮮的。瑪格也快認不得自己了，覺得自己十分勇敢獨立——只要她願意，就能為約翰辯護、捍衛自己愛他的權利，她頗感欣慰。馬奇姑婆見自己開頭就錯了，沉吟片刻之後，重新來過，盡量好聲好氣地說：「好了，瑪格，親愛的，明理一些，聽我的勸。我是好心，不希望你一失足成千古恨。你應該嫁個好人家，幫扶娘家。你有責任嫁給有錢人，這你得牢記。」
「爸爸媽媽可不這麼想。他們喜歡約翰，雖然他窮。」
「親愛的，你爸媽跟小孩似的不懂世故。」
「我很高興他們是這樣的。」瑪格大聲說，語氣堅決。
馬奇姑婆並不理會她，繼續說教：「這個魯克[77]很窮，也沒有有錢親戚，對吧？」
「對。但是他有很多熱心的朋友。」
「你們也不能靠朋友過活呀，你試試，看到時候朋友會變得多冷漠。他也沒有事業吧？」
「還沒有，但勞倫斯老先生會幫他。」
「那不是長久之計。詹姆斯．勞倫斯是個反覆無常的老頭，靠不住。這麼說來，你打算嫁給一個沒錢沒勢又沒事業的人，比現在更辛苦地工作下去？你明明可以聽我的話，嫁得更好，享福一世。我以為你會更明事理的，瑪格。」
「我再等上半輩子，也不會比現在更好了！約翰善良又聰明，多才多藝，勤勤懇懇。他那麼積極，那麼勇敢，一定會出人頭地的。大家都喜歡他，尊敬他。我這麼貧窮、年輕、傻氣，他卻

---

76 庫克：馬奇姑婆將布魯克的名字「Brooke」誤念為「Cook」，該單字也有「廚師」之意。
77 魯克：原文為「Rook」，仍為「Brooke」之誤。

對我有意，這讓我倍感榮幸。」瑪格神情真摯，顯得比往常更為嬌媚。

「他知道你有家境好的親戚，孩子。我看，這就是他喜歡你的祕密所在。」

「馬奇姑婆，你怎麼能說這種話？約翰不是這種卑鄙小人，如果你再這樣說下去，我一句也不要聽了。」瑪格憤憤然大叫，氣得什麼都顧不上了，只覺得老太太的猜疑很不公道，「我的約翰不會為了錢而結婚，和我一樣。我們都願意努力工作，也等得起。我不怕窮，因為窮到今天，我還是很快樂。我知道我要和他在一起，因為他愛我，我也——」

瑪格止住了話頭，突然想起自己尚未打定主意，她剛才叫「她的約翰」走開，此時，他可能在一旁聽見了她前後矛盾的說法。

馬奇姑婆勃然大怒，她早已決意為漂亮的侄孫女尋一門好親事，而這女孩稚嫩的臉上幸福洋溢，使這孤獨的老太太心中辛酸不已。

「好吧，這事我撒手不管了！你這任性的孩子，你想不到這樁蠢事會叫你失去什麼。我就是要說下去。我對你很失望，也沒心思去看你爸了。你出嫁後，別指望從我這裡得到任何東西了。你那布克[78]先生的朋友一定會照應你們的。你我從此再無瓜葛。」

說罷，馬奇姑婆當著瑪格的面砰地一下把門關上，火冒三丈地坐上馬車走了。她這一走，像是把瑪格的勇氣也全都捲走了。這女孩獨自站在那裡，一時間不知該笑還是該哭。在徬徨失措的時候，她被布魯克先生一把攬住。他一口氣說道：「我都聽見了，瑪格。謝謝你替我說話，也謝謝馬奇姑婆證明了你對我真有些許好感。」

「聽她汙蔑你，我才知道自己有多在乎你。」瑪格說。

「那我不必走開了，可以高高興興地留下來，是嗎，親愛的？」

此刻又是一個好機會，來說出那段強硬的話，繼而莊嚴地離去。但瑪格仍舊想都沒想到這些，在喬的眼中她將顏面盡失，因為她溫順地低聲說了句「是的，約翰」，接著便把臉貼在布魯克先生的西裝背心上。

馬奇姑婆走後一刻鐘，喬輕輕地走下樓來，在客廳門口停了一會兒，聽屋內沒有聲音，點頭微微一笑，帶著滿意的表情自言自語：「她已經照計畫那樣把他打發走了，這事情解決了。我要去聽聽有趣的經過，大笑一場。」

然而可憐的喬沒有笑成，她剛跨進客廳，眼前的景象就將她定在那裡，嚇得她目瞪口呆。她原想進屋為擊潰敵人而耀武揚威，稱讚姊姊意志堅定，轟走了一個可惡的追求者。不料那個敵人正安然坐在沙發上，意志堅定的姊姊則端坐在他膝上，還顯出一副卑微順服的神色。喬大為震驚，如有冷水澆背，倒抽了一口氣——事態突變，著實令她透不過氣來。那對戀人聽到有動靜，回頭看見了她。瑪格跳起身來，似得意又似羞澀。而喬所稱的「那個人」倒是大笑起來，親吻了這位驚詫的不速之客，泰然說道：「喬妹妹，恭喜我們吧！」

---

78 布克：原文為「Book」，仍為「Brooke」之誤。

這無疑是雪上加霜，實在過分！她兩手激動地比畫了幾下，不發一語轉身離開。她奔上樓，衝進房裡，悲慘的呼喊聲把兩個病人都驚動了：「噢，快來個人下樓去看看！約翰·布魯克行為不軌，瑪格還順著他！」

馬奇夫婦飛快地跑出房間。喬一頭伏到床上，痛哭痛罵著，把這可怕的消息告訴貝絲和艾美。然而，兩個妹妹都認為這是一件十分稱心而有趣的事情，喬從她們那裡得不到什麼安慰，只得鑽進閣樓的避風港，對小老鼠傾訴煩惱。

沒有人知道這天下午客廳裡發生了什麼。屋內的交談持續了許久。個性內斂的布魯克先生令朋友都跌破眼鏡，他慷慨陳詞、求親、述說計畫，勸他們照他的想法安排一切。

他描繪著想為瑪格建築的美妙家園，話還沒說完，茶點的鈴聲響了。於是他驕傲地牽著瑪格去用餐，兩人看起來幸福無比，喬見了，嫉妒和憂鬱的心情一掃而空。艾美深深感動於約翰的癡情和瑪格的端莊。貝絲在遠處笑瞇瞇地看著他們。馬奇夫婦溫柔而滿意地端詳這對年輕人，馬奇姑婆說他們「跟小孩似的不懂世故」，顯然所言不虛。這一餐大家吃得不多，個個都滿面喜色，家裡的第一段羅曼史展開了，老舊的房子似乎也因此熠熠生輝。

「瑪格，這下你不能說『從沒有好事發生』了吧？」艾美邊說邊構思著如何把這對戀人放進她想畫的素描中。

「是啊，一定不能再說了。打從我說了那句話以來，發生了多少事啊！好像已經過了一年了。」瑪格答道。她正做著一個美夢，遠遠超脫於柴米油鹽這類瑣事之上。

「這一回真是苦盡甘來，我覺得轉變已經開始了。」馬奇太太說，「大多家庭往往會經歷自己的多事之秋。我們家今年便是如此，不過，結局畢竟還是好的。」

「希望明年會更好。」喬咕噥說。瑪格竟在她面前專注於一個外人，她心裡很不是滋味。喬深深地愛著一些人，害怕他們對她的感情因為任何事而消失或變淡。

「我希望後年還要更好。我是說一定會更好，只要我不斷實踐計畫。」布魯克先生說著，對瑪格笑了笑，彷彿現在他什麼事都做得到。

「要等到那時候，是不是太久了？」艾美問。她急著想看到婚禮。

「在準備就緒之前，我還有許多東西要學，對我來說這段時間很短。」瑪格答道，臉上帶著一種前所未有的神色，既甜蜜又莊重。

「你只管等著就是。事情交給我來做。」約翰說著，已開始為瑪格效力，幫她拿起了餐巾，他臉上的表情令喬看得直搖頭。這時前門砰地一響，喬如釋重負，自語道：「勞里來了，我們終於能好好地聊聊天了。」

喬想錯了。勞里大搖大擺走進來，興匆匆的，手上拿了一大捧像是為新娘準備的花球，要送給「約翰．布魯克夫人」，顯然他誤以為是自己巧妙的安排促成了這樁喜事。

「我就知道布魯克先生能得償所願——一向如此。他只要下定決心做一件事，天塌下來也會做成。」勞里上前獻禮並道賀。

「多謝你的美言。我把這話當成一個好兆頭，現在就邀請你參加我的婚禮。」布魯克先生回答。此時的他和什麼人都能處得融洽，哪怕是這個淘氣的學生。

「就算我在天涯海角，也會趕來參加的。光是為了看喬到時候的表情，就值得我長途跋涉了。小姐，你臉上沒有喜氣啊，怎麼回事？」勞里問，一面跟著她走到客廳一角，大家都挪步到那裡迎接勞倫斯老先生。

「我不贊成這門親事，不過我決定容忍，一句反對的話也不說。」喬嚴肅地說。「你不會明白要我把瑪格交給別人有多難。」她的聲音有些顫抖了。

「沒有交給別人，只是一人一半。」勞里安慰說。

「再也不一樣了。我失去了最親愛的朋友。」喬歎息一聲。

「無論如何，你還有我呢。我知道自己沒什麼好的，不過我會站在你身邊，喬，一生一世，我保證！」勞里言語中一片誠摯。

「我知道你會的，感激不盡。你總是給我莫大的安慰，泰迪。」喬滿懷感謝地握了握他的手。

「好了，別再憂鬱了，我的好人兒。你看，一切都滿好的。瑪格很幸福，布魯克先生馬上會忙著成家立業，爺爺會關照他的，到時看瑪格有了自己的小家庭，會多開心啊。她出嫁後，我們還是會開開心心的，因為過不了多久，等我大學畢業後，我們就可以出國，或者開心地旅遊什麼的。這樣可以讓你好受些嗎？」

「我想可以。可是三年裡會發生什麼事，誰也不知道。」喬若有所思。

「這倒是真的！你會不會想看看以後的日子？看我們那時候身在何處？我很想。」勞里答道。

「不了吧，說不定會看到什麼傷心事。現在大家是那麼快樂，我不敢相信還會有更快樂的時候了。」喬徐徐環顧房間，雙眼煥然發亮，眼前是如此美好的一幅景象。

爸爸媽媽並坐著，靜靜地重溫約莫二十年前他們羅曼史的第一章。艾美正畫著的那對戀人，沉醉於只屬於他們的美妙天地，這片天地的光彩灑在他們臉上，泛出一層小畫家無從描摹的意韻。貝絲躺在沙發上，和她的老朋友促膝歡談，他握著她的小手，彷彿這隻手有一股力量，能引他沿著她所走的祥和之路前行。喬閒坐在她最愛的矮椅上，那肅穆沉靜的神情最是好看。勞里倚著她的椅背，下巴貼近她的一頭鬈髮，穿衣鏡映出他們兩人，鏡中的他露出最友善的微笑，對著她點了點頭。

瑪格、喬、貝絲和艾美的故事就此落下帷幕。這幕會不會再次升起，要看《小婦人》這齣家庭劇的第一部是否受各位歡迎了。

譯後記

壁爐邊的小書，紙頁上的夢想

「我不喜歡這種東西。從來都不喜歡女孩，也不認識多少女孩，除了我的姊妹。」一個半世紀前，編輯湯瑪斯·奈爾斯邀請當時已小有成就的路易莎·梅·艾考特寫一本給女孩看的書，路易莎在日記裡如此寫道。這即是《小婦人》一書的緣起，如同馬奇姊妹故事的開頭那樣，平平無奇，帶著些許怨言。

《小婦人》常被視作半自傳體小說，背景是在美國內戰時期的新英格蘭，許多人物與事件都以路易莎的生活為藍本。路易莎曾自述：「童年戲劇與經歷，貝絲之死，喬的文學經驗，艾美的藝術經驗，瑪格的幸福家庭，約翰·布魯克的一生，德米的角色。馬奇先生沒有上前線，從軍的是喬。馬奇太太原型照搬，雖不及真人的一半好。勞里並非美國男孩，儘管我認識的每個男生都自稱是這個角色。他是一八六五年我在國外結識的一個波蘭男孩。勞倫斯老先生是我的外祖父約瑟夫·梅上校。馬奇姑婆誰也不是。」

而路易莎動筆時不曾想到，在父親和奈爾斯的鼓勵之下，她由真實瑣事鋪陳開去，最終寫就了一部經久不衰的成長小說。

扮演「朝聖者」

不同於我們熟知的眾多兒童經典，路易莎在書中打開的那道門，並非通往什麼遠離現實的神祕國度，而是通往每個尋常少女的家庭。她以英美家喻戶曉的《天路歷程》為基石，搭建與讀者間的橋梁，也構築起小小朝聖者之路。《小婦人》除了在章節標題及第一部前十二章多處引用《天路歷程》中的人物與地點名字，更是讓馬奇姊妹循著主角的足跡，對抗自己「心中的敵人」，走向臻於至善的目的地。

《天路歷程》是馬奇姊妹兒時扮裝表演的戲劇故事，也是她們自幼奉為圭臬的指南書。在開篇首章，馬奇太太便憶起女兒如何扮演「朝聖者」，如何從地下室的「毀滅城」爬到屋頂的「天堂」。她像書中人物「援助」一般，指引她們走出「灰心沼」，在父親回家以前，用更為身體力行的方式演這齣戲。

路易莎隨後以《天路歷程》中的「美麗宮」、「屈辱谷」、「魔王」、「浮華市」為題，在第六、七、八、九章中一一凸顯馬奇姊妹需要克服的缺點——貝絲靦腆害羞，艾美自負任性，喬脾氣急躁，瑪格愛慕虛榮。她們應母親之邀，背負起內心重擔，踏上精神向善之旅。

在以「空中樓閣」為題的第十三章，四姊妹重又戴上舊帽子，手拄長杖，再次扮演「朝聖者」。她們和勞里一起攀上「快樂山」，述說各自的理想。

到了第二十二章，馬奇先生歸來，在團聚的火爐邊，他稱讚「小朝聖者」在旅途中追尋美德，細數她們的蛻變。章節標題中的「草地」，同樣出自《天路歷程》，原是主角和同伴在跋涉途中的棲身之所。路易莎藉貝絲之口，賦予「草地」以別樣的意義——和樂的家園——「他們在那裡快樂地安歇，就和我們現在一樣」，並以此引出《小婦人》第一部的圓滿結局。

可愛的「草地」

路易莎並未讓她的主角如《天路歷程》中的主角一般離家，相反，《小婦人》取材於古今皆然的家常瑣事，無論小說人物歷經何種旅程，家都是最終歸宿，天倫之愛也是書中最重要的情感。

《小婦人》兩部分別出版於一八六八年和一八六九年[79]，其時南北戰爭剛結束不久。在戰爭爆發的一八六一年，馬奇先生的原型——阿莫斯·布朗森·艾考特已年逾花甲，他未曾擔任隨軍牧師，真正參戰的就是路易莎本人。一八六二年十一月，剛滿三十歲的路易莎申請加入北軍的從軍護士，次月即被派赴喬治城的聯合飯店醫院。翌年一月，她工作時感染傷寒，接受甘汞治療。在小說第一部第十五章，馬奇太太接到電報，南下探病，喬為母親籌措旅費，賣掉了自己的一頭秀髮。而現實是父親去探望險些喪命的路易莎，路易莎因治療剃光了頭髮，並且留下永久的神經損傷，病後二十多年裡，她時常忍著疼痛寫作。除此之外，《小婦人》沒有為戰爭陰雲所籠罩，即使馬奇先生不在身邊，四姊妹也與母親相親相愛，彼此扶持，在清貧的生活中成長為堅強獨立的女性。

南北戰爭造成數十萬將士身亡，人民飽受家園破碎、流離失所之苦。溫馨的家庭故事此刻無疑能慰藉心靈，疏解讀者的悲傷。《小婦人》便擔負起了這種積極的社會責任，也試圖將維多利亞時代的家庭美德延續。不只剪去秀髮的喬，書中每一個主要人物都甘願為家人奉獻，犧牲自我，尤以瑪格和貝絲為代表。

這兩個角色最為符合當時社會對女性的期待。瑪格是一個傳統且典型的小婦人，勤於操持家務，照顧妹妹，協助母親維繫家庭穩定。她早早出嫁，過著為人妻、為人母的安穩生活。貝絲恭順而無私，永遠將家人擺在第一位，唯一的期盼就是「大家平安健康，待在一起」。瑪格是姊妹中最好的演員，貝絲音樂天分甚高，兩人都為家庭放棄了自身的才華與心願。瑪格曾憧憬奢華生活，但最後安於簡樸，相夫教子的日子已令她心滿意足。貝絲則從未像勞里那樣夢想成為音樂家，她只為他人而活。路易莎稱貝絲為「家中的天使」。貝絲甚至獻出了生命：因為兩個姊姊各忙各的，她便獨自去看望赫梅爾一家，不料感染猩紅熱，痊癒後身體一直孱弱，終未能逃過早逝的命運。貝絲臨終時囑咐喬，要她取代自己當父母的依靠，這「會比寫出巨作或看遍世界更快樂」，「因為我們離開時，愛是唯一帶得走的東西」。喬信守承諾，設法收斂起勃勃雄心，對父

79 編按：《小婦人》第二部後來亦有單獨出版，並命名為：《好妻子》。

母克盡孝道。在小說最後，喬意識到，靠寫作成名致富的「空中樓閣」如今看來自私而清冷，脫口說出家庭才是世界上最美好的東西。

全書處處閃耀著親情的光芒，路易莎頌揚家庭紐帶的力量——「這條紐帶福蔭生命且超越死亡」。在戰後瘡痍中，正是團結的家庭最能增強社會凝聚力，正是這股純粹的力量最能撫平傷痛、溫暖人心。

空中樓閣

在名為「形單影隻」的第四十二章[80]中，貝絲過世，喬嘗試拾起妹妹在家中的角色，卻始終心有掛礙。「你為什麼不寫作呢？以前寫東西總會讓你快樂。」母親如此提醒道。

第十三章「空中樓閣」中，馬奇姊妹曾在一起暢想未來。與瑪格和貝絲的「空中樓閣」相比，喬和艾美不囿於傳統女性的界限，她們夢想寫書和作畫，期望在個人追求與家庭責任中取得平衡。對路易莎所刻畫的女性人物而言，婚姻與家庭並非唯一出路，而是選擇之一。馬奇太太覺得擁有天造地設的婚姻是女人一輩子最甜蜜之事，然而聽到喬說願做老小姐，她也開明地回應：「寧當幸福的老小姐，也不做不幸的妻子……女兒無論結婚還是單身，都會是我們人生的驕傲與安慰。」

《小婦人》第一部出版後，讀者反應熱烈，紛紛去函詢問馬奇姊妹的結婚對象，許多人希望喬與勞里終成眷屬，出版社也要求在第二部中把小婦人嫁掉。路易莎豈肯輕易將她的喬嫁作人婦？她在給教育家伊莉莎白．鮑威爾．邦德的信中坦承：「喬本應繼續當一個愛好文學的老小姐，可是眾多熱情的小姐寫信給我，嚷著要她嫁給勞里或什麼人，我不敢不從，出於執拗，我給她配了個有趣的對象。怒火可能會向我襲來，不過挺期待的。」她為喬創造出巴爾教授，他並無原型，似乎與喬也不那麼般配。

喬的原型卻沒有向現實妥協。路易莎本人終身未婚，與筆為偶，她認為「自由是比愛情更好的丈夫」。一八六八年撰寫《小婦人》之前，路易莎在《紐約紀事報》發表了一篇名為〈幸福女性〉的短文，開宗明義地將女性對不婚的恐懼稱作「愚蠢的偏見」，她勸誡年輕姊妹全身心投入工作，不強求愛情，忠於自我，珍惜並善用才能，為他人謀福。在十九世紀中葉的美國，雖然女性地位正慢慢提升，這樣的見解仍頗具革命性。路易莎不至於顛覆傳統家庭價值觀，但小至服裝樣式，大至教育模式，透過《小婦人》的故事情節與人物對話，她對婦女權利的主張可略窺一二。所謂的工作既指生計，亦指女性各自的才能。與馬奇家相似，艾考特家的女性安貧樂道，做傭人、家庭教師等工作貼補家用，路易莎也持續寫作。一八六三年，她從前線回家休養，根據自身的護士經歷創作了《醫院速寫》，這是她的第一部成人小說，她也終於作為一名嚴肅文

80 編按：收錄在第二部，亦即《好妻子》第十九章。

學作家獲得認可。正如她給女性讀者寫的那篇建言，路易莎突破了父權文化的束縛，在工作中找到幸福。

她筆下的喬和艾美也是如此，渴求在文藝上有所作為，雖恪守義務，卻不隨波逐流，尤其是喬，更樂於當推動世界進步的改革家。在小說第二部，她們最終還是選擇了婚姻，但絕非出於「愚蠢的偏見」——喬辦了學校，「並沒有放棄寫一本好書的希望」，艾美則資助具備藝術天賦的年輕女性，也「不會放棄所有藝術上的希望」。她們放棄的是年少時狹隘的私欲，轉而通過工作以及對社會的關懷，重新審視和實現自我的價值。

故事結尾的梅園成了一座人間天堂，女性角色在其中平等而自主，並非男性的附庸。雖然四姊妹沒有一人完全實現最初的理想，沒有童話式的美好結局，但她們接受生命的缺憾，探索除婚姻之外尋得幸福的別種可能。

《小婦人》用平實的筆觸勾勒出一部家庭劇，簡單質樸，沒有跌宕起伏的情節，每一章自成一幕小故事。小說人物性格各異，皆栩栩如生，自首版問世以來引起一代又一代讀者的共鳴，每個少女或多或少都能在馬奇姊妹身上發現自己的影子。

在戰後變革時代的美國，《小婦人》為以女性為主角的故事開拓出嶄新的疆域。以今日的眼光看來，書中一些敘事方式和道德勸諭或許稍嫌古舊，而其蘊含的真諦仍顛撲不破。路易莎留下這份歷久彌新的禮物，對文化影響之深遠，在十九世紀美國兒童文學中，可能除了馬克．吐溫的《哈克歷險記》以外，再無其他作品可與之媲美。這塊文學瑰寶已遠不只是「一本給女孩看的書」，它更是一部愛與勇氣之書，一百五十多年來，感動、激勵著無數大大小小的心靈。

馮倩珠

二〇二四年五月十七日

路易莎・梅・艾考特年表

一八三二年出生

十一月二十九日，生於美國賓夕法尼亞州日爾曼敦。父親阿莫斯・布朗森・艾考特是一位教育家、作家，母親阿比蓋爾・梅是一位社會工作者。家中長女安娜・布朗森・艾考特出生於一八三一年三月十六日，路易莎為次女。

一八三四年（兩歲）

全家遷居波士頓。

九月，父親開辦坦普爾學校，嘗試以學生為中心的教育方式。

一八三五年（三歲）

六月二十四日，妹妹伊莉莎白・休厄爾・艾考特出生。

一八三六年（四歲）

父親與拉爾夫・沃爾多・愛默生、亨利・大衛・梭羅等一同成為超驗主義俱樂部的成員，路易莎也受到薰陶。

一八三九年（七歲）

四月六日，母親誕下一子，但不久便夭折。

坦普爾學校因有別於傳統的教育方式飽受批評，被迫關閉。

一八四〇年（八歲）

四月，全家遷居康科特。

七月二十六日，妹妹阿比蓋爾・梅・艾考特出生。

一八四三年（十一歲）

六月，父親與其支持者在麻州哈佛附近的農場建立烏托邦式農業公社「果園公社」，但僅維持了七個月。

一八四五年（十三歲）

全家搬回康科特，在愛默生的幫助下，用外祖父的遺產買下一棟房子，取名「山邊」。路易莎常與姊妹在閣樓表演戲劇。

一八四八年（十六歲）

受美國第一屆婦女權利大會上發表的〈情感宣言〉啟發，開始支持婦女獲得選舉權。

全家遷居波士頓。拮据的生活讓全家人更為緊密地團結在一起，為了分擔家庭重擔，路易莎開始嘗試家庭教師之類的工作，也開始嘗試投稿以賺取稿酬。

一八四九年（十七歲）

完成第一部小說《繼承》，但生前未能出版。

一八五二年（二十歲）

位於康科特的舊居「山邊」被賣給小說家納撒尼爾·霍桑。

一八五四年（二十二歲）

為愛默生的女兒所寫的故事集《花的寓言》出版。

一八五六年（二十四歲）

妹妹伊莉莎白感染猩紅熱，幾乎病入膏肓，雖有路易莎悉心照顧，但始終未能痊癒。

一八五七年（二十五歲）

九月，妹妹伊莉莎白的病情開始惡化。

艾考特家買下位於康科特的「果園屋」並開始修繕。

一八五八年（二十六歲）

三月十四日，妹妹伊莉莎白病逝，時年二十二歲。

四月，全家搬入「果園屋」。

十月，前往波士頓找工作，但並不順利。

因家庭變故和求職不順陷入憂鬱，所幸得到了家人與朋友的陪伴與勸解。

一八六〇年（二十八歲）

父親大力支持其文學創作，將她的〈愛與自愛〉投稿至《大西洋月刊》。此後，路易莎持續為《大西洋月刊》撰稿，逐漸在文學界嶄露頭角。

五月，姊姊安娜步入婚姻。

一八六二年（三十歲）

短篇小說《波林的激情與懲罰》贏得《弗蘭克·萊斯利新聞畫報》頒發的一百美元獎金。

十一月，申請成為北軍的從軍護士，次月被派赴喬治城的聯合飯店醫院，除了日常護理，還為傷患寫信、朗讀文學作品。

一八六三年（三十一歲）

在醫院感染傷寒，病情危重，為了治療不得不剃去所有頭髮，最終被及時趕來的父親接回康科特休養，但可能已因甘汞治療留下了永久性損害。在此之後，與父親的關係愈發緊密。
三月，姊姊安娜的長子弗雷德里克出生。
五月至六月，描寫從軍護士經歷的信函連載於《波士頓聯邦報》，好評如潮，後於八月集結成《醫院速寫》出版。受此鼓舞，路易莎開始嘗試創作篇幅更長的作品。

一八六五年（三十三歲）

六月，姊姊安娜的次子約翰出生。
七月，赴歐洲旅行，並由此累積了豐富的素材，途中結識的波蘭青年拉迪斯拉斯．維斯涅夫斯基後成為《小婦人》中「勞里」的原型之一。

一八六六年（三十四歲）

七月，回到康科特，為還清家中所欠帳款，開始為各類雜誌撰稿。

一八六七年（三十五歲）

任兒童雜誌《梅里博物館》編輯，因此結識羅伯茨兄弟出版公司的湯瑪斯．奈爾斯，受邀創作一部獻給女孩的作品。

一八六八年（三十六歲）

《小婦人》第一部由羅伯茨兄弟出版公司出版，由妹妹梅配圖，這部作品非常受歡迎。

十一月，開始創作《小婦人》第二部。

一八六九年（三十七歲）

《小婦人》第二部出版，同樣大受歡迎。

一八七〇年（三十八歲）

與妹妹梅及友人赴歐洲旅行。

十一月，姊姊安娜的丈夫去世，為了幫忙姊姊一家，開始構思新的作品。

一八七一年（三十九歲）

《小紳士》出版，隨後返回波士頓，幫忙姊姊安娜照顧孩子。

往後幾年時間裡，仍筆耕不輟，創作了系列故事《喬阿姨的廢紙袋》、半自傳體小說《工作：經驗的故事》等重要作品，並為婦女選舉權奔走呼號。

一八七七年（四十五歲）

參與創立波士頓婦女教育與工業聯盟，旨在幫助貧困婦女解決安置與就業問題。

十一月二十五日，母親去世。

一八七八年（四十六歲）

三月二十二日，妹妹梅結婚。

小說《丁香花下》出版。

一八七九年（四十七歲）

成為康科特市第一位登記在冊的女性選民。

十一月八日，妹妹梅在巴黎生下女兒露露，因分娩感染，於十二月二十九日去世。次年，路易莎將露露接至身邊照顧。

一八八二年（五十歲）

開始創作《喬的男孩們》，因常年使用難用的鋼筆致使右手無法握筆，只得改用左手寫字。

父親中風，身體日益虛弱，路易莎的家庭負擔再次加重。

一八八四年（五十二歲）

位於康科特的舊居「果園屋」被賣給教育家威廉·托里·哈里斯。

一八八六年（五十四歲）

九月，《喬的男孩們》出版，引發讀者搶購。

收養姊姊安娜的次子約翰。

因長期受疾病困擾，搬入麻州羅克斯伯里的一家療養院。

一八八八年（五十六歲）

三月四日，父親逝世。

三月六日，路易莎．梅．艾考特因病逝於波士頓。

作者簡介

路易莎・梅・艾考特（Louisa May Alcott, 1832-1888）

美國文學史上知名的作家。出生於賓夕法尼亞州日爾曼敦，為家中的次女。青少年時期開始為刊物撰寫短篇小說。其代表作《小婦人》以半自傳體形式描繪了馬奇家四姊妹的成長歷程，透過她們在南北戰爭背景下的選擇與掙扎，展現了女性面對社會期望的韌性和勇氣，融合了家庭之愛和克服逆境的成長。該書持續入選中小學生閱讀書目，受到一代又一代讀者的喜愛。

譯者簡介

馮倩珠

文學譯者，長期從事翻譯與教學工作。主要譯作有《雨必將落下》、《見信如晤》、《我要快樂，不必正常》等，曾獲韓素音青年翻譯獎。全新譯作《小婦人》譯文流暢自然，精準傳神，入選「作家榜經典名著」。

小婦人 / 路易莎．梅．艾考特（Louisa May Alcott）著；馮倩珠譯 . -- 初版 . -- 臺北市：時報文化出版企業股份有限公司 , 2025.08
譯自：Little women
336 面；14.8×21 公分 . --（愛經典；89）
ISBN 978-626-419-658-1（精裝）

874.57　　114009144

本書譯自美國利特爾－布朗出版公司一九四六年版《小婦人》

作家榜经典名著
读经典名著，认准作家榜

ISBN 978-626-419-658-1
Printed in Taiwan

愛經典 0 0 8 9
小婦人

作者—路易莎．梅．艾考特｜譯者—馮倩珠｜編輯—邱淑鈴｜企畫—張瑋之｜美術設計—朱疋｜校對—邱淑鈴｜總編輯—胡金倫｜董事長—趙政岷｜出版者—時報文化出版企業股份有限公司　108019 臺北市和平西路三段二四〇號四樓　發行專線—（〇二）二三〇六—六八四二　讀者服務專線—〇八〇〇—二三一—七〇五、（〇二）二三〇四—七一〇三　讀者服務傳真—（〇二）二三〇四—六八五八　郵撥—一九三四四七二四時報文化出版公司　信箱—10899 臺北華江橋郵局第 99 信箱　時報悅讀網—http://www.readingtimes.com.tw｜電子郵件信箱—new@readingtimes.com.tw｜法律顧問—理律法律事務所　陳長文律師、李念祖律師｜印刷—勁達印刷有限公司｜初版一刷—二〇二五年八月八日｜定價—新台幣四八〇元｜（缺頁或破損的書，請寄回更換）

時報文化出版公司成立於一九七五年，並於一九九九年股票上櫃公開發行，於二〇〇八年脫離中時集團非屬旺中，以「尊重智慧與創意的文化事業」為信念。